KB100964

언어의 정원

The Garden of Words

© Makoto Shinkai / CoMix Wave Films 2014
First published in Japan in 2014 by KADOKAWA CORPORATION, Tokyo.
Korean translation rights arranged with KADOKAWA CORPORATION, Tokyo.

언어의 정원

The Garden of Words

신카이 마코토 지음
김효은 옮김

목
차

제1화

비, 까진 뒤꿈치, 우렛소리

- 아키즈키 타카오

The Garden of
Words

고등학교에 들어가기 전에는 몰랐던 일이라고 아키즈키 타카오는 생각했다.

교복 깃을 적시는 다른 이의 우산, 누군가의 양복에 밴 나프탈렌 냄새, 등에 느껴지는 타인의 체온, 얼굴을 사정없이 때리는 불쾌한 에어컨 바람.

아침의 만원 열차를 타기 시작한 지 두 달이 지났는데 이 고통이 앞으로 3년 내내 이어질 것이라 생각하면 절망스럽기 짝이 없다. 타카오는 자신의 체중이 누군가에게 실리지 않도록 양쪽 다리에 단단히 힘을 주고 손끝이 마비될 정도로 손잡이를 움켜쥐었다.

이러고 있을 때가 아닌데.

짜증스러워서 그런 생각이 절로 들었다.

예전에 형의 만화책에서 본 살인마처럼 기관총으로 사람들을 죄다 죽이면 속이 후련해질까. 생각만이라면 무슨 짓을 못하랴. 그렇지만 그런 상황이라면. 타카오의 생각이 다시 바뀌었다. 나는 분명 살해당하는 엑스트라일 것이다. 평범한 열다섯 살짜리 꼬마.

몇 사람의 머리 너머로 보이는, 굳게 닫힌 비좁은 차창. 그 너머로 비에 젖은 거리가 물이 흐르듯 지나갔다. 두툼한 비구름과 빛바랜 풍경 속에서 맨션이나 빌딩의 불빛만이 또렷하게 빛났다. 텔레비전을 틀어 놓은 식탁이나 급탕실을 오가는 타이트스커트, 벽에 붙은 색 바랜 포스터, 주차장에서 뛰어 올라오는 우산. 모르는 이들의 생활이 시야를 스치고 갔고 그 압도적인 미지의 세계에 기가 눌리는 자신을 발견했다. 그래서 더욱 짜증이 일었다.

아직 아무것도 모르는 열다섯 살짜리 꼬마.

차체가 천천히 오른쪽으로 꺾이자 복합 빌딩 사이에 나란히 자리한 고층 빌딩 숲이 보이기 시작했다. 타카오는 인내심이 다한 듯 눈을 감았다. 1, 2, 3, 4……. 머릿속으로 천천히 8을 셀 즈음 쿠우웅, 하는 묵직한 소리가 울렸고 차량 전체가 풍압에 몸을 떨었다. 눈을 뜨자 창문 바로 옆으로 지나가는 추오선의 창문이 마치 필름 조각이 이어지듯 고속으로 펼쳐졌다.

늘 똑같은 타이밍.

이 지옥 같은 상자에서 해방되려면 아직 20분이나 남았다. 타카오는 초조해졌다.

[신주쿠, 신주쿠.]

알림 방송과 동시에 플랫폼으로 쏟아져 나온 타카오는 심호흡을 해서 비 내리는 5월의 차가운 공기를 들이마셨다. 계단을 향해 무심하게 흘러가는 인파에 떠밀려 나아가던 그는 고개를 들었다. 여기다.

플랫폼 지붕이 가늘고 길게 잘라낸 하늘 저편, 요요기에 우뚝 서 있는 도코모 요요기 빌딩의 전파 탑이 흡사 미지의 산봉우리처럼 비 내리는 풍경 속에 아스라하게 솟아 있었다.

걷는 속도가 눈에 띄게 줄어들자 사람들이 타카오의 등에 차례로 부딪쳤다. 한 직장인의 혀를 차는 소리를 무시하며 타카오는 2초쯤 그 자리에서 비와 탑을 응시했다.

아득하게 먼 저곳의 공기를 비가 가져다주고 있었다.

이런 날에는 지하철을 탈 수 없다. 그렇게 결정하자 조금 전까지 기승을 부리던 짜증이 조금씩 가라앉았다.

소부선의 계단을 내려가 마루노우치선의 환승구와는 정반

대 방향인 JR 중앙 동쪽 출구의 개찰구를 잰걸음으로 빠져나간 타카오는 들뜬 마음으로 루미네에스트 쪽 계단을 올라갔다. 그가 투명한 비닐우산을 활짝 펼치고 빗속으로 걸음을 옮기자 우산이 하늘의 소리를 전하는 스피커처럼 빗소리를 연주하기 시작했다.

투둑투둑투둑. 유쾌하게 울리는 빗소리를 들으며 동남쪽 출구의 혼잡한 거리를 걸어갔다. 아침 무렵 신주쿠에는 통근하는 직장인들 속에 다양한 인간 군상이 존재한다. 방금까지 한잔하고 있었던 게 분명한 나가요 언니 오빠들, 파친코 가게가 문을 열기를 기다리는 한 다스는 족히 될 법한 긴 행렬, 친인척이 아닐까 의심스러울 정도로 비슷한 풍모를 가진 아시아계 단체 관광객, 나이는 물론 직종도 짐작하기 어려운 코스프레 스타일 유니폼을 입은 기묘한 커플.

아, 이상해. 그는 생각했다. 만약 오늘 날씨가 맑았다면 저들 모두에게 나는 진저리를 냈을 텐데. '꽥'이나, '나가 죽어 버려'나. 나도 모르게 그런 생각을 했을 텐데.

아마도 모두 우산을 받치고 있어서일 것이다. 공평하게 비를 맞고 있기 때문일 것이다. 열차 속에서 품었던 짜증은 어느새 말끔히 흩어지고 없었다.

울창한 숲이 시야로 불쑥 날아든 것은 한창 정체 중인 고슈 가도를 가로질러 영원히 완성되지 않을 것 같은 수도 고속도로 겐조선 5호선의 공사 현장을 지날 때쯤이었다. 신주쿠와 시부야에 걸쳐진 거대한 국정 공원. 비 내리는 오전 중에는 인적도 거의 없어서 나만을 위한 곳이 아닐까 싶은 생각마저 드는 곳이다.

철컹. 자동문이 열리는 소리가 텅 빈 공원에 기이할 정도로 우렁차게 울려 퍼졌다.

200엔짜리 입장권을 개찰구에 넣었다. 다음에야말로 연간 회원권을 만들겠노라 다짐하며 공원에 들어섰다. 매번 구입하기에 200엔은 만만치 않은 금액이었다. 다음엔 반드시 증명사진을 챙겨 와 1,000엔을 내고 연간 회원권을 만들어야겠다. 하지만 신청서에 붙인 교복 차림의 사진을 보고 한마디 할까 싶어 타카오는 다시 망설였다.

그런 생각을 하며 히말라야삼나무와 백향목이 나란히 서 있는 어둑어둑한 길을 지났다. 별안간 공기와 냄새와 소리가 돌변했다.

기온이 1도쯤 떨어졌고 주변은 물과 신록의 냄새로 가득했으며 비가 내리는데도 여러 종류의 들새들이 기분 좋게 지저귀고 있었다.

메타세쿼이아와 상수리나무로 이루어진 잡목림을 빠져나가자 연못이 넓게 자리한 일본 정원이 펼쳐졌다. 무수히 떨어지는 빗줄기와 무수히 만들어지는 파문. 그 소리가 신비로운 속삭임으로 변해 수면 위로 피어올랐다.

'정말이지.'

지금껏 몇 번이나 느꼈던 감탄스러운 감정이 새삼스레 솟구쳤다.

정말이지 이 세상은 복잡하구나. 황홀해하면서도 멍하니 그런 생각을 했다. 수억의 빗방울, 수조의 파문. 그 모든 것이 딱 맞춘 듯 어우러져 언제 어디로 눈길을 돌려도 빈틈이 없다. 이토록 완벽한 재주가 또 있을까.

그에 비해.

연못 위에 걸쳐져 있는 아치교를 걸으며 타카오는 발치를 내려다보았다. 그가 신은 모카신은 바느질한 틈새로 물을 잔뜩 흡수해 무거워진 데다 터벅터벅, 결코 아름답지 않은 소리를 내고 있었다.

그래도 타카오는 설레는 마음으로 주말에 새 신을 만들어야겠다고 생각했다.

나름대로 방수 처리를 했지만 수제 모카신은 비가 많이 내리는 이런 계절에는 역시 오래 버티지 못한다. 다음번에는 두 달은 채울 수 있는 신을 만들겠노라 다짐하며 아치교의 정점에서 탁 트인 서쪽 하늘을 올려다보았다.

여기에서 보면 요요기의 전파 탑이 한층 더 거대하게 보인다. 미세하게 막을 드리운 비의 커튼 너머에서 전파 탑이 탑 끝을 비구름 속에 느슨하게 용해시키며 고공에서 타카오를 굽어보고 있었다.

그렇다.

그때에도, 메이지 신궁의 차가운 잔디밭에서도 저 탑이 보였다.

그 순간의 기쁨과 아픔, 그때의 결심이, 벌써 2년도 더 지난 일이건만 감정 하나하나가 해동되어 가슴속에서 되살아났다. 따갑도록 얼어붙었을 그 당시의 감정이 지금은 너덜너덜하고 들척지근하게 변해 버렸음을 깨닫는다. 나는 여전히 어린애지만 적어도.

적어도 자신이 무엇을 좋아하고 무엇을 지향하는지는 정확히 알고 있다.

타카오는 그렇게 생각했다.

천둥이 그 마음에 답하듯 멀리서 희미하게 소리쳤다.

/////

중학교 입학 당시만 해도 아키즈키 타카오의 이름은 후지사와 타카오였다.

중학교 1학년이 되고 3개월이 지난 어느 초여름 밤이었다.

웬일로 일찍 귀가한 엄마와 둘이서 저녁을 먹게 되었다. 엄마가 마시던 반주가 맥주에서 소주로 바뀔 즈음에 이런 질문을 받았다.

"타카오는 여자 친구 없니?"

"어? ……없어."

괴이하게 생각하며 엄마의 얼굴을 보니 눈이 빨갛게 충혈되어 있었다. 반갑지 않은 술주정이라고 생각하며 얼음물을 따라 내밀었다. 엄마는 그것을 무시하고는 도기 잔에 소주와 뜨거운 물을 따른 후 머들러로 저었다. ……귀찮게 되었다. 계속 마실 기세다.

"엄마, 두부라도 줄까?"

"됐어. 타카오도 한잔할래?"

못 말리는 엄마라고 뜨악해하며 됐다고 거절했다.

"고지식하기는. 나는 연애고 술이고 다 중1 때 시작했는데."

무슨 말을 하려나 했더니 그 후 엄마는 중학교 시절의 연애담을 줄줄이 늘어놓았다. 중학생이 되자마자 옆자리에 앉은 야구부원과 사귀기 시작했다. 그런데 몇 개월이 지나 축구부 선배가 고백을 해 왔고 둘 중 누구도 선택하지 못하다가 아예 이별하게 되었다. 그다음에는 통학 열차에서 이따금 마주치던 남학생에게 반해 역에서 기다렸다가 과감하게 연애 편지를 건넸고 기적적으로 상대로부터 OK를 받아냈다. 그와는 때때로

서로의 집을 오가는 등 부모님께 공인받은 사이가 되었고 첫 키스도 자기 방에서 했다. 그때 느꼈던 행복감은 지금도 잊지 못할 정도다. 그 다음에는 다른 학교 남학생에게서 연애 편지를 받았는데…….

"잠깐."

타카오는 듣다못해 브레이크를 걸었다.

"왜?"

"엄마의 첫 키스 얘기 따위를 듣고 싶어 하는 애들은 별로 없어. 아빠가 들어오면 아빠한테 들어 달라고 해. 물 좀 챙겨 마시고. 안 그러면 내일 출근할 때 고생해. 오늘 너무 과음하는 것 아냐?"

단번에 말을 쏟아낸 후 의자에서 일어나 자기 방으로 가다가 보았더니 엄마는 가만히 움츠리고 있었다. 눈이 빨간 이유가 술 때문이 아니라는 것을 타카오는 뒤늦게 눈치챘다. 미안하다고 속삭이는 엄마의 음성에 물기가 배어 있다는 것도.

"중학생이면 이제 어른이라는 말을 하고 싶었어. 어른이 되면 많은 일들이 생긴다는 말도."

불길한 예감이 들었다. 타카오는 다시 한번 엄마를 내려다보았다. 겨우 마흔을 넘긴 나이의 엄마는 부드럽게 웨이브가 들어간 머리카락을 뺨 위로 늘어뜨리고 분홍색 민소매 블라우스를 입고 있었다. 커다란 눈망울에 눈물을 머금은 그녀는 아들의 눈에도 퍽 젊어 보였다.

"이혼하기로 했단다, 아빠랑 엄마."

결국 그날 밤 타카오는 난생처음으로 술을 마셨다.

밤이 늦도록 꼬마전구의 노란빛이 주방을 밝혔다. 진심이야? 참아 주세요. 그런 말들을 주절거리며 엄마의 맥주를 혼자 깨끗이 비웠다. 형이 취직하고 내가 중학생이 되기를 기다렸다고 엄마는 말했다. 이제는 둘 다 어른이 되었으니 이해해 주기를 바란다고.

'진심인가.'

꿀꺽꿀꺽 소리를 내며 단숨에 맥주를 마셨다. 독한 알코올 냄새에 구역질이 났지만 눈물을 머금고 억지로 위 속에 잠재웠다. 이게 뭐야. 더럽게 맛없네. 그래도 입을 떼지 않았다. 형이야 어른이지. 분노를 삼키며 그런 생각을 했다. 우리는 열한 살이나 터울이 지니까. 그래도 난, 중1은 어른이 아니란 말이다.

"대체 뭐야. 기왕이면 3년만 더 기다리지."

특별한 근거는 없지만 고1이면 어른이 맞을 것이다. 그러니까 3년만 지나면. 벌써 두통을 일으키고 있는 머리로 그런 생각을 했다. 아무튼 중1은 어린애다. 보통은 그렇다고.

죽을 것 같았지만 그래도 맥주 두 캔을 비우고 한술 더 떠 소주까지 물을 섞어 마셨다. 소주는 맥주보다 더 지독했다. 어쨌거나 알코올은 그날 밤 타카오를 잠들게 해 주긴 했다. 당연하게도 다음 날 아침에는 맹렬한 숙취에 시달려야 했고 학교를 빼먹은 것도 그날이 처음이었다.

어쩐지 자신이 몹시 타락했다는 기분이 들었다.

"그럼 타카오의 성은 사실 아키즈키인 거야?"

"그렇지. 친권은 엄마한테 있으니까."

중학교 1학년 12월. 옆에서 나란히 걷던 카스가 미호는 이제 160센티미터를 갓 넘은 타카오보다도 머리통의 반 정도나 키가 작았다. 휴일임에도 착실하게 학교에서 지정한 더플코트를 입은 그녀는 양쪽으로 땋아 내린 머리 모양에 맞게 초등학생처럼 어려 보였다. 타카오는 형이 입던 네이비블루 다운재킷을 걸쳤다. 하지만 신발은 직접 고른 가죽 스니커즈를 신고 있었다. 짙은 갈색 로우탑 디자인으로 중고이긴 해도 전 주인이 손질을 잘했는지 가죽에서 고급스러운 광택이 돌았다.

"그래도 학교에서는 후지사와 타카오인 거네?"

"중1 중간에 성이 바뀌면 난처하겠다 싶었나 봐. 졸업할 때까지는 출석부에 후지사와 타카오로 기입하기로 했다며 득의양양하게 말씀하시더라고, 우리 엄마가."

실제로 엄마가 자신을 위해 해 준 거라고는 그것이 전부라고 그는 비뚜름하게 생각했다.

"형은?"

"형도 우리랑 같이 살아. 취직한 이후로는 얼굴도 잘 못 보지만. 집에 늦게 들어오고 아침엔 내가 자는 사이에 출근하거든."

미호의 표정이 어두워지는 느낌이 들었다. 타카오는 모르는 척하며 짐짓 활기차게 말했다.

"저게 메이지 신궁이지? 신주쿠에서 오니까 꽤 걸어야 하는구나."

양옆이 빌딩으로 둘러싸인 4차선 도로 끝에 위치한 수도 고속도로의 묵직한 고가 도로 저편에 어설픈 합성 사진처럼 무성한 숲이 펼쳐져 있었다.

카스가 미호와의 데이트는 으레 공원 나들이로 정해져 있었다. 고백을 하고 정식으로 사귀는 사이는 아닌지라 데이트라고 해도 되는지는 애매하지만 아무튼 두 사람은 휴일에 곧잘 외출을 하곤 했다. 이노카시라 공원, 샤쿠지이 공원, 고가네이 공원, 무사시노 공원, 쇼와 기념 공원을 두루 섭렵하고 나자 미호는 도심에 위치한 공원에도 가 보자고 제안했다. 타카오는 사실 공원에 그다지 관심이 없었지만 매번 영화관이나 수족관에 가자니 돈도 들고 꽃이나 나무 사이로 즐겁게 뛰어다니는 미호를 보는 것이 즐겁기도 했다. 그녀 덕분에 새나 식물 이름도 제법 알게 되었다. 더구나 타카오는 살풍경한 스기나미에서 자라 도쿄에 이토록 삼림이 풍부한 곳이 있다는 사실이 놀랍기만 했다. 집도 학교도 도서관도 아닌, 그저 나무만이 가득한 곳. 그런 곳이 좋다며 구김살 없이 웃는 미호를 보고서 타카오는 말로 표현하지는 못했지만 자기보다 훨씬 어른 같다고 느꼈다. 특히 무엇을 좋아하는지 명확하게 알고 있다는 점이. 학교에는 그런 사람이 의외로 많지 않았다. 자신을 포함해서.

"따뜻해."

미호가 플라스틱 컵을 양손에 쥐고 말했다.

광활한 메이지 신궁을 둘러보며 입구의 기둥 문인 도리이(鳥居) 앞에서 같이 사진도 찍고 본전 앞에 빼곡하게 걸린, 소원을 적은 나무판자 에마(繪馬)를 재미나게 읽으며 걷기도 했다. 줄을 서면서까지 기요마사 우물도 견학했다. 흥에 겨워 떠드느라, 그리고 걷느라 지쳐서 지금은 마른 잔디밭에 앉아 타카오가 보온병에 담아 온 밀크 커피를 마시는 중이었다. 찡, 소리가 나도록 차갑고 맑은 겨울 공기 속에서 마시는 밀크 커피의 당분이 기분을 노곤하게 풀어 주었다.

최근 몇 달간 미아가 된 것처럼 마음이 불안하고 주눅이 들었는데 미호와 어울리다 보니 마법처럼 그런 감정들이 사라졌다. 12월 오후. 구름 한 점 없고 동그스름한 하늘 그 자체가 푸르고 투명하게 빛나고 있었다. 잎이 떨어진 나무들 저 멀리 도코모 요요기 빌딩의 전파 탑이 허공을 찌를 듯이 희고 곧게 솟아 있었다. 잔디밭에서 허리까지 전해지는 겨울 땅의 차가운 냉기는 눈부신 태양의 따사로움과 가볍게 팔을 스치는 미호의 체온에 떠밀려 사라졌다.

'여자아이의 몸은 참 부드럽구나.'

그렇게 의식한 순간, 미호에게 기대고 싶은 마음이 온몸으로 퍼져 나갔다.

그리고 깨닫고 보니 이미 타카오는 미호에게 입을 맞추고 있었다. 입술이 닿은 것은 1초도 되지 않았다. 믿기 어려울 만큼 온몸으로 행복감을 느낀 찰나에 엄마가 했던 말이 떠올라 삽시간에 몸이 식어 버렸다. 중1 때 경험했던 첫 키스의 행복한 느낌을 지금도 잊을 수 없다던 엄마의 말…….

"……가자."

스스로도 깜짝 놀랄 정도로 마음이 흐트러진 타카오는 생각할 틈도 없이 그 말을 던지고 도망치듯 걸었다. 미처 일어나지도 못하고 있는 미호의 넋 나간 얼굴이 시야 끝으로 힐끗 보였다. 그에 아랑곳없이 성큼성큼 걸어갔다.

"저, 저기. 잠깐 기다려, 타카오!"

미안하다고 말해야 하나. 멈춰 서야 하나. 머리로는 알겠는데 몸이 따라 주질 않았다. 타카오가 두고 간 보온병을 챙겨서 부리나케 쫓아온 미호의 머리가 어깨 옆에 자리를 잡았다.

"갑자기 왜 그래?"

밑에서 걱정스러운 얼굴이 불쑥 올라왔다. 그래서 표정이 더욱 굳어졌다.

종종걸음으로 공원을 빠져나가 왔던 길을 되짚어 신주쿠역을 향해 묵묵히 걸었다. 체구가 작은 미호는 거의 뛰다시피 필사적으로 그를 따라왔다. 발소리로 그녀의 기척이 느껴졌다. 굳이 돌아보지 않아도 그녀가 울상을 짓고 있는 것을 타카오는 분명히 알 수 있었다. 윤곽이 흐릿한 가로등의 그림자가 발밑으로 무수히 흘러갔다. 어느덧 하늘에는 거뭇한 구름이 떠 있었고 태양은 빌딩 뒤로 가라앉았다. 가로등이 빛을 밝히면서 기온은 차츰차츰 낮아졌다.

올 때 걸린 시간의 절반도 채 지나지 않았는데 두 사람은 신주쿠역 남쪽 출구에 도착했다. 타카오는 그제야 미호를 향해 돌아섰다. 그녀가 보온병을 내밀자 멋쩍게 받아 들었다.

"……고마워. ……미안해."

그러고는 그녀의 발치를 응시하며 목소리를 쥐어짜냈다.

"응……."

한숨과도 같은 음성으로 미호는 대답했다. 그녀가 리본이 달린 굽 낮은 구두를 신고 있다는 것을 처음 깨달았다. 발 한쪽의 굽이 부자연스럽게 떠 있었다. 발뒤꿈치가 까진 모양이었다. 이마에는 희미하게 땀이 배어 있었다. 미호는 호흡을 고르며 다소 힘을 실어 말했다.

"오늘 타카오랑 만나서 즐거웠어. ……오랜만이었잖아."

저녁 무렵이라 개찰구 앞은 혼잡했다. 몇 천 명에 달하는 이들이 쏟아내는 말소리와 발소리가 두 사람을 에워쌌다.

"저기, 내일은 학교 갈 거지?"

미호가 용기를 내어 물었다.

대답할 말을 찾지 못해 타카오는 줄곧 바닥만 응시했다. 아까보다 기온이 더 내려갔다. 발끝이 싸늘했다. 미호도 발이 시리겠지.

"……자신만 특별히 가엾다고 생각하는 사람은 정말 꼴불견이야."

깜짝 놀라서 고개를 번쩍 들었다. 지나가던 사람이 내뱉은 말이 아닌지 잠시 의심했다. 미호가 울 것 같은 얼굴로 타카오를 응시하고 있었다. 뭐라고 말을 해야 하는데. 타카오는 생각했다. 뭐라고 말해야 하나. 시험 종료 1분 전처럼 죽을힘을 다해 머리를 굴렸다. 간신히 쥐어짜낸 생각을 입 밖으로 내보냈다.

"네가 상관할 일이 아니잖아."

목소리가 떨려서, 자신이 뱉은 말이 유치해서 흠칫했다. 미호는 이에 굴하지 않고 말을 이었다.

"내가 상관할 일이 아니긴 하지. 하지만 부모님이 이혼한 애가 학년마다 열 명은 될걸. 전혀 특별한 일이 아닌데 혼자 비뚤어지는 건 우스운 일이야."

부끄럽다는 자각을 하기도 전에 얼굴부터 화끈거렸다. 타카오는 허를 찔린 기분으로 미호를 바라보았다. 눈앞에 서 있는 이 작은 여자아이는 대체 누굴까.

"학교에 가기 싫으면 마음껏 땡땡이쳐도 되지만, 그런 행동을 하면서 타카오가 하고 싶은 말은 뭐야? 난 타카오가 어른스럽다고 생각했는데 전혀 아니었나 봐. 적어도 남들에게는 평범하게 대하라고!"

타카오는 미호의 눈에서 떨어지는 눈물을 멍하니 바라보았다. 자신이 아는 미호는, 지금까지 몇 킬로미터나 되는 거리를 함께 걸어 온 미호는 이렇게 드센 말을 하는 아이가 아니었다. 그리고 이런 생각이 들었다. 이렇게 본심을 훤히 읽히는 동안 나는 그녀의 무엇을 보고 있었던 걸까.

미호는 얼굴을 가리더니 타카오를 혼자 두고 걸음을 떼면서 끝으로 한마디를 더 남겼다.

"키스할 용기는 있는 주제에……."

개찰구를 빠져나가는 그녀의 작은 뒷모습은 이내 인파에 섞여 사라져 버렸다.

두 시간에 걸쳐 신주쿠에서 집까지 걸어왔다. 혼잡한 열차를 타고 싶은 마음이 티끌만큼도 들지 않았던 것이다. 걷자마자 내리기 시작한 가랑비가 나카노를 지날 무렵에는 장대비로 바뀌었다. 그래도 타카오는 몸을 잔뜩 움츠린 채 걸음을 멈추지 않았다. 조만간 눈으로 변할 비가 아픔이 느껴질 정도로 몸을 차갑게 만들었다. 아직 발에 익지 않은 스니커즈는 발뒤꿈치에 상처를 만들었다. 그 아픔이 묘한 달콤함을 동반한다는 사실에 타카오는 당황했다. 이 정도로 벌이 될 수는 없다고 생각하며 아예 정말로 미아가 되면 좋겠다고 내심 기도했다. 그럼에도 가로등에 비친 공단 주택이 빗속에서 보이기 시작했을 때 타카오는 눈가가 뜨끈해지도록 안도했다.

휴일인데도 집에는 아무도 없었다.

요즘에는 늘 이랬다. 형은 주말에도 늦도록 일하느라 바빴고 엄마는 웬 아저씨와 데이트를 하느라 공사다망했다.

젖은 몸을 수건으로 대충 닦고 옷을 갈아입은 후에도 어수선한 마음은 여전했다. 타카오는 차갑게 식은 몸으로 현관 앞에 웅크리고 앉아 신발장을 열었다.

어슴푸레한 조명 밑에서 박물관에 진열된 진귀한 모양의 조개껍질처럼 형형색색의 숙녀화가 날카롭게 빛을 반사했다. 개성 넘치는 갈색 뮬, 드레시한 오픈토 스타일의 검은색 힐, 쇼트부츠와 롱부츠, 나이에 어울리지 않는 굽 낮은 스니커즈, 겨자색 웨지 힐, 짙은 보라색 하이힐. 신발장은 엄마가 자주 신는 신발들로 가득했다. 복도 수납장에는 이보다 다섯 배는 훌쩍 넘을 만큼의 구두가 상자 안에 쌓여 있었다. 타카오는 신발장 끝부터 정리를 시작했다. 슈 키퍼가 빠져 있으면 끼워 넣고 추위에 떨면서도 브러시로 먼지를 떨어냈다. 필요한 구두에는 유화 크림을 바르고 목면으로 광을 냈다. 익숙한 작업을 하다 보니 마음이 차분해졌다. 집 안에 온기가 돌면서 떨림도 서서히 잦아들었다.

구두에 심취해 있는 엄마를 위해 신발을 정리하는 것은 어릴 때부터 타카오가 해 오던 일이었다. 또래 아이들이 열차나 로봇 모형을 사랑하듯 초등학생 타카오는 숙녀화에 매료되었다. 엄마를 향한 감정은 그 시절과는 사뭇 달라졌지만 그래도 몸에 밴 습관은 그에게 평안함을 안겨 주었다. 구두에 집중하면 평정심을 찾을 수 있었다. 그래서 철컹, 하고 금속음을 울리며 문이 열릴 때까지 타카오는 귀가하는 형의 발소리를 듣지 못했다.

스탠드칼라 코트를 입은 형은 타카오의 모습에 흠칫하더니

"다녀왔다."하고 무뚝뚝한 한마디를 던진 후 우산을 접고 구두를 벗었다. 우산에 맺혀 있던 눈이 후드득 떨어졌다. 고생했어. 오늘은 일찍 왔네. 예전에는 대수롭지 않게 했던 그 말이 지금은 나오지 않았다.

"넌 아직도 그 일을 하니?"

형이 그 말을 던진 것은 타카오가 구두에 광을 내는 작업을 모두 끝내고 신발장을 닫은 직후였다. 양복을 벗고 점퍼를 걸친 형은 한 손에 맥주 캔을 들고 현관에 있는 타카오에게 서늘한 시선을 던졌다. 타카오는 남의 집에 멋대로 들어온 것처럼 불편한 마음으로 대꾸했다.

"그냥, 생각난 김에……."

"기분 나쁘다, 너."

그런 소리를 듣자 고함을 치고 싶은 폭력적인 충동이 치솟았다. 그러나 누구에게 뭐라고 소리를 쳐야 할지 알 수가 없어서 타카오는 분노와 함께 말을 꿀꺽 삼켰다. 맥주를 들이켰을 때 같았다. 하지만 이번에는 마신 맥주 대신 눈물이 스몄다. 거실로 돌아가는 형의 등에 개찰구 너머로 사라져 가는 미호와 문을 열고 나가는 아버지의 등이 겹쳐 보였다. 모든 이들이 타인으로 변해 가고 있었다.

'그런 것이 어리광…… 안 된다는 거야!'

두통과 함께 몽롱한 머릿속 한편에서 언쟁하는 소리가 드문드문 들렸다.

'……는 귀찮으니까 도망…… 이 녀석은 아직 어린애……
하지만 나도…… 나도 울고 싶다고!'

성큼성큼 넓은 보폭으로 걷는 소리. 쾅! 하고 거칠게 닫히는 문소리.

묵직한 눈꺼풀을 억지로 밀어 올리자 눈앞을 스쳐 지나가는 장면에 비례해 두통이 극심해졌다. 탁자 건너편에 앉아 있는 엄마의 모습이 부옇게 보였다. 팔꿈치로 무릎을 짚고 얼굴을 가린 채 가늘게 어깨를 떨고 있었다.

"……울어?"

타카오는 조그만 소리로 말을 건넸다. 엄마는 얼굴을 들고 화장이 지워진 눈가에 미소를 담았다.

"너도 울면서."

그 말을 듣고 나서야 타카오는 자신의 뺨이 젖어 있다는 것을 깨달았다. 형과 함께 쓰는 방에 들어가기 싫은 나머지 엄마와 주방에 앉아 소주를 마시다가 잠이 든 모양이었다.

"그만 마셔, 얘. 계속 마실 거면 돈 내라."

하하하 웃으니 머리가 더 지끈거렸다. 처음엔 엄마가 마시라고 했잖아. 타카오는 어렴풋이 생각했다. 엄마에게 꼭 해야 할 말이 있었다.

"……엄마."

"응?"

"3년은 빠른 것 같아, 엄마와 아빠가 이혼하는 것. 난 아직 어린애란 말이야."

그러자 엄마의 두 눈에 큼직하게 눈물방울이 맺혔다. 그러더니 그것을 감추려는 듯 고개를 숙이고는 울먹거렸다.

"응, 알아. 미안해, 타카오."

자신의 뺨도 눈물로 화끈거리고 있음을 느끼며 타카오는 다시금 술기운에 빠져들었다.

그의 걱정과 달리 2주 만에 등교한 타카오를 색다른 눈으로 보는 급우는 한 사람도 없었다. 남자아이들은 "어, 왔냐?" 하고 인사했고 여자아이들은 "어머, 타카오. 오랜만이네?" 하고 웃었다. 선생님조차 출석을 확인하면서 내일부터는 땡땡이치지 말라고 한마디 한 것이 전부였다. 사람들의 그런 행동에 타카오는 안심하기보다 부끄러움을 느꼈다.

점심시간에 3학년 교실에 가서 카스가 미호를 찾았다. 좀처럼 보이지 않기에 방과 후에 한 번 더 찾아보았다. 그래도 여전히 눈에 띄지 않아서 혹시 감기라도 걸렸나 싶어 걱정이 되었다.

미호를 만나서 반드시 해야 할 말이 있었다. 먼저 공원에서 있었던 일을 사과할 것. 그리고 지금 당장은 어렵겠지만 후지사와 타카오에서 아키즈키 타카오가 될 때까지, 그러니까 중학교를 졸업하기 전에는 꼭 어른이 되기로 결심했다고 얘기할 것. 구체적인 내용으로는 심사가 뒤틀려서 누군가의 관심을 끌기 위해 술을 마시거나 학교를 빼먹는 짓은 두 번 다시 하지 않겠다는 말을 할 생각이었다. 자신이 무엇을 원하는지, 누군가에게 무슨 말을 하고 싶은지 그런 것을 미호처럼 명확하게 아는 사람이 되겠다고 말할 작정이었다. 그리고 가능하면 또 같이 공원을 산책하고 싶다는 얘기도 하고 싶었다.

낯익은 여학생이 그의 앞을 지나간 것은 미호를 찾는 일을 포기하고 내일 다시 찾아가야겠다며 교문으로 향하던 도중이었다. 몇 번인가 미호와 함께 다니던 모습이 기억에 남아 있는 3학년 여학생이었다.

"저기, 잠깐만요."

"어머, 후지사와 타카오네."

"어, 어떻게 저를……."

"종종 미호랑 얘기하고는 했잖아. 미호한테서 들은 얘기도 있고."

"……그랬구나. 저기, 오늘 미호 선배는 안 왔어요?"

그렇게 묻자 그녀는 타카오를 보며 고개를 갸웃거렸다. 그 얼굴에 서서히 동정심이 번졌다.

"혹시 미호한테서 아무 얘기 못 들었니?"

부모님의 이혼으로 미호가 이사를 갔다는 사실을 타카오는 그제야 들었다.

당시 휴대전화가 없었던 타카오는 미호에게 연락을 취할 방법이 없었다. 두 살 연상의 미호가 자신에게 바란 것이 무엇이었는지는 지금도 여전히 알 길이 없다. 다만 그 이후에 타카오는 미호의 친구에게 부탁해서 딱 한 번 메시지를 보냈다.

[어른이 되기로 다짐했어.]

그리고 무려 몇 주 후에나 친구를 통해 답 메시지를 받을 수 있었다.

[파이팅, 아키즈키 타카오.]

/////

다리를 다 건너자 빗소리가 또 한 번 바뀌었다.

빗방울이 수면을 두드리는 소리보다 잎을 흔드는 소리가 더 크게 들렸다.

모카신이 사박사박 흙을 밟는 소리에 동박새가 지저귀는 맑은 소리가 섞였다. 흑송 너머로 수면이 보이고 그 위에 진달래의 분홍빛, 다행송의 나무껍질이 발하는 붉은빛, 단풍나무 잎의 초록빛이 비쳤다. 먼 곳에서는 큰부리까마귀가 목청껏 울고 있었다. 알고 보면 이런 것들 모두가 오래전 미호에게서 배운 것들이었다. 멀리서 비치는 빛에 눈을 가늘게 뜨며 타카오는 그리운 기억을 떠올렸다.

머나먼 곳에서 또 한 번 천둥소리가 진동했다.

'우렛소리.'

불현듯 그 단어가 타카오의 뇌리에 순간 떠올랐다가 이내 지워졌다.

뭘까. 어디에서 들어 본 단어였던가. 방금 떠오른 단어 자체도 금세 잊혔다. 하지만 어떤 예감 같은 것이 담담하게 그의 몸을 채웠다.

비에 젖은 은행잎 사이로 늘 비를 피하곤 하던 정자가 보이기 시작했다. 정자에 누군가가 앉아 있었다. 있을 리 없는 무엇인가를 본 기분이었다. 타카오는 정자를 향해 걸었다. 나무 이파리들을 지나자 정자 전체가 눈에 들어왔다.

정장을 입은 여자였다.

타카오는 멈추어 섰다.

캔 맥주를 입에 대고, 어깨 위까지 내려오는 단정하고 부드러운 머리카락의 여자가 가만히 그를 돌아보았다.

한순간 눈이 마주쳤다.

이 비는 곧 그칠지도 모르겠구나. 그 순간 근거 없이 타카오는 그런 생각을 했다.

스산함이 가슴을 채우고 가없이 넓은 하늘에서

시우가 후드득후드득 내리는 것을 보노라면

(『만요슈(萬葉集)』 1·82)

해석 : 스산한 마음이 가슴 가득히 퍼져 가고 한없이 드넓은 하늘에서 시우가 후드득후드득 떨어지는 것을 보면.

상황 : 와도(和銅) 5년(712년) 4월에 나가타 왕이 이세의 사이쿠(齋宮)에 파견되었을 때 산기슭에 있는 샘에서 지은 3수 중 1수. 사이쿠란 이세 신궁에서 봉사하기 위해 파견된 미혼의 여자 왕족, 내친왕이 기거하는 궁. 본래 '시우(時雨)'는 가을에서 초겨울에 내리는 차가운 비를 이르는 말로 시를 지은 계절과는 맞지 않다. 이세로 향하는 여로에서 만난 차가운 '시우'로 가슴속에 절절히 배어 있는 마음을 표현한 것이라고 할 수 있다.

제2화

부드러운 발소리,
천년이 지나도 변함없는 것,
사람에게는 누구나 조금씩 이상한 면이 있다

- 유키노

The Garden of
Words

부드러운 발소리에 고개를 들어 보니 비닐우산을 든 소년이 서 있었다.

한순간 눈이 마주쳤다. 사람이 이렇게 가까이 올 때까지 기척을 못 느꼈다니. 유키노는 이상하다고 생각하며 시선을 떨구었다. 빗소리를 듣느라 그랬나.

소년은 다소 머뭇거리면서도 유키노가 비를 피하고 있는 작은 정자 안으로 들어왔다. 평일 아침부터 공원을 찾는 이는 흔치 않다. 교복을 입고 언뜻 성실해 보이는, 고등학생 맞나? 학교를 빼먹고 기껏 온 데가 유료 공원이라니 어째 시시하네. 자리를 양보해야겠다 싶어 안쪽으로 옮겨 앉았다. 소년은 예의 바르게 고개를 숙이고 우산을 접은 후 끄트머리에 앉았다. 나무 벤치에서 끼익 소리가 났다.

5월의 세찬 비가 기세 좋게 내리고 있었다. 기분이 좋은지 청량하게 우는 새소리, 지붕을 두드리는 빗소리, 처마 끝에서 떨어지는 낙숫물과 연필이 노트 위에서 사각사각 미끄러지는 우아한 소리. 소년은 아까부터 노트에 무엇인가를 쓰는 중이었다. 교과서가 안 보이는 것을 보면 공부를 하는 것 같지는 않은데……. 좌우간 음악을 시끄럽게 듣는 아이가 아니라 다행이라며 유키노는 슬쩍 가슴을 쓸어내렸다. 좌우로 약 2미터밖에 되지 않는 L자형의 좁은 벤치 양쪽 끝에 앉아 있는데도 희한하게 별로 거슬리지 않았다. 아무렴 어때, 하는 마음으로 마시던 캔 맥주를 입으로 가져갔다. 공원 안에서는 음주가 금지되어 있지만 알 게 뭐람. 이 아이도 개의치 않을 것이다. 땡땡이 중인 것은 피차 마찬가지이고.

돌연 "아" 하는 소년의 작은 소리에 이어 지우개가 떨어지더니 통통 튀어 유키노의 발치까지 굴러왔다.

"여기."

그것을 주워 소년에게 내밀자,

"죄송합니다!"

소년은 당황하며 상체를 일으켜 지우개를 받아 들었다.

10대의 풋풋함이 느껴지는 긴장한 음성이 묘하게 마음에 들었다. 무심코 미소를 지었다.

소년은 노트에 무엇인가를 쓰는 작업에 다시 몰두했고 유키노는 무척 오랜만에 들뜨는 기분을 맛보았다. 고작 이런 일로. 따분하기 짝이 없는 나날은 여전한데 이상하네. 맥주를 입에 머금고 비 내리는 정원을 새삼스레 내다보았다.

빗줄기는 조금도 기세가 줄지 않았다. 다양한 모양의 소나무를 속절없이 보노라니 그것들이 거대한 채소나 미지의 동물로 보였다. 누군가가 도쿄에 꼭 맞는 뚜껑이라도 덮은 양 하늘은 잿빛 일색이었다. 연못 위에 연이어 퍼져 나가는 파문은 쉴 새 없이 이어지는 수다 같았다. 지붕을 때리는 빗소리는 서투르게 치는 목금처럼 박자가 맞을 것 같으면서도 맞지 않았다. 그녀와 똑같았다. 유키노는 유난히도 박자 감각이 떨어졌다. 엄마는 피아노도 잘 치고 노래도 잘 불렀는데 그녀는 음악에 영 소질이 없었다. 유년 시절에는 급우 전원이 시선을 온통 빼앗을 만큼 솜씨 좋게 목금을 쳤다. 리코더를 연주하는 손가락도 마법 같았다. 오직 유키노만 빼고. 사람들이 어떻게 그렇게 다들 노래를 잘 부르는지도 그녀는 이해하기 어려웠다. 어떻게 그렇게 다들 많은 노래를 알고 거리낌 없이 노래를 부르는지. 학교에서 노래를 가르쳐 주는 것도 아니고 딱히 교습소가 있는 것도 아니건만. 혹시 다들 비밀리에 혼자 연습이라도 하는 것은 아닐까. 그 사람도 가끔 그녀를 노래방에 데려가곤 했는데…….

"저기요."

느닷없이 소년이 말을 걸어오는 바람에 헤, 하고 얼빠진 소리를 내고 말았다.

"어디선가 본 적이 있는 것 같아서요."

"응? ……아닐걸."

뜬금없이 뭐람. 순진하게 생겨서 헌팅이라도 할 셈? 본의 아니게 쌀쌀맞게 대꾸했다.

"아, 미안해요. 사람을 잘못 본 것 같네요."

민망하다는 얼굴로 그렇게 말하더니 소년은 창피한지 고개를 숙였다. 그 모습을 보고 유키노는 안심했다. "괜찮아" 하고 이번에는 미소를 담아 다정하게 대꾸했다. 정말로 누구와 착각한 듯했다.

맥주를 한 모금 마셨다. 멀리서 희미하게 천둥소리가 들렸다. 유키노는 맥주를 입에 댄 채 그 소리에 이끌리듯 소년을 힐끗 훔쳐보았다.

짧게 깎은 머리, 영리해 보이는 이마와 완고해 보이는 눈썹과 눈. 조금 전의 짧은 대화가 수줍었던 모양인지 뺨이 발그레했다. 귀에서 목덜미로 이어지는 선이 묘하게 어른스러워 보였다. 호리호리한 몸에 새하얀 와이셔츠와 회색 조끼…… 어머나.

유키노는 살짝 놀랐다. 아, 하고 작은 숨이 새어 나왔다. 그래, 그렇구나. 수면에 물감을 떨어뜨린 것처럼 컬러풀한 장난기가 잔잔하게 퍼졌다.

"……본 적이 있을지도 모르겠다."

"네?"

소년이 움찔하며 유키노를 돌아보았다. 그 틈을 메우려는 듯이 또다시 천둥소리가 들렸다. 우렛소리……라는 글자가 머릿속에 둥실 떠올랐다. 미소를 지으며 유키노는 속삭였다.

"……우렛소리."

우산과 구두를 들고 일어났다. 소년을 내려다보았다.

희미하고 구름이 끼고
비라도 내리면 그대 붙잡으련만

말을 마치기 전에 자리를 떴다. 우산을 펴고 정자를 나와 빗속으로 걸음을 옮겼다. 그러자 우산이 하늘의 소리를 전하는 스피커로 변해 빗소리를 귓가에 전해 주었다. 어리둥절해하는 소년의 시선이 느껴졌지만 아랑곳하지 않고 걸었다. 이제 눈치챘을까. 짓궂게 생각하며 작은 돌다리를 건너 정원 출입구로 향했다. 나무에 가려서 내 모습은 더 이상 안 보이겠지. 그래도 오늘은 즐거웠어. 유키노는 그렇게 생각했다. 그러다가 오늘 하루는 이제 시작일 뿐이라는 데에 생각이 미쳤다. 맑아졌던 기분이 다시금 끄물거리며 잿빛으로 가라앉았다.

/////

유키노가 중학교를 다니던 시절, 고전 수업 중에 이런 일이 있었다. 와카(和歌) 수업 중이었는데 「만요슈(萬葉集)」, 「고킨슈(古今集)」, 「신고킨슈(新古今集)」의 노래가 각각 한 수씩 교과서에 실려 있었다. 그 가운데 「만요슈」에서 뽑은 한 수가 이상하게 열세 살 소녀 유키노의 시선을 사로잡았다.

동쪽 들판 끝에 서광이 비치고
돌아보니 서쪽 하늘에 낮게 뜬 하현달이 보이네

노래의 의미를 생각해 보기도 전에 교과서의 까만 활자가 녹아내리더니 그 위로 초원 저편에 펼쳐진 보랏빛 새벽하늘이 펼쳐졌다. 그 풍경 속에서 뒤를 돌아보니 군청색 하늘 밑에 솟아 있는 산기슭에 마치 덧그려 넣은 듯 하얀 달이 홀연히 걸려 있었다. 문자에서 이렇게 또렷하게 정경이 떠오르는 경험은 유키노에게는 난생처음이었다. '이게 웬일이야!'하고 망연자실해하는데,

"아마도 이런 광경이었을 거야."

히나코 선생님이 푸근한 음성으로 말하며 칠판에 그림을 그리기 시작했다. 말을 타고 있는 작은 남자의 실루엣. 그를 감싼

분홍색, 노란색, 하늘색, 파란색으로 그러데이션이 들어간 하늘. 선생님은 마지막에 흰 분필로 자그마한 달을 그려 넣었다. 유키노의 온몸에 소름이 돋았다. 내가 본 것과 같은 풍경이야!

방과 후 미술실에서 그 얘기를 히나코 선생님에게 했더니 그녀는 소녀처럼 흥분했다.

“어머머, 세상에! 대단하다. 「만요슈」의 대표 가인 히토마로가 우리에게 동시에 빙의했나 봐!”

“우웩, 오컬트예요?” 하고 참견하는 미술부 남학생. “히나코 선생님이 위험인물인 줄은 알고 있었지만 유키노도 그쪽이었어?” 하며 놀리는 여학생.

“아니야, 아니야. 그냥 놀랐다는 얘기야.”

유키노는 얼결에 입을 비죽이 내밀며 항변했다. 유키노의 표정에 자리에 있던 이들 모두 시선을 빼앗겼고 일순 적의에 가까운 기운이 감돌았다. 아, 또. 유키노가 절망적으로 생각한 직후 히나코 선생님의 지극히 교사다운 단정한 음성이 들렸다.

“천년이 지나도 사람의 마음에는 변함이 없나 봐. 고전이란 참 멋지지 않니?”

“그런 것도 같네요”, “그래도 좀 어려워요” 하며 아이들이 투덜거리자 히나코 선생님은 따사롭게 후후후 웃었다. 그 바람에 분위기는 다시 보송보송해졌다. 창밖으로 보이는 낮은 저녁 해가 히나코 선생님의 풍만한 몸매와 교복을 입은 학생들의 모습을 그림처럼 그려냈다. 안도하는 한편, 맞는 말이라고 유키노는 생각했다. 게다가 나를 도와주면서 저렇게 말할 수 있다니. 히나코 선생님은 정말로 멋진 분이야. 세상과 자신 사이에 존재하는 공백에 덜컹 소리를 내며 톱니바퀴가 하나 더 끼워 맞추어진 느낌이 들었다. 히나코 선생님은 그렇게 그녀를 도와주고는 했다.

에히메에서 어린 시절을 보낸 유키노는 주위의 누구보다도 아름다운 소녀였고 그 미모는 그녀를 불행에 빠뜨렸다.

유키노는 비현실적일 정도로, 이상할 정도로 예뻤다. 산과 바다와 논밭과 저수지와 귤 과수원에 둘러싸인 작은 마을에서 그녀는 어디에 있든 대번에 눈에 띄었다. 유키노를 스치고 지나가는 사람들은 너 나 할 것 없이 놀라서 그녀를 돌아보았고 그럴 때마다 그녀는 상처를 받았다. 내 얼굴이 그렇게 요상한가 싶어서 어린 소녀는 진지하게 고민했다.

인구 감소 현상이 현격히 드러나던 초등학교 안에서 유키노의 고뇌는 더더욱 깊어졌다. 급우들과 나란히 서면 두상은 부자연스러울 정도로 작았고, 팔다리는 부러질 것처럼 가늘고 길고 하얬으며, 얼굴은 정성 들여 빚은 듯 정교했다. 누구보다도 큰 쌍꺼풀 진 눈은 까맣고 신비롭게 젖어 있었고 짙고 긴 속눈썹은 연필 하나쯤은 거뜬히 감당할 수 있을 만큼 탄력이 있었다. 소심하게 머뭇거리는 모습에는 어린아이 같지 않은 야릇한 기운이 감돌았는데 그로 인해 유키노는 더욱 눈에 띌 수밖에 없었다. 잿빛 바다에 홀로 떠 있는 새하얀 돛단배처럼 누구의 눈에도 황홀하게 비치는 빛이—그녀 자신은 손톱만큼도 원한 적이 없는데도—늘 뿜어 나왔다.

유키노가 있으면 그 자리의 분위기는 바뀌었다. 남자들은 안절부절못했고 그런 탓에 여자들은 언짢아했다. 유키노는 칠판을 지우든, 급식 배급을 하든, 우유를 마시든, 답을 틀리든 언제나 화사한 그림이 되었다. 선생님들은 하나같이 무의식적으로 그녀에게 빈번하게 말을 시켰는데 그럴수록 그녀는 더욱 고립되었다. 더구나 시종일관 긴장하고 있어서인지 손놀림이 서툴렀고 체육이나 음악 시간에도 도통 시원치가 않았다. 심지어 평균대 위에서 제대로 걷지도 못했으며 캐스터네츠마저 능숙하게 칠 줄을 몰랐다. 다른 아이라면 대수롭지 않게 여겼을 그 정도의 작은 실수도 유키노가 저지르면 사람들의 뇌리에 깊이 새겨졌다. 그래서 아이들은 그럴 때마다 이질적인 존재를 비난할 만한 정당한 이유를 얻기라도 한 것처럼 노골적으로 수군거렸다. 저 아이는 좀 이상해, 하고. 그래서 유키노는 조금이라도 눈에 띄지 않으려고 숨죽이며 살았다.

중학생이 되어 처음으로 히나코 선생님을 만났을 때부터 유키노는 그녀가 부러웠다. 그녀는 20대 후반쯤 된 국어 선생님으로 유키노에게 없는 것을 모두 지닌 사람이었다. 예민함과는 인연이 없어 보이는 동그랗고 다정한 얼굴도, 저도 모르게 끌어안고 싶어질 만큼 부드럽게 원을 그리는 몸매도, 누구든 무장 해제를 시켜 버릴 만큼 온화한 몸짓도. 모두가 자연스럽게 히나코 선생님이라고 이름을 부르게 되는 그 소박하고 친밀한 존재감도.

유키노가 보기에 선생님은 이 세상에 딱 맞는 사람이었다. 내 외모는 세상에서 나를 밀어내지만 히나코 선생님의 동그란 얼굴은 세상의 축복 그 자체야. 그렇게 생각하며 얼굴이 선생님처럼 변하기를 간절히 기도했다. 아침에 일어났을 때 자신의 얼굴이 히나코 선생님의 얼굴로 싹 바뀌어 있는 모습을 밤마다 바보스러울 정도로 진지하게 상상했다.

그리고 놀랍게도 히나코 선생님이 자신의 비현실적인 면까지도 매우 자연스럽게 희석해 주고 있다는 사실을 유키노는 깨달았다. 유키노 때문에 분위기가 어색해지면 언제나 히나코 선생님이 나서서 교묘하게 가라앉혀 주었다. 의식적이든 무의식적이든 유키노에게 시선이 모일 것 같으면 가볍게 나무라면서, 하지만 티 나지 않게 아이들의 관심을 다른 곳으로 돌렸다. 그런 상황이 반복되자 급우들도 서서히 유키노의 특별함에 접근하는 방식을 익히게 되었다.

유키노는 히나코 선생님이 담임이 되기를 3년 내내 기도했지만 그 소원은 끝끝내 이루어지지 않았다. 대신 그녀가 고문을 맡고 있는 미술부에 들어갔고 그곳은 유키노에게 안식처가 되었다. 거의 처음으로 학교라는 장소에서 고통이 아닌 다른 기분을 맛보게 되었던 것이다. 멋 없는 점퍼스커트 차림의 볼품없는 여학생들 중에서 그녀만 콕 집어내 꾸며 준 것처럼 혼자만 세련미를 자랑하는 상황이 변한 것은 아니었다. 그래도 유키노는 또래 친구들과 수다를 떠는 즐거움을 그곳에서 난생처음 알게 되었다. 그리고 그 모든 것은 히나코 선생님 덕분이었다.

안타깝고 절실한, 거의 사랑에 가까운 애절한 심정으로 유키노는 히나코 선생님을 동경했다.

고등학생이 되자 유키노의 미모는 세상에 다소나마 스며들었다. 볼록한 가슴을 감싼 모카색 블레이저와 옅은 다갈색 리본, 날씬한 허벅지가 설핏 드러나는 길이의 타탄체크 플리츠스커트. 그런 예쁜 교복을 입은 유키노는 여전히 도드라지는 미소녀였고 텔레비전 속에서 활약하는 아이돌처럼 보이기도 했다. 하지만 그냥 그런 역할을 담당하는 정도로 그녀의 미모는 안정을 찾을 곳을 발견한 것이다. 자전거와 열차, 다시 자전거를 타며 통학하던 고등학교에서도 '아주 예쁜 애가 있다'는 소문의 주인공이 되기는 했다. 하지만 그녀의 외모는 다소 이질적일지언정 이상하게 여겨지지는 않았다. 철컹, 톱니바퀴 하나가 또 끼워 넣어졌다. 숨을 쉬기가 조금 더 편해졌다.

"유키노, 오랜만이네. 더 사람 같아졌는걸."

중학교 때 같이 부 활동을 했던 아이로부터 그런 말을 들은 것은 2년 만에 모인 모교 미술실에서였다. 히나코 선생님이 전근을 가게 되어 주말에 졸업생을 포함한 미술부 전원이 모여 환송회를 열기로 한 날이었다. 그날은 아침부터 비가 내린 탓에 히터를 켰는데도 낡아 빠진 건물이라 숨을 쉴 때마다 하얗게 입김이 나왔다. 그래도 30명 정도가 모이자 온기가 가득해져 차가운 콜라를 마셔도 기분 좋게 느껴질 만큼 공기가 훈훈해졌다.

"무슨 말이야? 전에는 내가 사람 같지 않았다는 거야?"

유키노는 되도록 가벼운 말투로 되받아쳤다.

"응. 나와 같은 존재로는 보이지 않았지."

진지하게 대꾸하는 졸업생의 표정을 장난으로 받아들였는

지 현역 미술부 학생들은 소리 내어 웃었다. “진짜 그랬다고!” 다른 졸업생 한 명이 지지 않고 주장했다. 사람 같지 않았다는 말이 무슨 뜻이냐며 고개를 갸웃거리는 중학교 남학생들은 아까부터 상기된 얼굴로 유키노를 힐끗거리고 있었다. 그래도 예전처럼 분위기가 불편해지지는 않았다. 히나코 선생님은 유키노 옆에서 유쾌하게 눈으로 반달을 그리며,

“하지만 정말이야. 유키노 말인데, 물속에서 올라온 것처럼 표정이 시원해 보이는걸.”

그렇게 말했다.

그리고 어느덧 창밖에는 어둠이 짙게 깔렸다. 물방울이 맺힌 유리창은 어둠을 등지고 거울로 변해 형광등이 빛을 발하는 미술실 정경을 담아냈다. 중학생들은 무리를 지어 하나둘 귀가하기 시작했고 교실에 남은 사람은 다섯 명쯤 되는 졸업생과 히나코 선생님뿐이었다. 선생님 뒤에는 학생들이 준 선물 상자들이 차곡차곡 쌓여 있었다. 그것을 보니 정말로 전근을 가시는구나, 하는 생각이 절로 들었다.

“무슨 일 있으면 언제든지 오렴.”

졸업식 날 히나코 선생님이 미술부 전체에게 한 말을 유키노는 자신에게만 주어진 메시지처럼 지금까지 가슴에 품고 있었다. 실제로 고등학교에 진학한 이후 구실을 만들어 혼자 몇 번이나 학교에 얼굴을 내밀고는 했다.

"전근을 가는 것은 맞지만 그리 멀리 가는 것은 아니란다. 또 볼 수 있어."

히나코 선생님은 그렇게 말했지만 전과는 확실히 달라질 터였다. 유키노는 학생들과 웃고 떠드는 히나코 선생님의 모습을 간간이 훔쳐보았다. 형광등 때문인지 선생님의 얼굴에는 피로가 완연해 보였다. 살짝 걱정을 하면서 유키노는 생각했다. 지금은 나아졌지만 중학교 때 나는 스토커나 다름없었을 거야. 점심시간, 방과 후, 휴일의 부 활동 이후, 그녀는 어미를 찾는 병아리처럼 히나코 선생님을 졸졸 따라다녔다. 허락만 해 준다면 선생님이 사는 아파트까지 따라가고 싶을 정도였다. 고등학교에 진학한 뒤 자신을 몰래 따라오곤 했던 남학생들의 마음을 그녀는 뼈에 사무치도록 알고 있었다. 혼자만 마음이 무거워진다는 것은 너무나, 너무나 괴로운 일이다.

"비의 언어라는 시가 있단다."

유키노가 상념에서 벗어나 얼굴을 들자 히나코 선생님은 그녀를 보며 빙그레 웃었다. 그러고 나서 천천히 학생들에게 공평하게 시선을 주었다.

"내가 좋아하는 시야. 비가 올 때마다 떠올리지, 「비의 언어」라는 시."

그리고 히나코 선생님은 살포시 눈을 감고 시를 낭송했다.

내 몸이 다소 차가운 건

이슬비 속에서 홀로
걸었기 때문이지
내 손바닥은 이마는 촉촉한 채로
어느덧 나는 어두워지고
여기에 이렇게 기대앉아
불이 켜지기를 기다리지

통통한 입술에서 매끄럽게 이어져 나오는 시를 유키노는 바보처럼 입을 벌리고서 듣고 있었다.

"그곳은 아직 소리 없이 희미한 비가."

시는 이어졌고 유키노의 눈꺼풀 위로 낯선 도시에 비가 쏟아지는 정경이 그려졌다. 사랑해 마지않는 히나코 선생님의 목소리가 미래를 향한 불안한 예언처럼 유키노의 마음을 가만히 흔들었다.

알지 못했고 바라지도 않았던
하루를 내게 가르쳐 주며
고요함에 대해 뜨거운 한낮에 대해
비의 잔잔한 속삭임은 이렇게
불현듯 이렇게 저렇게 말해 주지
나는 그것을 들으며

언젠가 언제나처럼 잠이 들겠지

/////

알람이 울고 있다.

눈을 감은 채 휴대전화를 움켜쥐고 알람을 멈추었다. 벌써 아침이라니. 믿기 어려운 기분으로 슬며시 눈을 뜨자 두통이 밀려왔다. 온몸의 모든 혈관이 아직도 간밤에 흡수한 알코올로 충만한 느낌이었다. 어찌 되었든 일어나야 한다. 침대에서 몸을 일으키자 위통과 함께 빈혈이 한꺼번에 몰려와 하마터면 쓰러질 뻔했다. 칼로리가 필요했다. 발치에서 초콜릿을 주워 침대에 걸터앉아 은박지를 벗겨낸 후 베어 물었다. 6시 4분. 그제야 유키노는 비가 내리고 있다는 것을 깨달았다.

……비의 잔잔한 속삭임은. 알지 못했고 바라지도 않았던 하루를.

그래. 유키노는 생각했다. 정말로 매일 그런 날뿐이다.

집을 나선 유키노는 덜컹덜컹 소리를 내는 오래된 엘리베이터에 몸을 실었다. 3층에서 양복을 입은 중년 남자가 "안녕하세요!" 하고 아침부터 쾌활하게 인사를 하며 엘리베이터에 탔다. 유키노는 간신히 미소를 지었다. 안녕하세요. 엘리베이터 거울에 비친 자신을 적나라하게 지켜보는 남자의 시선이 고개를 숙이고 있는데도 여실히 느껴졌다. 괜찮아, 트집 잡힐 데는 전혀 없으니까. 딱 붙는 짙은 갈색 재킷 아래에 연한 보라색 프릴 블라우스를 받쳐 입고 그 아래로는 검은색 플레어 팬츠를 입고서 5센티미터 펌프스를 신었다. 단정한 쇼트 보브 머리, 얇게 펴 바른 파운데이션, 예쁘게 바른 옅은 색 립스틱. 당신의 그 피로에 찌든 양복이나 깔끔하게 깎지 못한 턱수염이나 뻗친 머리가 훨씬 꼴사납다고. 나는 손톱도 완벽하게 정돈했고 스타킹을 신은 다리도 말끔하게 관리하고 있어. 오래전 자신의 외모를 비관하던 무력한 어린애는 이제 없어. 잘 살고 있단 말이야.

차량이 오가는 빗속의 가이엔니시도리 거리를 숱한 우산들이 다채롭게 물들이며 묵묵히 행렬을 이루어 움직였다. 인파에 뒤처지지 않게 걸으며 센다가야역에 도착한 뒤 우산에 묻은 물방울을 떨어낼 즈음 유키노는 이미 녹초가 되어 있었다. 기둥에 기대 주저앉고 싶은 마음을 누르며 가방에서 정기권을 꺼내 개찰구를 통과했다. 울고 싶은 심정으로 가까스로 계단을 올라 플랫폼에 도착했다. 열차를 기다리는 긴 행렬 끝에 선 그녀는 우산을 지팡이 삼아 기대며 안도의 한숨을 내쉬었다. 이제야 한숨 돌리나 했더니 계속 몸을 움직이느라 혈압이 올라서 그런지 머리 안쪽을 쇠망치로 두드리는 듯한 격통이 밀려들었다. 미간에 식은땀이 맺혔다. 그런데도 손발은 냉수마찰이라도 한 것처럼 차가웠다. 양쪽 다리 근육이 피곤에 절어 찢어질 것만 같았다. 집에서 나와 겨우 10여 분쯤 걸었을 뿐이건만 몸이 이토록 힘들다고 아우성치는 것을 보니 서글퍼졌다.

꺄하하하. 거침없는 웃음소리에 움찔해서 시선을 돌려 보니 짧은 스커트를 입은 여고생 두 명이 신나게 떠들고 있었다.

"진짜로 갈비 정식 먹고 온 거? 방금!"

"오늘 2교시 체육이잖아! 우리 엄마가 차려 주는 빈약한 아침만 가지고는 쓰러질걸."

"그렇다고 촌스럽게. 신사 옆에 파니니 가게 생겼는데 그런 데를 가, 차라리."

아기 고양이가 앞발을 톡톡 내미는 것처럼 한마디를 할 때마다 서로를 툭툭 쳤다. 그러는 와중에도 스마트폰을 능숙하게 조작하며 발랄하게 웃어댔다. 파니니 가게는 안 촌스러워? 케이크 시대는 이제 끝났지. 그런 대화를 들으며 그녀들이 뿜어내는 강력한 에너지에 유키노는 다시 한번 움찔했다. 그저 전철역 플랫폼에 서 있는 것뿐인데 뭐가 그렇게 즐거운지 기가 찰 노릇이다. 1번선, 신주쿠 방향 열차가 도착합니다. 무덤덤한 목소리가 스피커에서 들렸다. 그 모든 것들이 아슬아슬하게 버티고 있는 유키노의 기력을 기어이 뚝 분지르고 말았다. 위에서 스멀스멀 구역질이 올라왔다.

신주쿠와 시부야에 걸친 거대한 국정 공원 안에서 유키노는 우산을 들고 걸었다.

결국 열차에는 타지 않았다. 탈 수가 없었다. 열차의 문이 열리기도 전에 유키노는 화장실로 뛰어들어가 구토를 했다. 위가 뒤집힐 정도로 괴로운데도 토사물은 거의 없었고 끈적끈적한 위액만 실처럼 늘어져 흘러내렸다. 아무래도 오늘은 안 되겠어. 화장실 거울 앞에서 눈물로 엉망이 된 화장을 고치며 유키노는 절망적으로 생각했다. 한번 그렇게 생각하고 나니 죄책감이 혼재된 안도감이 넓게 퍼져 나갔다. 유키노는 역을 빠져나가 걸어서 5분 거리에 있는 국정 공원의 센다가야문을 통과했다.

주위의 나무들은 비에 흠뻑 젖어 이 계절 특유의 생명력 넘치는 푸릇푸릇함을 자랑하고 있었다. 추오선의 광포한 굉음도, 수도 고속도로를 질주하는 트럭의 굉음도 여기에서는 먼 곳에서 전해지는 속삭임처럼 희미하게 들릴 뿐이었다. 무엇인가로부터 보호받는 듯한 느낌에 유키노는 안도했다. 우산을 두드리는 빗소리를 들으며 걷다 보니 좀 전의 피로감이 느릿느릿 빠져나가는 기분이 들었다. 펌프스가 진흙에 더러워지든 말든 개의치 않았다. 오히려 촉촉해진 땅을 밟는 감촉에 기분이 좋아졌다. 잔디밭에서 벗어난 그녀는 대만식 건물 옆에 나 있는 산길처럼 좁다란 오솔길을 지나 일본 정원에 들어섰다. 오늘도 여전히 아무도 없었다. 편안해진 마음으로 축 처진 은행나무 아래를 지나 작은 돌다리를 건넌 후 정자 안으로 들어가 우산을 접었다. 벤치에 앉자 온몸이 산소 결핍증에 빠진 것처럼 무겁게 마비되는 감각이 그녀를 옭아맸다. 칼로리가 필요했다. 매점에서 산 캔 맥주를 따서 단번에 꿀꺽꿀꺽 마시고는 푸아 하고 길게 숨을 쏟아냈다. 몸에서 슬금슬금 힘이 빠져나가면서 정신까지 무너질 것만 같았다. 이유 없이 눈꼬리에 눈물이 맺혔다. 오늘은 이제 막 시작했을 뿐이다.

알지 못했고 바라지도 않았던 하루를…….

유키노는 조그맣게 읊조렸다.

/////

미술실에 마지막까지 남은 몇몇 졸업생들이 뒷정리를 하고 히나코 선생님과 함께 학교에서 나온 것은 6시경이었다. 주위는 이미 어둠이 차갑게 내려앉았고 변함없이 비가 내리고 있었다. 한낮의 밝았던 분위기도 그 무렵에는 이별에 대한 서운함으로 완전히 무겁게 가라앉아 있었다. 졸업생들은 눈물 바람을 하며 히나코 선생님과 작별 인사를 나눈 후 하나둘 귀가했다. 그래서 최후에는 집이 같은 방향인 유키노와 히나코 선생님만 단둘이 우산을 들고 걸어가게 되었다.

선생님과 단둘만 남았다는 행복감과, 이것이 마지막이 될지도 모른다는 안타까움에 유키노는 줄곧 말이 없었다. 히나코 선생님도 평소와 다르게 조용히 걷기만 했다. 유키노는 문득 자신의 키가 어느 틈에 히나코 선생님의 키를 추월했다는 것을 깨달았다. 그것도 선생님이 자신에게서 멀어지려 하는 이유 중 하나가 아닐까 싶어 허허로워졌다. 앞으로도 이런 슬픔을 맛보며 살아야 하는 것은 아닐까 하는 근거 없는 생각이 대뜸 고개를 쳐들었다. 아직 연애를 해 본 적은 없지만 그것은 필시 외로움을 한가득 동반하는 감정일 것이라고 유키노는 묘한 확신을 품고 있었다.

"유키노의 집은 선로 건너편이지?"

불쑥 생각난 것처럼 히나코 선생님이 요산선 방향으로 시선을 옮겼다. 어쩐지 두근거리는 마음으로 네, 하고 대답했다. 그럼 곧 도착하겠네. 그 말을 끝으로 선생님은 다시 침묵했다. 선생님의 부츠 소리와 유키노의 로퍼 소리가 번갈아 울렸다. 가드레일 밑에 생긴 웅덩이에 까만 비가 빨려 들어갔다. 적막감을 참다못한 유키노가 무슨 말이든 하려고 입을 열자 돌발적이면서도 담담하게 히나코 선생님이 먼저 말을 던졌다.

"실은 전근 가는 게 아니란다. 교사 일을 그만두는 거야."

"아."

어, 지금 뭐라고 하셨지? 유키노는 우산 아래에 있는 히나코 선생님의 얼굴을 들여다보았지만 워낙 어두워서 표정까지는 보이지 않았다.

"교사 일을 그만둔다고."

히나코 선생님은 좀 더 또박또박하게 반복해서 말했다.

"미안하구나. 유키노한테만은 사실을 말해 줘야 할 것 같았어."

그 말이 무슨 뜻이에요? 가슴속에서 의문이 반향을 일으켰다. 히나코 선생님의 말이 이해가 되지 않았다. 로퍼를 신은 발만이 자동적으로 움직이고 있었다. 슬픔인지 기쁨인지 가늠하기 어려운 어조로 히나코 선생님은 말을 이었다.

"선생님이 아이를 가졌거든. 그래서 본가 근처로 이사하게 된 거야."

왜, 하고 유키노는 생각했다. 왜 결혼한다고 말하지 않은 걸까. 왜 본가에 들어간다고 말하지 않은 걸까. 어째서 전근을 가게 되었다고 거짓말을 한 걸까. 알 것 같으면서도 이해가 가지 않아 유키노는 가슴이 갑갑해졌다. 누군가에게 머리를 잡혀 난폭하게 물속에 처박힌 것 같았다. 그리고 버림받을 것이라는 강한 공포가 선명하게 전해졌다. 버림받는 것은 유키노일까, 히나코 선생님일까. 실제로 누가 누구를 버리는 건지 당최 알 수가 없었다. 유키노는 그저 혼란스럽기 짝이 없었다. 거의 충격이었다.

후훗, 하고 히나코 선생님이 웃음소리를 흘렸다. 언제나 유키노를 위기에서 끌어내 주었던 그 온화한 음성으로. 왜 웃나요? 유키노는 놀라서 다시 한번 선생님을 돌아보았다.

"놀랐나 보구나. 확실히 누구든 바라는 일은 아니지. 사실 조금은 큰일인가. 하지만 말이야."

거기까지 말하고 이번엔 히나코 선생님이 우산 밑에 있는 유키노의 얼굴을 들여다보았다. 논밭 저편에서 세 량짜리 요산선 열차가 지나갔다. 창밖으로 뿜어 나오는 노란 불빛이 히나코 선생님의 얼굴을 부드럽게 어루만졌다. 유키노를 지켜주고 기운을 북돋아 주었던, 유키노가 사랑해 마지않는 다정한 얼굴. 가슴 안쪽에서 뜨거운 감정이 복받쳤다.

"괜찮아. 어차피 사람에게는 누구나 조금씩 이상한 면이 있으니까."

'아아, 히나코 선생님.'

뭐가 괜찮다는 거예요? 다들 이상하다니요? 걸으면서 유키노는 눈물을 흘렸다.

소리는 간신히 죽였지만 눈물은 아스팔트 위로 뚝뚝 떨어져 빗물에 섞였다. 부츠와 로퍼와 빗소리의 잔상이 끝없이 귀에 남았다.

/////

귀에 익은 발소리에 선잠에서 깨어난 유키노는 얼굴을 들기도 전에 누가 왔는지 어렵지 않게 알아챘다.

그 소년이 전처럼 비닐우산을 들고 서 있었다.

소년은 당혹스러우면서도 살짝 불쾌한 표정을 지었지만 유키노는 유쾌한 기분이 들었다.

"안녕."

먼저 인사를 건넸다.

"……네."

왜 또 있는 거냐는 힐난이 담긴 불퉁한 대답. 허리를 숙이는 소년을 시야 끝으로 좇으며 유키노는 자신이 이상한 여자로 보일 것이라는 생각에 입맛이 썼다. 하지만 둘 다 매한가지 아닌가. 소년도 학교를 빼먹고 이런 곳에 온 거니까.

비가 엇박자로 지붕을 두드렸다. 소년은 유키노를 무시하기로 작심했는지 전처럼 노트에 무엇인가를 끼적거리는 것에만 집중했다. 미대 지망생인가. 뭐, 아무래도 상관없지만. 유키노도 편하게 맥주를 마시기로 했다. 캔 하나를 다 비우고 다른 상표 맥주를 따서 입에 댔다. 맛의 차이를 전혀 모르겠다. 이럴 줄 알았으면 싼 것으로 두 캔을 살걸 그랬다며 살짝 후회했다. 에라, 모르겠다. 뛰어난 미각의 소유자도 아닌데 무슨 상관이야. 펌프스를 반쯤 벗어 발끝에 걸치고 대롱대롱 흔들었다.

"저기……." 하고 소년에게 말을 건 것은 약간의 술기운 때문이었을까, 무료함 때문이었을까.

"학교는 안 가니?"

그저 이 아이와는 마음이 맞을 것 같다는, 새 학기에 본능적으로 친구를 골라내는 심정으로 유키노는 막연하게 생각했다. 소년은 당신에게는 말하고 싶지 않다는 얼굴로,

"……그쪽은 회사 안 가요?"라며 퉁명스럽게 되물었다. 역시 눈치 못 챘구나. 남자아이들은 바보 같아.

"또 땡땡이쳤지."

그렇게 대답하자 소년은 은근슬쩍 놀란 표정을 지었다. 너는 모르겠지만 어른들도 틈만 나면 땡땡이를 친단다. 소년의 표정이 누그러졌다.

"……그리고 아침부터 공원에서 맥주를 마시고 있고요."

있는 그대로를 묘사하며 두 사람은 피식 웃었다.

"술만 마시면 몸에 안 좋아요. 안주랑 같이 먹어야죠."

"고등학생이 별걸 다 아네."

"엄마가 애주가라서요……."

재빨리 변명하는 것을 보니 마셔 본 적이 있는 것이 분명하다. 귀엽기는. 유키노는 조금 더 놀려 보기로 마음먹었다.

"안주 있어."

그렇게 답하고는 가방에서 초콜릿을 잔뜩 꺼내 보여 주며 "먹을래?" 하고 물어보았다. 양손에 가득한 초콜릿이 후드득 소리를 내며 벤치 위로 떨어졌다. 기대한 대로 소년이 몸을 틀

며 우악, 하는 반응을 보이자 절로 웃음이 났다.

"아아 지금 이상한 여자라고 생각했지?"

"아니, 그건……."

"괜찮아."

아무래도 좋았다. 유키노는 난생처음 그렇게 생각했다.

"어차피 사람에게는 조금씩 이상한 면이 있으니까."

소년은 의아한 표정을 지었다.

"……그런가?"

"응."

그를 똑바로 보고 말하니 목소리가 저절로 상냥해졌다. 그러자 그 말을 이어받기라도 하듯 바람이 불어와 풀과 빗방울을 뒤흔들었다. 이파리들이 사각사각 속삭였다.

그 소리에 에워싸인 순간 유키노는 깨달았다.

비 내리던 그날 밤.

10년도 전에 히나코 선생님이 했던 그 말.

선생님은 그때 전혀 괜찮지 않았다.

그 당시로 거슬러 간 것처럼 선생님의 마음이 똑똑히 보였다. 필사적으로, 무너질 것만 같은 마음을 필사적으로 끌어안으면서도 나만 이상한 것은 아니라고 부르짖던 히나코 선생님의 마음이 눈앞에 선연히 떠올랐다. 한참이나 나이 어린 여고생에게 애써 호소하는 그 모습이 한 치의 어긋남 없이 자신의 모습과 겹쳐졌다.

선생님. 용서를 구하는 마음으로 유키노는 선생님을 불렀다. 모르는 사이에 우리 모두는 병을 앓고 있다. 하지만 건강한 어른이 과연 어디에 있을까. 누가 우리를 선별할 수 있을까. 자신이 병들어 있다는 사실을 아는 것만으로도 충분하지 않을까. 기도하듯, 소원하듯 히나코 선생님을 동경하던 소녀 시절에 품었던 절실한 마음으로 유키노는 그렇게 생각했다.

"그럼 이만 가 봐야겠어요."

소년이 일어나며 말했다. 비는 아까보다 다소 잦아들고 있었다.

"학교에 가려고?"

"비 오는 날 오전 수업만 빼먹기로 했거든요."

"흐음."

어중간하게 성실한 아이였다.

"그럼 또 만날 수 있겠네."

예정에 없던 말이 불쑥 튀어나왔다.

"만약 비가 오면……."

의아함이 서린 소년의 표정을 보며 진심으로 그러기를 바란다고 유키노는 남의 일처럼 생각했다.

간토 지방이 그날 장마에 돌입했다는 것을 그녀는 훗날 알게 되었다.

인용시 : 타치하라 미치조, 「비의 언어」

우렛소리 희미하고 구름이 끼고
비라도 내리면 그대 붙잡으련만

(『만요슈』 11·2513)

해석 : 천둥이 조금 치고 갑자기 구름이 끼고 비라도 내리지 않을까. 당신을 붙잡고 싶다.

상황 : 『만요슈』의 시에서는 천둥을 '나루카미(鳴神)'라고 표현해 신비롭고 경외하는 대상으로 여겼다. 떠나버릴 것 같은 남자를 잡지 못하는 여자의 노래. 남자가 떠날 길을 방해해 줄 비가 내리기를 빌고 있다. 제8화에 남자의 답가가 나온다.

제3화

주연 여배우, 독립과 머나먼 달, 10대의 목표는 작심삼일

- 아키즈키 쇼우타

The Garden of Words

"어릴 때 꿈은 매번 작심삼일로 끝나지 않나?"

달짝지근한 하우스 화이트와인을 한 모금 마시고 나는 생각에 앞서 그렇게 말했다. 말하고 나서야 씹어뱉은 듯한 말투였다는 생각이 들었다. 위험하네. 취했어. 그런 자각을 하면서도 와인을 한 모금 더 마셨다. 이상하게 갈증이 났다.

"쇼우짱, 있잖아."

리카가 나이프를 들고 있던 손을 멈추고 나를 흘겨보았다. 일찍이 까맣고 큰 눈매를 가진 그녀의 강렬한 눈빛에 반했던지라 그 시선에 사로잡히자 약간 움츠러들었다.

"내가 아직 어리다는 얘기야? 아니면 제대로 취직하라는 건가?"

"아니, 일반론을 말한 거야. 너무 집착하는 건 아닐까 하는 생각이 들어서. 일종의 노파심이지.”

“흐음…….”

납득이 안 되는 모양이지만 그래도 리카는 시선을 떨어뜨리고 농어 살을 발라내는 작업으로 돌아갔다. 스물여섯 살에 웬 노파심이야, 하고 혼잣말을 하며 포크를 입으로 가져갔다. 냅킨으로 입을 살짝 닦아내고는 와인을 조금 마시고 다시 생선 살을 입에 넣었다. 나도 흰 살 생선과 물냉이를 한꺼번에 입안에 넣고 안경다리를 밀어 올리면서 리카를 힐끔 보았다. 올리브 오일이 묻은 입술이 촛불 빛을 받아 묘하게 선정적인 빛을 뿜어냈다. 섬세한 손가락으로 빵을 뜯어 우아하게 농어 소스를 찍어 입에 넣는 모습. 잠시 오물거리다가 다시 와인을 마시는 모습. 그 일련의 동작들이 어찌나 익숙해 보이는지 나는 그 모습에 시선을 빼앗김과 동시에 가슴 안쪽 심장 언저리, 늑골 안에 자리한 축축하고 말캉한 부분을 누군가 손으로 지그시 쥐는 것 같은 묵직한 둔통을 느꼈다. 그러고 보니 처음부터 그랬다. 레스토랑에서도, 라이브 극장에서도, 러브 호텔에서도, 리카는 어느 곳에서도 늘 익숙했다. 한편 나로 말할 것 같으면 리카와 만나기 전에는 아는 것이 별로 없었다. 예를 들어 프렌치 또는 이탈리안 레스토랑에서는 빵을 소스에 찍어 먹어도 된다는 것도 그렇고. 넥타이에 손가락을 넣어 깃을 느슨하게 풀었다. 나도 모르게 넘겨짚게 된다. 아직 대학생밖에 안 된 그녀에게 레스토랑 매너를 가르쳐 준 것은 누구일까. 그런 부질없는 생각을 하고 만다. 필시 나보다 나이가 많은 남자겠지. 여섯 살이 많았다는 전 남자 친구일까. 어쩌면 리카가 아르바이트를 하는 가게의 손님일지도 몰라. 혹은 극단의 연출가라는 중년 사내든가. 그렇다면 나와 사귀기 전의 일일까, 후의 일일까.

"하지만 집착하지 않고 어떻게 꿈을 이루지?"

나이프로 메인 요리인 송아지 고기를 썰던 중에 리카가 불쑥 그런 말을 던졌다. 내가 아까 하던 얘기의 연장이라는 것을 알아채기까지는 약간의 시간이 걸렸다.

"……집착이라고 해야 하나, 리카가 하는 얘기를 듣다 보니 힘들 것 같아서 한 말이야. 아르바이트와 공부를 병행하느라 위태로워 보여서. 애당초 좋아서 연극을 시작했을 텐데 그 일이 자신을 힘들게 한다는 것은 좀 아닌 것 같거든."

리카에게 심술을 부리고 싶은 걸까, 아니면 거북해진 이 상황을 어떻게든 무마하고 싶은 걸까. 나는 갈피를 잡지 못한 채 대답했다. 웨이터가 다가와 리카의 잔에 레드 와인을 따르고 이어서 내 잔에도 따랐다. 내 잔이 기름투성이인 것과 달리 리카의 잔은 말끔했다. 식사를 하는 방법이 다른 것이다. 가슴을 찌르는 수치심을 감추려고 와인을 벌컥 들이켰다. 어색하게나마 미소를 지어 보였다.

"너무 무리하지 마. 즐기지 못하면 더 이상 끌고 가기 어렵지 않겠어?"

"……무대에 대한 얘기인데."

무표정하게 와인과 함께 고기를 천천히 삼키며 리카는 입을 열었다.

"즐기고 싶다거나 그래서 행복해지고 싶다거나, 그런 식으로 생각한 적은 평생 단 한 번도 없다고 우리 연출가 선생님이 그러셨어. 그 마음을 알 것 같아. 연기하며 살고 싶다는 생각이야 물론 하지. 하지만 그보다는 나 자신이 인정할 수 있는 연기를 하고 싶어. 나만의 표현을 찾고 싶어. 그건 아마 무리하지 않으면 절대 실현 불가능할 거야. 우리 극단 사람들 모두 같은 생각일걸."

자신이 인정할 수 있는 연기. 자신만의 표현. 우리 극단. 우리 연출가. 내 장기를 쥔 누군가의 손에 힘이 꾸욱 들어갔다. 더 취해 버리면 이 불쾌한 통증이 누그러들까. 나는 잔을 기울였다. 익숙지 않은 쓴맛이 혀에 남았다. 소주 생각이 간절했다. 한 모금 더 마셨다. 그래도 갈증은 여전했다.

"……다들 사이좋게 노력하고 있다 이거야?"

결국 가시 돋친 말을 던지고 말았다. 말을 하자마자 오늘은 안 되겠다 싶은 마음이 들면서 울적해졌다. 아니나 다를까, 리카가 나를 쏘아보고 있었다.

"싸우러 온 게 아닌데, 난."

"시작한 건 너야."

"그런 적 없어. 이제 그만해."

"내가 할 소리. 오랜만에 만나 놓고 너는 내내……."

모르는 얘기만 늘어놓지 않았느냐는 말은 차마 할 수가 없어서 대신 와인만 들이켰다. 고기고 뭐고 입맛이 뚝 떨어졌다. 디저트도 나올 텐데 어쩌자는 건지. 이 코스 요리 값은 또 어쩌고.

"왜 그래, 쇼우짱. 하고 싶은 말이 있으면 해."

"별로 없어."

"아닌 것 같은데. 아까부터 말에 가시가 있잖아. 우린 사귀는 사이니까 공연한 오해는 만들고 싶지 않아. 오늘 쇼우짱과 만나는 걸 내가 얼마나 고대하고 있었는데."

그러면 나를 봐 줘야지. 이렇게 말할 뻔했다. 나도 무리해서 업무를 미루고 빠져나왔어. 내가 이 가게를 찾아서 예약했고 이 무자비한 밥값을 내는 것도 나야. 리카와 사귀기 위해 자신이 얼마나 애를 쓰고 있는지 하나하나 절절하게, 네 살이나 어리고 아름답고 오만한 이 여대생에게 매달려 호소하고 싶은 마음이 굴뚝같았다. 그런 충동을 꾹꾹 누르는 동안 말이 멋대로 튀어 나갔다.

"그저 꿈을 좇는답시고 남의 돈으로 먹고살아도 되나 싶어서."

이런, 망할. 결단코 해서는 안 될 말을 하고 말았다. 울음을 터뜨리거나, 아니면 자리를 박차고 나가는 것도 각오했는데 의외로 리카는 별말 없이 한숨을 쉬고는 가만히 시선을 떨어뜨렸다. 그러더니 송아지 고기를 작게 썰어 말없이 입으로 가져갈 뿐이었다. 마치 나를 나무라듯이. 하는 수 없이 나도 쓰기만 한 와인을 연거푸 들이켰다. 나라고 모르겠는가. 그녀가 고급 레스토랑을 예약하라고 한 것은 아니다. 이자카야를 싫어한다고 말하지도 않았다. 사회생활을 하는 사람다운 면을 보여 주고 싶어서 내가 멋대로 예약했고 내가 멋대로 계산하려는 것뿐이다. 갈증은 좀처럼 사그라지지 않았다.

테라모토 리카와 만난 것은 2년 전이다. 동료인 타나베가 연극 티켓 좀 사 달라고 하기에 별생각 없이 2,800엔을 내고 사 주었다. 연극에는 전혀 흥미가 없는데도 극장을 찾아간 것은 틀림없이 심심해서였을 것이다. 아마도 토요일이었을 것이고 티켓에 인쇄된 장소는 시모키타자와 근처였을 것이다. 정말 거기에 극장이 있을까 걱정했던 기억이 난다. 복합 빌딩의 비좁은 계단 아래로 내려가 무뚝뚝한 접수 담당에게 티켓을 내민 뒤 극장 안으로 들어갔다. 교실 하나 크기의 어두침침

한 공간이었다. 계단식 객석에 서른 개 정도의 방석이 촘촘하게 놓여 있어서 생판 모르는 이들과 어깨를 부딪치며 두 시간짜리 연극을 관람했다. 내가 연극에 대해 무지해서 그런지, 단순히 연극의 완성도가 떨어져서인지는 잘 모르겠지만 도무지 재미를 느낄 수가 없었다. 아니, 정직하게 말해서 죽도록 따분했다. '로스트 제너레이션 세대의 고교생들이 사회의 부조리를 외치며 교실에서 농성을 벌인다'는 것이 요지인데, 나는 무엇보다도 그렇게 따분한 이야기가 세상에 존재한다는 사실에 가장 놀랐다. 다만 주인공을 맡은 여자아이는 인상에 남았다. 오, 미인이네. 가슴도 크고 다리도 길어. 저 아이나 감상하면서 본전을 뽑아야지. 그런 엉큼한 생각을 한 것은 초반에 불과할 뿐, 어느덧 무대 위를 주름잡는 자그마한 몸 그 자체에서 시선을 떼지 못하고 있었다. 저렇게 가느다란 몸 어디에서……. 걱정스러울 만큼 여자는 에너지로 충만했고 우아함은 모두 던져 버린 채 아예 자포자기한 기세로 몸을 움직였다.

타나베에게 연극에 대한 감상을 완곡하게 전했더니 그는 친절하게도 주연 여배우를 불러 자리를 마련해 주었다.

"여배우라고 하면 뭔가 대단하게 들리는데 그저 배우 지망생인 평범한 여대생이지, 뭐. 나도 만나 본 적은 없지만 흔한 패턴이잖아."

점심시간에 회사 근처 메밀국숫집에서 장어 튀김을 먹으며 타나베는 그렇게 말했다. 그의 여자 친구가 그녀의 선배라고 했던가, 아무튼 대략 그런 관계였던 것으로 기억한다. 할당받은 티켓을 처리하다가 나한테까지 부탁이 들어온 모양이었다.

그런 경위로 우리 네 사람은 시부야에 있는 이자카야의 개별실에서 술을 마셨다. 나와 타나베, 타나베의 여자 친구와 배우 지망생인 여대생. 양복 재킷을 입을까 말까 고민했던 것을 보면 늦여름쯤이 아니었을까 싶다. 제철 생선을 접시에 나란히 담아서 고르게 하는 세련된 술집에서 마련된 실질적인 소개팅인데도 테라모토 리카는 편한 티셔츠와 쇼트 팬츠 차림에 웨지 힐 샌들을 신고 나타났다. 그녀의 모습에 나는 외려 마음이 편해졌다.

"테라모토 리카, 오사카 출신, 작년에 상경해서 지금은 2학년이에요. 극단에 소속돼 있어요. 변변치 못한 무대를 보러 와주셔서 정말 고마웠습니다!"

억양에 사투리가 남아 있긴 해도 또랑또랑하고 예의 바르게 고개를 숙이는 리카에게 호감이 갔다. 내가 초대한 두 번째 식사 자리에서는 단둘이 만났다. 세 번째 약속은 그날 바로 받아냈다. '테라모토'에서 '리카'로, '아키즈키'에서 '쇼우짱'으로 서로의 호칭이 바뀌기까지는 한 달도 채 걸리지 않았다. 거리의 공기가 점점 차가워지면서 가로수의 이파리가 색을 바꾸기 시작하고 리카가 피코트를 입게 되었을 즈음에 우리는 연인이 되었다.

연인 사이가 되어 행복해졌냐고 묻는다면 사실 난 할 말이 없다. 물론 리카의 강한 의지가 묻어나는 눈동자나 하늘하늘한 몸에 흠뻑 취하기는 했지만 그녀와 함께할 때마다 지금까지는 한 번도 느껴 보지 못한 열등감이 나를 사정없이 찔러댔기 때문이다.

그녀가 소속된 극단은 내가 처음에 상상했던 중학생 동아리나 다를 바 없는 곳이 아니라 단원들 모두가 프로를 지향하는 진지한 단체였다. 매년 두 번 공연을 하고 할당받은 티켓을 처리해야 했으며 한 달에 한 번은 인터넷을 통해 연습 장면을 공개했다. 극단의 창단자이자 연출가라는 남자는 심야 텔레비전 드라마나 라디오 드라마의 각본을 쓴 적도 있다고 한다. 리카는 리카대로 다른 극단의 무대에 객원 배우로 서거나, 독립영화나 광고 엑스트라로 출연하기도 했다. 때로는 모델로 사진 촬영을 하기도 했다. 설령 내가 그 모든 작품의 제목을 일상생활 속에서 단 한 번도 접해 본 적이 없을지라도, 설령 그녀가 찍은 사진이 기껏 지역 잡지의 개인 상점 광고에 실릴지라도, 설령 타나베 말마따나 리카가 '흔한 패턴' 중 한 명에 불과할지라도, 그래도 내 눈에 리카가 속한 세상은 '연예계'와 다를 바가 없었다. 그녀는 스물 남짓의 나이에 사회인인 나보다도 훨씬 더 많은 이들과 교류하며 온갖 경험들을 쌓고 있었다. 평범하게 대학을 나와 평범하게 영업직으로 취업한 내가 만나 본 적도 없는 이들이 리카의 주변에는 차고 넘쳤다. 오늘 촬영지에서 말이지. 이렇게 신이 나서 떠드는 리카의 말을 들을 때마다 나는 껄끄러움을 느꼈다. 질투나 열등감, 독점욕이나 자존심이 엉망으로 뒤섞인 복잡한 고통이었다.

다녀왔어. 중얼거리며 나는 오래된 단지 내에 있는 문을 열었다. 식사를 마친 나는 취기와 언짢음을 떨치지 못한 상태에서도 리카를 도자이선 플랫폼까지 데려다주고 JR역으로 돌아와 열차에 몸을 실었다. 소부선 열차 안에 우리 회사에서 담당하는 스마트폰 광고가 잔뜩 붙어 있는 것을 보니 공연히 처량해졌다. 치아가 부자연스럽도록 새하얀 축구 선수가 어색하게 웃으며 최신 모델을 들고 있었다. 30분가량 열차에 흔들리다 보니 역에 도착했다. 공단 주택까지 15분 정도 걸어 4층에 올라갔을 즈음에는 술기운이 거의 사라지고 없었다. 귀가하면서도 이제 됐다는 말을 속으로 수없이 되뇌었다. 이제 됐어. 뭐가 되었다는 건지는 모르겠지만 그 말을 반복할수록 조금씩 마음에 윤곽이 잡혔다. 요컨대 본 적도 없는 중년의 극단원을 질투하는 것도, 연상답게 관대한 척 구는 것도, 그런 시간을 위해 과장의 살벌한 시선을 감수하면서까지 정시 퇴근을 하는 것도 모조리 불쾌했던 것이다.

어서 와, 하고 주방에서 엄마의 목소리가 날아왔다. 양복을 벗고 티셔츠로 갈아입은 후 손과 얼굴을 씻은 다음 주방으로 갔다. 엄마가 혼자 식탁에 앉아 소주잔을 기울이고 있었다. 오랜만에 마주 앉은 듯한 기분이 들었다. "어서 와" 하고 한 번 더 조그맣게 말하기에 "응" 하고 답했다. 퍽 퉁명스러운 말투였다. 더 이상은 술 생각이 없었지만 그냥 앉아 있기도 뭐한지라 냉장고를 열어 캔 맥주를 꺼냈다. 뚜껑을 따며 엄마의 맞은편 자리에 앉았다. 둘 다 기분이 말이 아니라는 것이 눈에 훤히 보였다. 술만 마시는 불편한 침묵이 얼마간 지속되었다. 정신 연령은 나보다 확실히 어린 여자라 먼저 "요즘은 어때?" 하고 말문을 열었다.

"순조로우면 이러고 혼자 앉아 술이나 마시고 있겠니?"

순조롭지 않은 것이 일인지, 연애인지, 아니면 다른 그 무엇인지 분간이 가지 않아 나는 일단 기억을 더듬어 보았다.

"그…… 키요미즈 씨랬나?"

"……쇼우타, 데이트할 때 여자에게 돈 내게 한 적 있니?"

"뭐, 가끔은. 나는 그렇게 고액 연봉자가 아니거든."이라고 대답했지만 사실 리카에 한해서는 100퍼센트 내가 계산하고 있었다. 그녀가 학생이라는 이유도 있지만 무엇보다도 허세 때문이었다.

"거짓말, 그런 면에서는 유난히 고지식한 애가."

단박에 거짓말이 들통났다. 나는 대답을 하는 대신 기분이 더욱 상해 맥주만 홀짝였다.

"키요미즈 씨는 요즘 일이 조금 어려운 모양이야. 고리타분하다고 할지는 몰라도, 그래도 벌써 한 달이나 나 혼자 식사비고 택시비고 모조리 내고 있다고."

본 적도 없고 보고 싶지도 않은 키요미즈라는 사람은 엄마의 남자 친구다. 3년 전 아빠와 이혼하고 나서 엄마는 자유연애를 만끽하며 살고 있는데 내가 아는 한 키요미즈 씨는 네 번째 남자 친구다. 마흔일곱 살인 엄마보다 무려 열두 살이나 연하인 데다가 프리랜서 디자이너인지 뭔지, 그 키요미즈 씨에 대해 내가 아는 것은 별로 없다. 그래도 범상치 않은 사람이라는 생각은 하고 있다. 띠동갑에, 돌싱에, 자식도 딸리고 성격도 제멋대로인 여자와 자그마치 1년 넘게 사귀고 있으니 말이다. 심지어 서른다섯이나 먹어서 여자에게 데이트 비용을 전가한다는 새로운 사실. 역시 범상치 않은 키요미즈 씨. 비꼬는 것이 아니라 진심으로 감탄스럽다.

"쇼우타는 어때? 잘 사귀고 있어? 와인 냄새를 풍기며 들어온 걸 보니 데이트?"

엄마는 키요미즈 씨에 대한 불만을 털어놓는 김에 직장에서 있었던 일까지 하소연하더니 얼마간 시원해진 표정으로 내게 질문을 던졌다. 나는 두부에 젓갈을 얹은 즉석 안주를 엄마에게 내밀며 잠시 생각하다가 대답했다.

"음, 말이 나와서 하는 말인데 독립하려고."

"어어어! 언제? 왜? 혼자? 누구랑?"

"이사 나갈 집은 아직 찾고 있어. 여름이 끝나기 전에는 나갈 생각이야. 이유는 여러 가지인데 여기에서 다니자니 회사까지 멀기도 하고 언제까지나 부모한테 얹혀살 건 아니니까. 타카오도 이젠 자기 방을 갖고 싶을 테고. 고코쿠지나 이다바시 쪽에 집을 구해서 여자 친구와 같이 살 계획이야. 전에 얘기한 적이 있는 것 같은데? 테라모토 리카라는 오사카 출신 아이. 다음에 소개해 줄게."

동거 계획이 없는 것은 아니지만 사실 우리 사이는 부모님에게 소개할 만한 관계가 아니었다. 그런데도 이 얘기를 한 까닭은 엄마를 비꼬고 싶은 마음이 다분했다. 그런데 가타부타 반응이 없기에 얼굴을 들여다보았다가 깜짝 놀랐다. 엄마가 눈물을 글썽이며 입술을 깨물고 있었던 것이다. 위험하다.

"부모한테 얹혀사는 게 뭐가 나빠! 생활비도 착실하게 내는데 부끄러워할 게 뭐가 있어!"

엄마가 멱살이라도 잡을 기세로 버럭 고함을 질렀다. 실수했다.

"아니, 회사가 멀기도 하고……."

"고코쿠지나 여기나!"

"여자 친구가 다니는 학교도 생각해서."

"학생이니?"

"전에 말한 것 같은데."

"난 못 들었어! 더욱이 그쪽 부모님도 허락할 리 없고!"

"그쪽에는 제대로 얘기할 거야."

"됐어!"

내 말을 잘라내며 엄마는 벌떡 일어났다.

"그럼 나도 남자 친구랑 살 거야!"

그 말을 던지고는 내가 마시던 맥주를 채 가더니 단숨에 다 마셔 버렸다.

그 후 우거지상을 지으며 뻗어 버린 엄마를 둘러업어 요 위에 눕히고는 한창 자고 있을 동생이 깨지 않게 살그머니 잠자리에 들었다. 깊은 한숨을 내쉬고 보니 벌써 새벽 2시가 넘었다. 뭐라 말할 수 없이 긴 밤이었다. 내일은 아침부터 지바에 있는 영업처로 직행해야 한다. 어서 잠들어야 한다는 생각이 들수록 잠은 더 멀리 달아나 버렸다.

/////

[어제는 미안했어. 쇼우짱이 바쁜 와중에 모처럼 시간을 내준 건데 즐겁게 해 주지 못한 것 같아 몹시 후회하고 있어. 저녁은 무척 맛있었어. 다음엔 꼭 내가 살게.]

리카의 메시지가 도착한 것은 영업처에서 시오도메에 있는 회사로 돌아오는 게이요선 안에서였다. 살가운 문장을 보자마자 무릎에서 힘이 쭉 빠져 열차 바닥에 주저앉을 뻔했다. 마침 지난 반년에 걸쳐 공을 들여 온 클라우드 상품이 경합을 벌이던 타사의 상품에 밀렸다는 통지를 받고 돌아가던 참이었다.

그 영업처는 정보 통신사의 영업 사원이 된 지 4년 차로 접어든 내가 난생처음 단독으로 획득한 비장의 카드였다. 슈퍼마켓이나 편의점을 전국 규모로 전개하는 거물급 종합 소매업자로 그런 곳에다 상품을 넘길 수만 있다면 영업팀 전체의 쾌거가 될 터였다. 평소에 냉소적이던 과장도 드물게 의욕을 드러내며 회사 내에서 무리수를 두면서까지 지원 사격을 해 주었다.

그런데 그 일이 백지로 돌아간 것이다. “우리가 N사와 워낙 인연이 깊거든. 그래도 자네 회사의 제안에 압도적인 이점이 있겠다 싶어서 여태 검토해 본 건데 아무래도 이번엔 인연이 없었나 봐.” 나와 나이 차이도 별로 없는 젊은 과장으로부터 전해 들은 말이었다. 내가 이날까지 사력을 다해 온 것들이 타사로부터 비용 절감을 끌어내기 위한 대항마 노릇에 지나지 않았다는 사실을 깨닫고 나자, 말 그대로 눈앞이 캄캄해졌다.

그런 상황에서 리카의 메시지를 받은 것이었다. 당장 보고 싶다는 욕구가 치솟았다. 실패로 돌아간 일 얘기를 리카에게 할 수는 없다. 그래도, 그래도 리카의 얼굴을 보면, 그녀의 머리카락을 만지면, 그녀의 목소리를 들으면, 그녀만 곁에 있으면……. 손잡이를 잡은 손에 힘이 들어갔다. 구명줄이라도 되는 듯.

리카에게 답 메시지를 보내려던 찰나 다른 메시지가 도착했다. 제목을 보니 가슴이 철렁 내려앉았다. 영업 성적을 알리는 사내 메일이었다. 예전에 텔레비전 드라마에서 영업 실적 그래프가 벽에 붙어 있는 것을 본 적이 있는데 우리 회사에서는 그것을 더욱 다각적으로 분석한 것을 날마다 직원들에게 메일로 보낸다. 주저하며 메일을 스크롤해 법인 제1영업부/제3영업 총괄부 영업2그룹/아키즈키 쇼우타 난을 확인했다. 열네 명 중 12위. 오늘 일을 과장에게 보고하면 내일부터는 독보적인 꼴찌에 이름을 올릴 뿐만 아니라 졸지에 팀 전체의 발목을 잡는 존재로 전락할 것이다.

여자와 밥이나 먹고 다닐 때냐, 네가. 혼잣말로 중얼거렸다. 리카를 그리워하던 조금 전의 마음은 순식간에 공기가 빠져나간 것처럼 시들해졌다. 고가 도로 밑으로 흘러가는 무기질적인 창고 건물들을 내려다보다가 그것들을 비춰 주는 한가로운 6월의 파란 하늘을 올려다보았다. 이어서 문 위에 설치된 액정 화면에 비친 스포츠 프로그램의 광고를 응시했다. 모든 것들이 내게는 추악하게만 보였다.

"쇼우타, 오늘은 이만 퇴근하자. 전에 갔던 그 바에서 호주전 보지 않을래?"

"……호주전?"

"월드컵 아시아 최종 예선이잖아. 축구 말이야."

"아, 그랬나. 미안, 오늘 안으로 정리를 마쳐야 할 서류가 있어서. 좀 더 일을 해야 할 것 같아."

타나베의 배려에 자존심도 상하고 면목이 없기도 했다. 경합에서 지는 바람에 예상대로 나는 과장에게 호된 질타를 받았다. 사무실 한가운데에서 쩌렁쩌렁 울리는 소리로 무려 한 시간이나. 과장은 틈만 나면 조소를 던지기는 해도 공평한 사람이었다. 그가 그 정도로 이성을 잃는 일은 흔치 않았다. 내가 저지른 일이 얼마나 중대한 사안인지 다시 한번 실감했다. 꼭 신입 때로 돌아간 듯 사지가 후들거렸고 방심했다가는 눈물까지 찔끔거릴 지경이었다. 너한테만 맡겨 둔 나도 잘못이었다는 말을 마지막으로 듣고 자리로 돌아올 무렵에는 질책을 받는 동료를 배려해서인지 타나베 외에는 모두 퇴근하고 없었다. 진심으로 사표를 내고 싶었다. 하지만 자리에 앉아 이를 악물고 모니터를 노려보며 다른 영업처에 필요한 프레젠테이션 자료 작성에 돌입했다. 그만두면 뭐 하랴, 내게는 이렇다 할 꿈도 없는걸.

하지만 8시가 되자 영 못마땅해하는 수위로부터 "오늘은 야근 없는 날이에요"라는 말을 들으며 쫓겨나고 말았다. 아시아전인지 뭔지 때문에 거리는 인산인해를 이루었다. 술집은 물론 길거리에도 사람이 넘쳐났다. 넥타이를 풀어 헤친 직장인과 일본 대표 팀의 파란색 유니폼을 입은 학생들이 요란하게 하이파이브를 하며 환호성을 질러댔다. 퍽도 신나겠다. 저녁을 먹어야겠는데 축구 중계 따위는 죽어도 보기 싫었다. 나는 잠시 거리를 헤맨 끝에 서서 먹는 국숫집으로 들어갔다. 세상 분위기가 어떻든 우직하게 엔카를 트는 체인점으로 손님이라고는 택시 운전사 한 명뿐, 어디에도 파란 유니폼을 입은 사람은 없었다. 나는 안도하며 튀김과 삶은 달걀을 얹은 국수를 주문해 먹었다. 그러고 보니 오늘 첫 끼니였다.

휴대전화가 진동했다. 리카에게 답 메시지를 미처 보내지 못했다는 것이 생각났지만 그것은 동생이 보낸 메시지였다. 저녁 준비하려고 하는데 형은 어쩔 거야? 섬세한 녀석. 먹어. 한 시간 이내 도착 예정. 간단하게 답장을 써서 보냈다. 지금은 동료든, 연인이든, 부모님이든 누구와도 마주치고 싶지 않았다. 그나마 나이 차가 꽤 나는 동생이라면 괜찮을 것 같았다.

"다녀왔다. 크로켓 사 왔는데."

그렇게 말하며 편의점 즉석 식품 코너에서 사 온 크로켓을 식탁 위에 꺼내 놓았다. 일도 그렇고 리카도 그렇고 오늘은 그만 생각해야겠다. 냉장고를 열어 캔 맥주를 꺼냈다.

"고마워. 저녁 준비할게."라고 대답하며 동생 타카오는 등을 돌린 채 채소를 썰었다.

"고맙다. 엄마는?"

"가출."

타카오는 짧게 대꾸했다. 귀찮게 또. 그런 생각도 들고 해방감도 들었다. 캔 맥주를 땄다.

"잘됐네. 크로켓은 반씩 먹으면 되겠다."

맥주를 한 모금 들이켜고 넥타이를 풀며 솔직하게 말했다.

"찾지 말라고 편지 쓰고 나가셨던데 정말 괜찮을까?"

"내버려 둬. 어차피 남자 친구랑 싸우고 곧 돌아오실걸."

제아무리 비범한 키요미즈 씨라 해도 그 양반과의 동거 생활을 오래 견디지는 못하리라.

타카오가 준비한 저녁식사는 일본식 냉라면 히야시추카였다. 연달아 면인가, 하면서도 나는 속이 허전했는지 크로켓과 함께 그릇을 말끔히 비워 냈다. 면 위에는 엉뚱하게 여주가 놓여 있었다. 여름을 상기시켜 주는 여주의 쌉싸래한 맛이 뜻밖에도 제법 괜찮았다. 아직 고등학교 1학년밖에 안 된 동생은 이따금 희한한 독창성을 발휘하는데 그런 면은 엄마를 꼭 닮았다. 무난한 나는 아빠를 닮은 것이 틀림없다.

"……이사 갈 집 찾았다. 다음 달에 나갈 거야."

식탁에서 타카오와 마주 앉아 식후 보리차를 마시다가 불쑥 그 말을 던졌다. "혼자 살게?"라는 질문이 돌아오기에 여자 친구와 살 거라고 대답했다. 물론 집은 아직 못 찾았다. 엄마에게는 여름이 가기 전에 나간다고 해 놓고 이번에는 다음 달이라고 말했다. 왜 타카오에게 거짓말을 했는지는 잘 모르겠다.

새벽 1시 반. 두 사람이 먹은 그릇을 설거지해 놓고 반신욕을 한 후 방에 들어왔다. 일을 좀 할까 고민하다가 그만두기로 했다. 오늘은 됐다. 어차피 내일도, 모레도 줄기차게 일을 해야 하니까. 내년에도, 후년에도, 10년 후에도 회사에 나가야 한다. 오늘은 그만 됐고 내일 하자. 요 위에 길게 눕자마자 또 메시지 알림이 울렸다. 누군지는 모르지만 나 좀 내버려 두라고 짜증을 내며 휴대전화를 확인했다.

[안녕, 쇼우짱. 나는 지금 아르바이트 중이야. 밖에는 비가 내리고 있어. 곧 있으면 장마가 시작될 것 같아서 우울해지네.

또 연락할게. 잘 자.]

리카가 보낸 메시지였다. 가부키초에 있는 바에서 몸매가 훤히 드러나는 옷을 입고 축구 경기로 잔뜩 흥분한 직장인들에게 술을 만들어 주는 리카의 모습이 그려졌다. 집세와 극단 활동비를 벌기 위해 그녀는 1주일에 나흘은 일을 한다. 그래도 생활비가 빠듯하다는 것을 나는 잘 알고 있다. 알록달록한 조명을 받으며 화사하게 웃는 그녀의 모습은 새록새록 떠오르는데 대꾸해 줄 말은 단 한 글자도 떠오르지 않았다. 답장이 없으면 그녀가 불안해할 테니 무슨 말이든 답을 보내 주는 것이 좋을 거야, 하고 나는 남의 일처럼 생각했다. 할 말을 짜내는 내 귓가에 쓱싹쓱싹 하는 사포질 소리가 들렸다. 약 네 평 크기의 방을 반으로 나눈 커튼 너머에서 타카오가 아직 자지 않고서 무엇인가를 하고 있었다. 동생은 수제 신발을 만든다는, 나로서는 이해하기 어려운 취미 생활에 열중하고 있었다. 평소 같으면 수면을 도와주었을 그 소리가 오늘은 조금 귀에 거슬렸다. 잡생각은 좀처럼 가라앉지 않았고 말의 단편들이 열기를 끌고 와 머릿속에서 빙글빙글 돌았다.

언제부터인가 신발 만들기에 정성을 들이는 동생, 일관성 있게 배우의 길을 걸어가는 리카, 띠동갑 연하남과 진지하게 교제하는 엄마.

'다들 바보 같아.'

울컥 짜증이 난 나는 속으로 욕설을 뱉었다. 도착할 수 없는 골인 지점을 향해 다른 장소는 존재하지 않는다는 기세로 무작정 질주하는 꼴이 아닌가. 이 사람이고 저 사람이고. 별안간 오늘만 두 번째로 눈물이 차올랐다. 무슨 조홧속인지, 오늘은.

부러운 것이다, 난.

남몰래 코를 훌쩍이며 곧 죽어도 입 밖에 내지 않을 그 마음을 다시 가슴속에 갈무리하기 위해 나는 무진 애를 써야 했다.

/////

어렸을 때에는 비 오는 날이 싫었다. 운동장에서 놀 수 없어서라거나 그런 이유에서였을 것이다. 똑같은 이유로 어느새 비가 좋아졌다. 지금만 해도 비 오는 아침에는 반사적으로 나는 안도의 숨을 쉬고 만다.

아침에 일어나 보니 주방에서 타카오가 교복을 입고서 도시락을 싸고 있었다. 최근 들어 동생은 무슨 이유에서인지 도시락을 두 개씩 준비하는 적이 많아졌다. 여자 친구라도 생긴 모양인데 도시락은 보통 여자 쪽에서 준비하는 것 아니냐고 놀리고 싶은 생각도 들었다. 뒤에서 방울토마토를 홀랑 빼앗아

입안에 넣었다. 형! 하고 항의하는 소리를 흘려들으며 고등학생끼리 오죽이나 수줍게 연애를 할까 싶어 설핏 샘이 났다.

엄마가 가출한 지 어언 3주나 되었다. 우리 집은 엄마가 안 계시는 편이 더 깨끗한 데다가 집을 넓게 쓸 수 있어서 더 편하다는 것이 솔직한 마음이었다. 그 양반을 이렇게 오래 떠맡고 있는 키요미즈 씨는 역시 대단하다. 차라리 이참에 아예 데려가 주면 좋겠다는 생각을 하며 나는 우산을 펴고 역으로 향했다. 우산 무리가 경쟁하듯 같은 방향으로 흘러갔다.

점심시간에도 칼로리 바를 먹으며 일에 매진했다. 예의 클라이언트를 놓친 이래 내 영업 성적은 꼴찌에서 벗어날 줄을 몰랐다. 순위 따위는 아무래도 좋지만 팀에 걸림돌이 되고 싶지는 않았다. 이사 비용도 그렇고 수수료도 마련해야 했다. 그 후 별도의 언급이 없었으니 동거 얘기는 적어도 리카에게는 없는 얘기가 되었을 테지만 나는 혼자라도 이사를 감행할 작정이었다. 그리고 새집은 둘이 살기에도 적당한 크기로 고를 예정이었다. 리카와 함께 살고 싶은지, 아닌지도 모호하고 이대로 가다가는 리카가 내 곁을 떠날 것이라는 예감도 들지만 어찌 되었든 2인용 주거지의 집세를 감당할 수 있을 정도의 경제력은 갖추고 싶었다. 그런 바람을 위해 당장 내가 할 수 있는 것은 거래처의 수를 늘리는 것과 매력적인 상품을 제안하는 것이었다. 그래서 시간을 아끼고 아껴 일했지만 성과는 미미

했다. 연습을 하면 할수록 슬럼프의 늪에서 허우적거렸던, 학창 시절 부 활동에서 맛본 좌절감이 되살아났다. 동료들이 유독 상냥하게 대해 주는 것도 그때와 같았다. 타나베가 밖에서 식사하고 온 김에 사다준 아이스 라테를 마시며 나는 씁쓸하게 생각했다. 창밖으로 보이는 풍경은 장마 기운이 완연했다.

데스크톱에 뜬 시계가 6시 반을 가리키자 나는 "먼저 퇴근하겠습니다!" 하고 큰 소리로 외치고는 회사를 박차고 나왔다. 과장의 놀란 얼굴이 시야 끝에 보였지만 군소리는 하지 않았다. 요 며칠간 내가 혼자 사무실을 지키다가 막차를 타고 귀가했다는 사실을 알고 있는 듯했다. 낮보다 빗줄기가 굵어져서 평소보다 휘황찬란하게 보이는 가로등 밑을 걸으며 나는 역을 향해 걸음을 재촉했다.

"쇼우짱, 못 본 사이에 조금 말랐네."

리카가 디저트 메뉴판에서 얼굴을 들고 말했다. 짐짓 용기를 낸 말투였다. 리카의 손목에서는 조금 전에 내가 선물해 준 가느다란 금색 팔찌가 빛을 발하고 있었다. 작은 초승달이 달린 그것은 생각대로 리카의 가녀린 손목에 썩 잘 어울렸지만 그래서인지 리카가 더욱 먼 존재로 느껴졌다. 아름답지만 결코 손이 닿지 않는 달. 다른 것을 고를걸 그랬다는 생각이 살짝 들었다.

"그런가? 요즘에 일이 많았거든. ……연락 못해서 미안해."

"아니야! 나야말로 바쁜 쇼우짱한테 미안한걸. 그날도 일을 미루고 나와 준 거지? 괜찮았어?"

"물론 괜찮았지."

생각도 하기 전에 반사적으로 대꾸했다. 주문을 받으러 온 웨이터에게 디저트를 2인분 주문했다.

오늘은 리카의 스물두 살 생일로, 프렌치 레스토랑에서 만난 뒤로 처음 만나는 날이었다. 오늘을 위해 정기 적금을 헐어 선물을 사고 니시신주쿠의 야경이 내려다보이는 레스토랑을 예약했다. 그것만으로도 내 한 달 치 식비가 날아가 버렸다. 사실 만나기 전에는 생일 따위는, 하고 성가시게 생각했지만 오랜만에 만나고 보니 리카가 또 어찌나 사랑스러운지 가슴이 뻐근해졌다. 리카는 웬일로 원피스를 입고 나왔다. 보랏빛이 감도는 파란색 시폰 원피스에 까만 레이스 카디건을 걸쳤다. 화장도 평소보다 진하게 해서 나이보다 훨씬 어른스러워 보였다. 이 아이는 남자들한테 인기가 많겠어. 이런 생각이 새삼스레 다시 한번 들었다.

몇 군데 집을 둘러봤어. 디저트로 나온 쇼콜라의 단맛에 진저리를 치고 있는데 리카가 집 얘기를 꺼냈다. "뭐?" 하고 물었다. 어디선가 들어 본 적이 있는 재즈곡이 라이브로 연주되고 있었고 외국어가 섞인 말들이 사방에서 들려왔기 때문에 제대로 못 들었던 것이다.

"지난주에 집을 보고 왔다고."

리카는 상반신을 내밀며 조금 큰 소리로 말했다.

"사진 찍어 왔는데, 볼래?"

여기는 묘가다니인데 지은 지 10년 됐대. 오래된 만큼 꽤 넓더라고. 이것 봐. 복도 양쪽에 방이 있어서 둘이 지내기 좋을 것 같아. 그런 말이 이어졌다. 리카는 스마트폰으로 찍은 사진을 하나하나 보여 주며 설명을 덧붙였다. 동거 얘기가 아직 유효하다는 사실에 놀라며 나는 건성으로 대꾸했다. 당혹스러움과 차이지 않았다는 안도감이 뒤섞인 기묘한 감정. 이 집은 새시 처리가 별로라서 겨울에 추울 것 같긴 한데 분위기가 괜찮았어. 그런 설명이 붙은 사진을 보던 나는 문득 텅 빈 거실에 리카 혼자 덩그러니 서 있다는 것을 깨달았다.

"……누구와 같이 간 모양이네?"

"아, 응. 극단 선배 중에 이사하는 데 이골이 난 사람이 있어서 같이 가 달라고 부탁했지."

리카는 대수롭지 않게 대답했다. 어슴푸레한 레스토랑 안에서 촛불의 노란색 불빛과 스마트폰의 하얀빛이 리카의 얼굴을 영화 속의 한 장면처럼 비추어 주었다. 다른 누군가의 인생을 멀리서 주시하는 것만 같은 감각이 맹렬하게 덮쳤다. 선배라면 남자? 정말 극단 선배가 맞아?

사진을 넘기고 확대도 해서 보여 주는 리카의 가느다란 손가락 끝을 응시하며 나는 소리 없이 물었다. 면식 없는 연출가 나부랭이가 가구 하나 없는 널찍한 방에서 리카에게 카메라를 들이대는 모습이 눈앞에 아른거렸다. 퍼뜩 깨닫고 보니 나는 그 남자의 얼굴에 지바 영업처의 젊은 과장이나 팀원들 사이에서 신뢰가 두터운 과장의 얼굴을 얹어 보고 있었다. 그런 자신이 비굴하다는 것을 알고 있다. 알면서도 어쩔 수가 없었다. 몸 안쪽에서 느껴지는 저릿저릿한 통증을 누르고자 와인을 삼켰다.

레스토랑을 나와 걸으면서도 리카는 내내 조잘거렸다. 최근에 본 영화 얘기, 학교 수업 중에 있었던 일 등, 급격히 말수가 적어진 나를 위해 그런 무난한 화제를 늘어놓고 있다는 것은 의심할 여지가 없었다. 그런데도 내가 여전히 건성으로 반응하자 리카도 조금씩 말이 줄어들었다. 6월치고는 쌀쌀한 밤이었다. 차가운 비에 어깨가 젖지 않도록 우리는 우산 하나를 들고 몸을 꼭 붙인 채 걸었다. 그래서 침묵이 더욱 불편했다. 역의 개찰구로 이어지는 지하도에 이르러 우산이 더는 필요 없어지자 우리는 은근히 가슴을 쓸어내리기도 했다. 리카와의 간격이 조금 멀어졌다. 옆을 힐끗 보니 카디건 안 좁은 어깨가 추워 보였다.

그래서 뭐?

추오선의 플랫폼으로 이어지는 계단 아래에 도착하자 리카는 이별 인사를 하는 건지, 다음 스케줄을 기대하는 건지 분간하기 어려운 얼굴로 조그맣게 말했다. 마음에 안 들었다. 오늘은 리카의 생일이다. 아무리 마음이 불편해도 그렇지, 이런 식으로 행동하는 자신이 마음에 들지 않았다. 미안해. 괜찮으면 한잔 더 하자. 그렇게 말하고 그녀를 이끌어야 한다는 것도 잘 알고 있다. 예전 같으면 쉽사리 나올 말이었다. 그렇다고 이제 와서 그녀를 데리고 어디를 간다 한들 어색한 시간만 길어진다는 것도 불을 보듯 훤했다. 갈팡질팡하는 사이에 나는 뜻하지 않게 이런 제안을 던졌다.

"……우리 집에서 한잔할까?"

"어?"

"엄마는 오늘 안 계셔. 고등학생 남동생이 있긴 한데 크게 신경 안 써도 돼."

흡사 꽃이 피듯 리카의 얼굴이 서서히 환해졌다.

"……그래도 돼?"

"응. 리카만 싫지 않다면."

"안 싫어. 안 싫어. 가고 싶어!"

끄덕끄덕 몇 번이고 고개를 끄덕이며 기쁘게 말했다. 내가 던진 제안에도, 리카의 강렬한 반응에도 나는 꽤나 놀랐다.

"보아하니 땅콩을 넣으면 좋겠는데요."

"에, 땅콩? 생각해 보니 어울릴 것도 같네. 캐슈너트도 볶아 먹고 그러니까. 한번 해 볼까?"

"그럼 리카 누나, 파 좀 썰어 줄래요?"

"좋아. 그런데 이 마늘 간장 말인데, 혹시 타카오가 만든 거니?"

"아, 습관이에요. 마늘은 남아도는데 버리면 아깝잖아요."

"세상에, 대단하다! 타카오, 멋져!"

어쩐지 비현실적인 장면이었다.

나는 감자 소주를 마시며 내심 생각했다. 뭘까, 이 불가사의한 광경은. 우리 집의 좁은 주방에서 원피스 위에 엄마가 쓰는 앞치마를 두르고 리카가 동생과 수다를 떨며 요리를 하고 있다.

내가 방에서 양복을 벗고 편안한 옷으로 갈아입는 동안에 리카와 타카오는 금세 친해졌다. 리카가 숫기가 좋은 건지, 타카오에게 의외의 재능이 있는 건지는 모르겠지만 두 사람은 시끌벅적하게 떠들며 사이좋은 남매처럼 즐거워했다. 상상도 하지 못한 광경이다. 비현실적이다.

"형, 리카 누나랑 사귄 지 벌써 2년이나 됐다며? 왜 한 번도 집에 안 데려왔어?"

타카오가 식탁 위에 작은 접시를 내려놓으며 나를 나무랐다. 접시에는 잔멸치와 파와 땅콩을 볶은 요리가 소담하게 담겨 있었다. 그 밖에 가지 볶음, 셀러리와 오이 샐러드, 매운 곤약 볶음이 차례차례 놓였다.

"시끄러워. 고등학생은 일찍 자."

"어, 안 돼! 타카오는 이제부터 이 누나랑 한잔해야 해!"

전 못 마시는데요, 하고 타카오는 웃으며 말했다. 전혀 못 마셔? 불만을 터뜨리는 리카에게 타카오는 술은 졸업했다며 농담을 던졌다. 뭐야, 이 자식. 연상녀를 상대하는 게 왜 이렇게 익숙해. 어처구니가 없군. 뭐, 엄마 때문이려나. 앞날이 두렵다고 혼자 설레발을 치며 나는 접시로 젓가락을 뻗었다.

찜찜한 구석은 있지만 좌우간 안주는 모두 맛있었다. 은빛 커틀러리를 구분해 써야 하는 고가의 디너 코스 요리보다 훨씬 더 맛있었지만 그럴 리가 없다며 황급히 그 감상을 지워 버렸다.

"오오, 극단이요? 형은 보러 간 적 있어?"

"쇼우짱은 처음에 딱 한 번만 보러 오고 끝이야."

소주를 마신 탓에 뺨이 붉게 달아오른 리카가 놀리듯 말했다. 우리는 식탁에 둘러앉아 안주를 먹으며 술잔을 기울이고 있었다. 타카오는 착하게 콜라나 보리차만 마셨는데 그런 주제에 기가 막히게 술에 어울리는 안주를 틈틈이 선보였다. 그때마다 리카는 환호성을 질렀고 그 바람에 술자리가 길어졌다. 가게에서 마실 때와 달리 우리는 마음 놓고 술을 마셨다.

즐거웠다. 매끄럽지 못한 감정은 여전했지만 그래도 즐겁다는 것은 인정해야 했다.

“쇼우짱은 분명히 나한테 관심이 없는 거야.”

“그럴 리가 없잖아. 뭐랄까, 나는…….”

말끝을 흐리자 리카는 기대에 찬 눈으로 나를 빤히 쳐다보았다. 지금의 심정을 명확하게 설명할 자신이 없었다. 결국 말을 얼버무리고 말았다.

“아무튼 리카를 처음 보았을 때의 느낌이 똑똑히 기억나.”

“어머, 어떤 느낌? 인상이 어땠는데? 어쩐지 무서운걸.”

나야말로 무섭다. 취기를 느끼며 생각했다.

“한눈에 반했어?”

타카오가 진지한 얼굴로 끼어들었다.

“꺄, 아니야, 타카오! 쇼우짱은 무대가 하도 이상해서 깜짝 놀랐을 거야.”

“……그렇지는 않아. 뭐, 한눈에 반한 건지도 모르지. 리카만 다른 세상 사람처럼 보였으니까.”

와, 쇼우짱, 취했나 봐. 리카는 부끄러운지 얼굴을 붉히며 소리쳤다. 그럴 수도 있지, 하고 말하며 타카오가 짐짓 어른스럽게 고개를 주억거렸다. 이런 말을 대놓고 하는 것을 보면 나도 취하기는 확실히 취했다. 여하간 무서운 것은 내 쪽이야. 나는 다시 한번 생각했다. 한 번 더 무대를 보러 가서 리카가 얼마나 특별한지 확인하게 될까 봐 무서웠다. 나와는 다른 세상에 속한 여자라는 사실을 알게 될까 봐 두려웠다. 술기운과 잠기운 사이에서 나는 마침내 진심을 알아차렸다. 리카와 타카오가 신나게 떠드는 소리가 멀리서 들렸다.

가랑비가 내리는 운동장에서 내가 파란 유니폼을 입고서 축구공을 차고 있다. 마치 발에 달라붙어 있는 듯이 공을 자유자재로 놀리며 그 일체감에 심취한다. 불안함도, 의문도, 망설임도 없이 공이 향하는 곳이 곧 나의 미래라고 믿어 의심치 않는다. 이윽고 아버지가 나를 데리러 온다. 월등한 신장 차이에 내가 아직 중학생이라는 것을 깨닫는다. 아버지가 우산을 펴자 나는 공을 차며 그 안으로 들어갔다가 나오기를 반복하고, 우리는 그렇게 나란히 집으로 향한다.

……형이 축구를 그만둔 것은 나 때문인 것 같아요…….
………쇼우짱은 그런 얘기는 한 번도…….

멀리서 들려오는 대화 소리. 타카오와 리카다. 하지만 지독하게 졸려서 좀처럼 눈을 뜰 수가 없었다. 그래도 목소리만큼은 점점 더 명료해졌다.

"나는 형이 축구 선수가 될 줄 알았어요. 초등학교 때부터 내내 축구부였고 고등학교 때에는 전국 대회까지 출전한 데다 대학도 축구 특기생으로 진학했을 정도니까요."

아니다. 멀리서 들리는 소리가 아니었다. 소리는 바로 옆에서 들려왔다. 내가 술을 마시다가 식탁 위에서 그대로 잠들어 버렸다는 사실이 그제야 떠올랐다.

"부모님이 이혼했을 때 난 아직 중1이었어요. 그래서 형이 내 학비와 생활비를 벌려고 취직을 결심한 게 아닐까, 지금도 그런 생각이 들어요."

"쇼우짱한테 물어봤어?"

"아니요. 형과 이런 얘기는 안 하거든요."

아니야. 그렇지 않아. 그런 게 아니라고. 나는 소스라치게 놀랐다. 눈물이 나올 것만 같았다. 내가 마음대로 그만둔 것뿐이다. 내가 마음대로 포기한 것뿐이다. 눈을 감은 채 몇 번이나 그 말을 반복했다.

축구를 하는 것이 좋았다. 중학교 때까지는 꽤 잘하기도 했다. 고등학생이 되어서도 축구에 대한 마음은 여전했지만 축구 특기생으로 대학에 진학한 것은 일반 입시보다 수월할 것이라는 계산 때문이었다. 그런데 대학 팀 동료들의 실력은 나와는 수준 자체가 달랐고 그에 따라 내 열정은 점차 식어 갔다. 대학 2학년이 될 즈음에는 프로 지향이 아닌, 평범하게 취직할 것이라는 지극히 냉정한 미래를 고민하기에 이르렀다. 부모님의 이혼은 마침 좋은 구실이 되어 주었다. 생활비를 벌어야 해서. 동생도 아직 중학생이거든. 그런 말을 대학 친구나 팀 동료들에게는 몇 번 했지만 가족에게 한 적은 없었다. 지금 생각해보면 축구에 대한 내 재능은 10대 중반까지라는 유통 기한이 있었던 것 같다. 그런 사람은 주변에 얼마든지 있다. 우연히 가지고 태어난 남다른 감각, 어린 시절에 보이는 급격한 성장, 노력과는 하등의 관계도 없는 그런 요소들 때문에 어린애 같지 않은 현란한 몸놀림으로 공을 다루는 사람 말이다. 그러나 나이가 들고 신장과 근육이 평균치에 맞추어지면 반짝이던 재능은 빛을 잃고 만다. 그저 그뿐인 얘기다.

"쇼우짱은 남에게 그다지 자기 얘기를 안 하니까. 그래도 좋은 사람이야."

"리카 누나한테도 잘해 줘요?"

"잘해 주지. 나보다 훨씬 어른스럽고 감정 표현이 많은 사람이 아니라 불안하긴 하지만. 그래도 동거 얘기만 해도 그래. 내가 궁색하게 사니까 그런 말을 꺼냈다는 것도 난 다 아는걸. 아마 나 혼자 일방적으로 좋아하고 있을 거야. 그래서 오늘은 더 기뻤어."

"한눈에 반했다는데 어련하겠어요."

두 사람의 웃음소리가 들린다. 겸연쩍음과 안타까움이 가슴을 꽉 메웠다. 그런가. 리카가 밤에 하는 아르바이트를 그만두기를 원했던 거구나, 하고 자신이 집에서 독립해 나가고 싶었던 이유가 이제야 확실해졌다. 늑골 안쪽에서 느껴지던 둔통이 사르르 풀리며 훗훗한 술기운과의 구분이 모호해졌다. 이러면 일어날 수도 없잖아, 하고 괜한 심술이 났다. 빨리 이 자리가 파하기를 바라면서 나는 다시 잠에 빠져들었다.

/////

이삿날은 8월 초로 날씨는 쾌청했다.

아침 일찍 경트럭을 빌려 분쿄구 식물원 근처에 위치한 오래된 아파트로 나와 리카의 짐을 옮겼다. 상경한 지 3년도 안 된 리카의 짐이 어찌나 많은지 내가 혀를 내두르자 여자는 원래 이렇다며 타카오와 리카가 입을 맞추어 역공격을 해 왔다. 괜히 만나게 해 주었다며 나는 속으로 후회했다. 아무튼 타카오가 도와준 덕에 이삿짐을 옮기는 일을 해가 지기 전에 모두 끝낼 수 있었다. 이제 느긋하게 짐을 풀 일만 남았다. 셋이 어울렸던 그날로부터 벌써 두 달 가까이 지났다.

수고 많았어. 타카오도 밥 먹고 가지 그러니? 미안해요. 오늘은 아르바이트가 있는 날이라서요. 당장 쓸 세면도구를 상자 안에서 꺼내고 있는데 베란다 쪽에서 두 사람이 나누는 대화가 단편적으로 귀에 닿았다. “뭐야, 난 어차피 저 사람이랑 허구한 날 붙어 있을 거니까 오늘쯤은”이라는 리카의 말에 “다

들린다!" 하고 소리치자 두 사람이 웃는 소리가 들렸다. 되게 친해졌군. 질투하는 자신의 모습에 헛웃음이 나왔다. 엄마도 이런 기분이었을까.

그럼 또 올게요. 인사를 하며 타카오는 신발을 신었다.

"조만간 불러 주세요. 또 같이 맛있는 거 만들어 먹게."

"그래. 연락할게. 잘 가!"

안녕. 타카오는 인사를 남기고 서슴없이 사라졌다. 저 녀석과 사귀는 여자는 무척 행복할 거라고 나는 솔직하게 인정했다. 우리 형제는 15년이나 한방을 썼는데도 서로에 대해 아는 것이 별로 없었다. 오히려 떨어져 지내다 보면 좀 더 많은 것을 알게 되지 않을까 하는 생각이 문득 들었다. 정말로 가까운 시일 내에 동생을 불러야겠다. 연애 중으로 보이는 동생에게 좋아한다는 여자 얘기를 물어봐야지. 녀석이 나에 대해 품고 있는 엉뚱한 오해도 풀고.

"귀여운 애야."

아직 미소가 남아 있는 얼굴로 리카가 말했다.

"혹시 걔가 신은 신발 봤어?"

"신발?"

"그거 본인이 직접 만든 거야."

"정말?!"

리카가 화들짝 놀랐다. 당연한 반응이다. 나도 그랬으니까.

"어설픈 모카신이지만, 근 1년쯤 구두 만들기에 흠뻑 빠져 있어."

"타카오, 대단하다! 장래가 기대되는데? 내 구두도 만들어 줄까?"

진지하게 감동하는 리카에게 나는 웃으며 대꾸했다.

"모르지. 10대의 목표 따윈 작심삼일이니까."

내 생각은 변함이 없다. 타카오는 구두를 만드는 직업을 갖게 될지도 모른다. 리카는 프로 배우가 될지도 모른다. 혹은 되지 못할지도 모른다. 어느 날 갑자기 결심이 바뀔 수도 있으니까. 아무러면 어떠랴. 10대든, 20대든, 심지어 50대든 삶은 끊임없이 이어질 것이고 꿈이든, 목표든 항시 형태를 바꾸며 우리 옆에 존재할 텐데. 축구를 그만두고 필사적으로 영업 업무를 하는 내 인생이 지금껏 단 한 번도 멈춘 적이 없는 것처럼 말이다.

"그런가. 타카오는 특별해 보이지만."

어질러진 베란다에서 리카는 눈을 가늘게 뜨고 하늘을 올려다보았다. 기세를 접기 시작한 여름 햇살이 리카의 옆모습을 더듬으며 빛을 발했다. 그녀의 시선을 따라잡아 보니 하얗고 작은 초승달이 아득하게 멀리 보이는 창문처럼 허공에 매달려 있었다. 조명 아래에서 처음 보았을 때 뿜어내던 빛과 똑같은 강렬함을 지닌 리카는 지금도 여전히 멀게 느껴졌다.

눈에는 보여도 손으로는 잡지 못할
달 속의 계수나무처럼 그녀를 어쩌면 좋으리

(『만요슈』 4·632)

해석 : 눈에는 보이지만 손으로는 잡을 수 없는 달 속의 계수나무처럼 사랑스러운 그녀를 어쩌면 좋을까요.

상황 : 유하라왕(덴지 천황의 손자 -옮긴이 주)이 한 낭자에게 바친 시. 달 속에는 계수나무가 있다는 전설을 빗대어 노래하고 있다. 만나기만 할 뿐 가질 수 없는 긍지 높고 아름다운 낭자를 애타게 그리는 심정이 드러난다.

제4화

장마 초입, 먼 산봉우리, 달콤한 음성,
세상의 비밀 그 자체 - 아키즈키 타카오

The Garden of
Words

또 만날 수 있겠네. 그녀는 그렇게 말했다.

'만나다'를 뜻하는 한자를 '会'에서 좀 더 긴밀한 감정을 담은 '逢'으로 바꿔 본다. 아니지, 이내 고개를 가로젓는다. 그럴 리가 없다. 그 대사에 특별한 의미 따윈 없다. 그래도 아키즈키 타카오가 그런 식으로 변환을 해 본 것은 지금까지 족히 50번은 넘으리라. 이렇게 부질없는 생각을 하게 된 것은 최근 2주일 동안의 일이고 간토 지방이 장마에 돌입했다는 뉴스를 들은 이후부터다. 그날 이후부터 하늘은 지난 역사를 답습하기라도 하듯 성실하게 비를 뿌렸다.

또 만날 수 있겠네, 만약 비가 오면.

"만날 수 있겠네"라고 했다. 만약이라는 말이 그 문맥에 필요했을까? 어쩐지 부아가 난다.

열차가 신주쿠에 도착하자 타카오는 무지막지한 기세로 플랫폼으로 밀려났다. 비 냄새가 전신을 감쌌다. 닳아 빠진 밑창을 신경 쓰며 개찰구로 이어지는 계단을 빠른 걸음으로 내려갔다.

어차피 그녀는 자신이 한 말을 까먹었을 것이다. 몇 번 얼굴을 마주치고 보니 그녀의 성향을 알 수 있었다. 아침 댓바람부터 공원에서 술을 마시는 여자가 아닌가.

비닐우산을 펴고 빗속으로 발걸음을 옮겼다.

그러니까 나도 잊어버리자. 몇 살인지도 모르는 술주정뱅이 여자가 한 말 따위에 무슨 의미가 있을까.

교통 정체를 일으키는 고슈 가도를 가로질러 늘 가던 유료 공원으로 향했다. 입구 개찰구에 있는 아주머니에게 연간 회원권을 보여 주며 웃는 낯으로 안녕하세요, 하고 인사했다. 교복을 입고 있으니 한마디 듣지 않으려면 쓸데없이 주춤거리지 말고 과감하면서도 밝게 웃는 것이 상책이다.

'그나저나 비가 얼마나 오려나.'

일본 정원으로 향하며 잿빛으로 물든 허공을 올려다보았다. 태평양인지, 인도양인지, 지중해인지 둥그스름한 수평선에 갇힌 거대한 해양이 눈꺼풀 위에 떠올랐다. 그 먼 곳에서 바람을 타고 오는 숱한 빗방울들. 그 빗방울들을 온몸으로 맞으며 까마귀 한 마리가 서쪽 하늘을 향해 날갯짓을 하고 있었다. 이 곳은 날씨에 저 녀석은 무엇을 하려고 어디를 저렇게 바삐 가는 걸까. 그 모습이 희한하게 심각해 보여서 자신도 혹시 그래 보일까 싶어 걱정스러워졌다. 우산을 펴고 정원으로 걸어가는 자신의 모습은 되도록 가벼워 보이면 좋겠다.

그런 생각들을 하다 보니 빗물에 젖은 은행나무 이파리 사이로 정자가 보였다. 그리고 늘 그렇듯이 그 여자가, 늘 그랬듯이 밝게 손을 흔들고 있었다.

어쩐지 화가 나네. 타카오는 다시금 생각했다.

"단골손님께 드리는 서비스."

난데없는 소리에 고개를 들어 보니 그녀가 테이크 아웃 커피를 내밀었다.

"네?"

"아, 이거, 마실래?"

그녀는 당황한 투로 말했다. 자신이 한 농담에 자기가 쑥스러워하고 있다. 애초에 말을 하지 말든가.

"고, 고맙습니다. 정말 마셔도 되나요?"

"물론이지."

"단골손님이니까?"

"그렇지, 정자의 단골손님."

마음이 놓이는지 그녀는 웃으며 대답했고 타카오는 손을 뻗어 커피를 받아 들었다. 비와 커피 냄새에 섞여 그녀의 향수 냄새가 희미하게 풍겼다. 가슴속이 아주 조금, 이유 없이 욱신거렸다. 그녀는 미소를 띤 채 다시 문고본에 시선을 떨어뜨렸고 타카오도 노트를 향해 돌아앉았다.

마치 설녀(雪女) 같다.

그녀의 모습을 곁눈질하면서 타카오는 몇 번째쯤 되는 감상을 품었다. 아니, 우녀(雨女)인가. 피부는 병적일 정도로 새하얗고 손을 대면 비처럼 싸늘할 것 같았다. 쇼트 보브 스타일의 찰랑거리는 머리카락은 색이 좀 옅은데 그 사이로 보이는 긴 속눈썹은 숯처럼 까맸다. 목도, 어깨도 부러질 듯 연약해 보였다. 목소리에는 달고 습한 기운이 서려 있어서 어떻게 들으면 어린 소녀 같기도 했다. 항시 공원에는 어울리지 않는 딱딱한 정장을 입고 그에 맞는 일반적인 힐을 신었다. 비 내리는 공원에서 말이지, 하고 타카오는 속으로 중얼거렸다. 학교를 빼먹은 자신이 할 말은 아니지만 아무튼 수상한 여자였다.

객관적으로 보았을 때 그녀는 미인이다. 아마도 대단한 미인. 타카오는 남의 얼굴에 그리 관심이 없지만 그래도 그녀가 아름답다는 사실에 토를 달 마음은 없었다. 단지 그 아름다움이 그다지 인간다워 보이지가 않는다고나 할까. 예를 들자면, 멀리 보이는 구름이나 높은 산봉우리, 또는 눈 덮인 산에 사는 토끼나 사슴 같은 자연의 일부에 속해 있는 것 같은 아름다움으로 느껴졌다. 역시 우녀답다.

그녀의 존재가 처음에는 성가셨다. 그가 학교를 빼먹는 이유는 혼자 있고 싶어서였고, 그런 만큼 비 오는 날 아침에 유료 공원에 올 때면 아무도 없기를 바라는 마음이 컸다. 그런데 지난달 말 처음 본 이후로 비 내리는 공원의 정자 안에는 어김없이 그녀가 앉아 있었다. 이번 만남만 해도 벌써 일고여덟 번째. 그래도 장소를 바꾸지 않는 자신이 타카오는 사실 이해가 되지 않았다. 아마도 그녀가 내처 입을 다물고 있는 데다 1.5미터쯤 되는 거리에 앉아 있어도 크게 거슬리지 않는 사람이라 그런지도 모른다. 그녀는 거의 입을 열지 않았다. 비를 응시하며 문고본을 읽거나 맥주나 커피를 마셨다. 그래서 타카오도 조용히 전과 같이 비를 구경하거나, 잎을 스케치하거나, 구두의 모양을 생각하며 시간을 보냈다. 아주 가끔은 그녀가 타카오에게 말을 걸기도 했다. 하거나 말거나 전혀 상관없는 말들이었다. 검둥오리가 물에 잠겼어. 봤니? 저 나뭇가지는 전보다 더 자랐네. 아, 열차 지나가는 소리가 들린다. 그저 풍경을 묘사한 말이었다. 처음에는 혼잣말인지 자신에게 말을 거는 건지 헷갈려 하며 대답할 말을 찾곤 했다. 그래도 저를 쳐다보며 한 말이니 대화를 하려는 것이 맞긴 한 듯했다. 하지만 타카오도 "그렇네요" 하고 고개를 끄덕이는 것이 고작이라 그녀와의 대화는 빗소리를 듣는 것과 별반 차이가 없었다.

"잘 가" 하고 가방을 어깨에 걸치며 일어나는 타카오에게 그녀가 웃으며 인사했다.

"가 볼게요. 저, 커피 잘 마셨어요."

타카오는 인사를 하고는 가랑비로 바뀌어 가는 빗속으로 나가 신주쿠문을 향해 걸었다. 조금씩 걸음을 빨리하던 그는 불현듯 자신이 재미있는 이야기를 읽은 것만 같은 기분을 느끼고 있다는 사실을 깨달았다. 어쩐지 마음이 들떴다. 그녀가 던진 음성 한 방울이 귓가에 조금 남아 있었다. 우녀가 내는 빗소리. 하지만 그는 비 오는 소리를 좋아한다. 또다시 까닭 없이 화가 나네, 하고 타카오는 생각했다.

"타카오가 또 점심시간에 왔어."

열린 문을 지나 교실에 들어가자 점심을 먹고 있던 급우 몇이 타카오를 돌아보았다.

"지금 몇 시인 줄 알아?"

"또 불려 가겠네."

급우의 말에 웃음으로 답하며 자리에 앉아 도시락을 열었다. 어젯밤에 처음 시도해 본 돼지고기와 피망을 볶은 친자오로스와 무말랭이에 차조기를 넣은 밥, 유카리고항이었다. 친자오로스는 가게에서 들은 방식대로 했다. 본고장에서처럼 돼지

고기를 써 보았는데 역시 이쪽이 감칠맛도 좋고 피망과도 잘 어울려서 입에 더 잘 맞았다. 고기를 씹으며 팔자 좋게 그런 생각을 하고 있는데 옆자리에 앉은 남학생이 펼친 영어 교과서가 눈에 들어왔다.

"어라, 5교시는 고전이잖아."

"타케하라 할아버지가 감기에 걸리셔서 니시야마 선생님이 대신 들어온대."

"그래?"

스케치나 계속할 심산이었는데 예정이 어긋났다. 정년퇴직을 앞둔 타케하라 선생님은 조용히만 하면 무슨 짓을 하든 개의치 않아서 편했다. 반면에 영어 담당 니시야마는 따분하기 짝이 없는 데다 엄격하기까지 했다.

"손 번쩍 들고 출석했다고 말하는 게 좋을 거다, 타카오."

옆자리 남학생은 교과서에서 고개도 들지 않고 말했다.

"하하. 그러고 싶긴 한데 영어는 꽝이라서."

그렇게 받아치면서도 이렇게 미적지근한 소리를 하면 샤오홍이 비웃을 거라는 생각이 들었다.

/////

4월. 때늦은 벚꽃도 대부분 지고 아스팔트 위에 희끗희끗 얼룩을 만드는 계절에 있었던 일이다. 고등학교에 입학하는 3월이 되자 타카오는 히가시나카노에 있는 중국집에서 아르바이트를 시작했다. 그 일은 그로부터 한 달쯤 지났을 때 일어났다.

"저기요, 잠깐 봅시다."

서빙 중에 한 남자가 그를 불렀다. 불길한 예감이 스쳤다.

"학생인가? 아키즈키 타카오 군?"

술기운으로 얼굴이 벌건 30대 남자가 이름표에 적힌 이름을 부르자 타카오는 긴장하며 대답했다.

"네, 학생입니다."

흥, 하고 코웃음을 치더니 손님은 타카오가 가져다준 볶음 요리를 가리켰다.

"여기에 이물질이 들어 있어."

음식을 들여다보니 정말로 숙주와 부추 사이에 비닐 조각이 끼어 있었다. 남자는 타카오를 올려다보며 "어쩔래?" 하고 물었다.

"죄송합니다! 당장 다시 가져오겠습니다."

"됐어. 이미 식사 끝났다고."

딱 잘라 말하며 타카오를 위아래로 훑어보더니 입을 다물었다. 어깨가 떡 벌어진 체격에 양복이 아닌 오래된 폴로셔츠를 입고 있었는데 직업은 짐작이 가지 않았다.

"그럼…… 음식 값은 받지 않겠습니다."

“당연하지.”

토해내듯 흘러나온 굵직한 음성. 몸이 움찔 떨렸다.

“성의 표시를 해. 이럴 땐 어떻게 하지? 매뉴얼에 나와 있을 거 아냐!”

생각지도 못한 질문이라 식은땀이 흘렀다. 이런 일은 처음이라 허둥거리면서도 어떻게든 설명을 하려고 안간힘을 썼다.

“그게…… 일단 식사를 교환해 드리게 되어 있을 거예요. 점장님을 불러서 대응, 아니 설명을 드려야 하지만 지금은 안 계셔서…….”

말문이 막혔다. 다른 손님들의 시선이 느껴졌다. 남자가 의도적으로 크게 한숨을 쉬었다. 이제 어쩔래? 이런 짜증이 배어 있었다.

“이봐, 입만 다물고 있으면 끝이 안 나잖아.”

그렇기는 하지만 아무리 생각해도 대처할 방법이 막막했다. 도움을 청할 생각에 주위를 둘러보았지만 그가 처한 상황을 눈치챈 점원은 아무도 없었다. 이봐! 고압적인 소리가 날아오자 황망히 시선을 남자에게 다시 돌렸다.

“……타카오 군, 이러면 곤란해. 내가 꼭 괴롭히는 것 같잖아.”

“죄송합니다. 일단 요리를 다시…….”

“그건 됐다니까!”

"죄송합니다!"

반사적으로 고개를 숙였다. 몸이 움츠러들었다.

"손님."

바로 그때 차분한 음성이 끼어들었다. 어느 틈에 샤오홍이 옆에 와 서 있었다. 매끄러운 동작으로 무릎을 꿇고 앉아 남자 손님을 올려다보며 말했다.

"홀 책임자인 리라고 합니다. 저희 종업원이 큰 무례를 범한 듯한데 자세한 상황을 말씀해 주시겠습니까?"

남자 손님의 기세가 한풀 꺾이는 기색이었다. 살았다. 무릎이 툭 꺾일 것만 같은 안도감과 왜 내가 이런 봉변을 당해야 하는지 모르겠다며 가게를 향해서인지, 손님을 향해서인지 모를 짜증이 불쑥 고개를 들었다.

"신입인 네가 능숙하게 대응하지 못하는 건 어쩔 수 없지. 그래도 문제는 그 손님이 아니라 너야."

그날 일을 끝내고 나란히 JR역까지 걸어가던 샤오홍에게서 뜻밖의 말을 듣고 타카오는 깜짝 놀랐다. 오늘은 날벼락을 맞았네. 손님이 진상 부린 거니까 신경 쓰지 마. 타카오는 그런 위로의 말을 기대했던 것이다.

"요리를 내가 한 것도 아닌데……."

지지 않고 반론했다. 4월인데도 밤바람이 차가워서 타카오는 교복 바지 주머니에 양손을 찔러 넣고 골이 난 얼굴로 걸었다. 바쁘게 흘러가는 구름이 가로등 불빛을 받아 연분홍빛으로 물들었다.

"요리에 비닐이 들어 있었다는 건 아마 거짓말일 거야."

"네?"

"혹시 모를 그런 상황을 방지하기 위해 우리 주방에서는 색이 있는 비닐만 쓰거든."

"그럼 그 손님이 잘못한 게 맞잖아! 그런데 무료 식사권은 왜 줘?"

납득이 가지 않아서 타카오는 노골적으로 불만을 표시했다. 샤오홍은 타카오보다 여덟 살이나 나이가 많지만 타카오는 손님 앞이 아니면 그에게 경어를 쓰지 않았다. 만나자마자 "편하게 해"라는 말을 듣기도 했고, 일본어 학교에서 어찌나 경어를 강요하는지 화딱지가 나서 두 달 만에 그만두었다며 일전에 그가 이를 갈았기 때문이기도 했다. 그럼에도 자신보다 훨씬 더 정확하게 경어를 쓰는 샤오홍에게 타카오는 존경에 가까운 마음을 품고 있었다.

"우리 잘못이 아니라고 100퍼센트 확신할 수는 없어. 더욱이 다른 손님도 보고 있는데 그런 얘기를 주절주절하는 건 어리석지. 인간은 이성이 아니라 감정에 이끌리는 법이거든."

무슨 말인지 얼른 이해가 가지 않아서 타카오는 그저 옆에서 같이 걷는 남자를 올려다볼 뿐이었다. 호리호리한 체격에 나이프로 조각해 놓은 듯 윤곽이 날카로운 얼굴. 약한 중국식 발음이 섞인 격언 같은 그 말에서 묘한 설득력이 느껴졌다.

"넌 그 손님의 주문을 등을 돌린 채 받았어. 기억나? 네가 식기를 정리하고 있을 때 그 남자가 맥주를 주문했고 넌 그때에도 그 사람 얼굴을 보지 않고서 네, 하고 대답했지."

"아……."

기억이 나지 않았다.

"그랬을지도 모르지만 오늘은 유독 바빴잖아."

궁색한 변명을 늘어놓았다.

"한 번이 아니라 두 번씩이나. 그리고 옆에 있던 여자 손님과 수다도 떨던데?"

"그거야 그 여자 손님이 말을 거니까. 몇 살인지, 무슨 요일에 나오는지 그런 얘기 몇 마디 한 게 다야."

"그러고 나서였어, 손님이 널 부른 게. 어리고 팔랑팔랑한 아르바이트 학생에게 무시당했다고 생각한 거겠지."

타카오는 놀라서 다시 샤오홍을 보았다. 얼음물이라도 뒤집어쓴 기분이었다. 얼굴이 화끈거렸다. 분홍빛 구름을 올려다보며 샤오홍은 말을 이었다.

"무슨 일에든 원인이 있지. 모든 일은 연결되어 있다는 애기야."

리샤오홍은 상하이 출신의 스물세 살 청년이었다. 아르바이트를 하는 가게에서 처음 만났을 때 'Xiao Feng'라고 중국어로 이름을 듣긴 했는데 타카오는 도무지 정확하게 발음을 할 수가 없었다. 일본어로 읽으면 '슈우호우'지만 본인이 질색을 하기에 타카오는 그를 '샤오홍'이라고 불렀다. 그는 타카오에게 첫 번째 외국인 친구가 되었다.

그가 일본에 오게 된 계기는 고등학교 때 사귄 여자 친구였다고 한다. 상하이로 단기 어학연수를 온 열여섯 살 먹은 일본인 여자에게 당시 열일곱 살이었던 샤오홍은 단번에 마음을 빼앗겼다. 그녀는 밋밋한 청바지와 티셔츠를 입어도 어딘지 모르게 세련되어 보였고, 화장을 산뜻하게 하는데도 입술만큼은 반질반질하게 발라 말도 못하게 매혹적이었다. 의사 표현이 소심할지언정 논리는 늘 심플했다. 어떻게 하면 남자를 손아귀에 놓고 쥐락펴락할 수 있는지, 관심이라곤 그것밖에 없어 보이는 주변의 중국인 여자들과—적어도 샤오홍이 보기에—그 여자아이는 전혀 달라 보였다. 그녀가 미지의 상징으로 여겨졌던 것이다. 그의 정열적인 대시에 두 사람은 연인이 되었고 그 관계는 그녀가 반년간의 어학연수를 마칠 때까지 이어졌다. 귀국 직전에는 그녀가 더 샤오홍에게 빠져 있던 상태였지만 그는 적당히 배려하면서도 그녀에게 단호하게 이별을 선언했다. 반년간 연애를 즐기면서 샤오홍은 최소한의 일본어를 익힐 수 있었는데, 그러고 나니 미지의 상징 같던 그녀에 대한 초반의 느낌이 확연히 줄어들었던 것이다. 그래도 그 경험을 토대로 그는 일본에 있는 대학으로 유학을 가기로 결심했다. 그녀를 넘어선 그곳에서 소중한 무엇인가를 찾을 수 있을 것 같았다. 베이징 올림픽을 목전에 두고, 뒤이어 2년 후 상하이 엑스포를 준비하는 와중에 일본 유학을 가겠다는 아들에게 무역상을 경영하는 그의 부친은 선뜻 손을 들어 주지 않았다(황금 비가 내릴 땅을 떠날 이유가 없다며 그의 아버지는 반대했다). 그러나 혈기에 넘치는 젊은 샤오훙에게 필요한 것은 확실한 미래가 아닌 새로운 미지의 땅이었다.

도쿄에서 4년간 대학 생활을 하며 샤오훙이 손에 넣은 것은 거의 완벽한 일본어와 다양한 연출, 그리고 한 다스쯤 되는 일본인 여자들과의 연애 경력이었다. 그는 돈이나 인간관계에 따라 뻔질나게 이사를 다녔는데 룸메이트를 고를 때든, 동거를 할 때든 상대는 반드시 일본인으로 골랐고, 덕분에 그의 일본어 실력은 일취월장했다. 한편, 아르바이트는 중국인 커뮤니티를 적극적으로 활용해 식당에서부터 수입상, 번역, 중국어 교재 판매 등 다양한 분야에서 열정적으로 업무를 완수해내며 착실하게 인맥을 쌓았다. 유학 생활 3년 만에 그는 마음만 먹으면 어떤 분야에서든 취직이 가능한 경지에 도달했다. 실제로 그는 아르바이트 수입만으로 학비와 생활비를 조달했는데,

학생임에도 외국에서 경제적 자립을 완성한 셈이었다.

그리고 수많은 일본 여자들과의 교제는 그에게 일본의 각 지방을 두루 방문할 기회를 선사했다. 도쿄에서 만난 여자들은 설국 출신이 있는가 하면 외딴섬 출신도 있었다. 워낙 친화력이 좋은 그는 기회만 닿으면 그녀들의 고향에 내려가 부모님을 만났고, 그 지역에 대한 얘기를 들으며 술잔을 기울였다. 그러는 사이 샤오홍에게 일본은 점점 미지의 땅에서 벗어나고 있었다. 집을 떠나와 있는 동안 엑스포를 치르며 크게 변모한 상하이가 지금으로서는 한결 미지의 땅으로 보일 지경이었다. 대학을 졸업한 후 구직에는 관심을 두지 않고 지인의 수입상 일을 도우며 지내고 있는 것은 그런 고민에서였다. 졸업하면서 받은 1년 기한의 비자가 만료일을 앞두고 있다는 것도 그의 고민을 부채질했다.

때마침 일손 부족에 허덕이던 그 중국집에서 그가 일을 하고 있었던 것은 다음 목적지를 정할 때까지 잠시 쉬어 가고자, 또는 일본에서 맨 처음 자신에게 일을 준 것에 대한 일종의 보답이었다. 일본 생활 초기에 느꼈던 외국에서의 불편함이나 모국 요리에 대한 향수를 덜어 주었던 중국집에 대한 고마움을 샤오홍은 언제나 가슴속에 새기고 있었다. 중국어, 영어, 일본어를 자유자재로 구사하는 그는 가게에도, 손님에게도 중요한 존재였다. "고등학생이에요"라고 거짓말을 하고 면접을 보러 온 중학교 3학년 타카오를 놓고서, 어차피 다음 달에는 고등학생이 되니까 일하고 싶다는 놈을 뽑으라고 점장에게 추천한 것도 샤오홍이었다.

타카오는 그런 얘기들을 휴식 시간에 가게 뒤편에서, 귀갓길에서, 때로는 샤오홍에게 이끌려 간 어두운 술집에서 조금씩 들어 알게 되었다. 꼭 영화 같다고 타카오는 생각했다. 그 풍채 좋은 중국인 남자와 같이 있다 보면 자신의 인생이 드라마틱한 영화의 일부처럼 느껴지기도 했다.

"타카오, 차 한잔하고 가자!"

영어 수업에 이어 마침내 6교시 수업까지 다 끝나 해방감에 한숨 돌리던 참에 사토 히로미가 교실에 들어왔다. 상급생의 난입에 급우들 몇 명이 호기심 어린 눈초리를 던졌다.

"마츠모토는?"하고 타카오는 물었다.

"학생회 일로 한 시간 있다가 온대. 끝나면 합류할 거야."

"데이트는 둘이서나 해."

"타카오를 꼭 부르랬어. 셋이 어울리는 게 더 재미있다고."

여자 친구도 같은 의견일지 의심스러운 내용을 당사자인 히로미는 아무렇지도 않게 말했다. 그러고 보니 샤오홍에게서도 비슷한 부탁을 받은 적이 있었다. 슬며시 귀찮아졌다. 이놈이고 저놈이고 왜 좋아하는 사람들끼리 단둘이 놀지 않는 걸까. 문득 비에 젖은 정자가 머릿속에 둥실 떠오르는 통에 타카오는 급히 머리를 흔들었다. 그것을 거절로 알아들었는지 히로미가 "왜 그래, 그냥 가자!"하고 교복 셔츠 깃을 잡아당기며 밉지 않게 고집을 부렸다. 그녀가 움직일 때마다 눈썹 위에서 일자로 자른 앞머리가 찰랑거렸다. 데오도란트의 청결한 향이 코에 닿자 돌연 그녀에게서 풍기던 향수가 떠올랐다. 남녀 문제는 잘 모르겠어. 그런 생각을 하며 타카오는 교실 밖으로 거의 질질 끌려 나갔다.

180엔짜리 아이스커피로도 두 시간 반이나 죽칠 수 있는 체인점 카페에서 나오자 끈끈한 습도가 피부로 느껴졌다. 날은 맑아도 역시 지금은 장마 기간이다. 기울어 가는 햇빛을 받아 반짝거리는 전선을 보며 날이 퍽 길어졌음을 실감했다. 장마가 시작되면서 하루하루가 빨라지고 있는 듯했다.

히로미와 둘이 카페에서 한 시간을 보내고 뒤늦게 마츠모토가 도착해 셋이서 30분 정도 잡담을 나누었다. 학원에 갈 시간이라며 히로미가 먼저 자리를 뜬 뒤에는 마츠모토와 둘이서 얼음이 다 녹은 커피를 빨대로 쪽쪽 빨며 한 시간을 더 보냈다. 두 사람과 잡담을 나누는 것은 물론 즐거웠지만, 내가 커플 두 사람을 상대로 각각 데이트를 하는 꼴이 아닌가 싶어 도중에 실소가 나왔다. 마츠모토는 중학교 동창이다. 고등학교에 입학하자마자 한 학년 위인 사토 히로미와 사귀기 시작할 정도로 행동이 적극적이었던 데 반해 둘만의 데이트는 피하는 경향이 있었다. 그런 주제에 타카오와 둘만 있으면 "역시 난 연상이 좋아"라며 히죽거리곤 했다. 어른스러움과 천진난만함이 공존하는 그의 그런 면이 연상녀의 관심을 끄는 모양이라고 타카오는 짐작했다. 어쩐지 요즘 들어 내 주변에는 온통 연상녀뿐이네. 2학년인 히로미, 형이 얼마 전에 집에 데려온 리카, 샤오홍의 여자 친구인 요우코, 그리고 그 우녀. 리카가 스물두 살, 요우코가 스물다섯 살. 그럼 우녀는 몇 살일까. 그녀들보다 많을까, 적을까. 소부선 열차의 차창 밖에서 어둠에 젖어 드는 허공을 보며 타카오는 고민해 보았다. 그러나 끝내 답을 찾지 못했다.

/////

6월 말로 접어들자 일본 정원의 등나무 시렁에 꽃이 피었다. 예년보다 한 달이나 늦게. 무엇인가를 애타게 기다리다 핀 것처럼 계절을 벗어난 개화였다. 줄기차게 내리는 빗속에서 보랏빛이 선명하게 드러났다. 꽃잎에 잠시 머물렀다가 부지런히 떨어지는 동글동글하면서도 요염한 물방울이 어찌나 귀여운지. 등나무 꽃에 마음이 있어서 환희를 참지 못하고 물방울을 터뜨리는 것만 같았다.

'내가 우녀에게 그런 말을 꺼낸 것은 등나무에 매혹됐기 때문이야.'

타카오는 훗날 그렇게 생각했다. 그리고 또 하나, 간밤에 모집 요강을 보고 흥분한 까닭도 있을 터였다. 그 전날 타카오에게 시험 삼아 신청해 본 구두 전문학교의 팸플릿이 도착했다. 2년간 총 수업료 220만 엔. 고등학교 3년 동안 아르바이트로 충당이 가능한 액수가 얼추 200만 엔이라는 계산이 나오면서 어렵지 않겠는걸, 하고 크게 고무되었던 것이다. 어울리지 않는 부끄러운 말을 그 사람에게 하고 말았다는 후회가 들면서도 한편으로는 '아니야, 그건 내 진심이었어' 이런 자부심도 타카오의 가슴속에 자리를 잡았다.

"구두장이?"

반문하는 그녀의 음성이 지금도 귓가에 생생하다. 조금 놀라긴 했지만 조롱하려는 것 같지는 않았다. 탐색하는 눈으로 타카오는 그녀를 돌아보았다. 목소리만 들으면 중학생인 줄 알겠다. 어리고 달콤하고, 하지만 언제나 긴장감이 느껴지는 음성. 반장이나 학생회장 같은 모범적인 소녀가 떠오르는 목소리.

그날 아침에 언제나처럼 정자에서 마주친 그녀가 한, 첫마디 말이 "저거 봤어? 등나무 꽃!"이었다. 평소 같지 않게 흥분한 말투라서 타카오도 무심결에 "어, 어디요?"라고 물었다. 연못 근처에 있는 등나무 시렁까지 우산을 쓰고 같이 걸어갔다. 풍성하게 늘어진 꽃잎 무리 밑에 서고 나서야 타카오는 자신이 그녀보다 키가 조금 크다는 사실을 알게 되었다. 됐어, 하고 속으로 쾌재를 불렀다. 물방울이 등나무에 맺혀 몸집을 불리다가 연못에 떨어져 곱게 파문을 일으켰다. 누군가의 마음이 누군가의 마음에 닿아 퍼져 나가는 이미지가 떠오르는 장면이었다. 구두장이가 되고 싶어요. 깨닫고 보니 그 말이 소리가 되어 나가고 있었다.

"……현실성 없게 들리겠지만 그냥 구두의 모양을 생각하거나 만드는 게 좋아요."

거기까지 말하고 나니 걷잡을 수 없이 부끄러워져서 "물론 실력은 아직 형편없지만요. 당연하겠지만" 하고 얼른 덧붙였다. 대답이 없었다. 우녀의 숨소리만이 어렴풋이 들렸다. 불안해서 고개를 들어보았다가 딱! 소리가 들릴 듯한 타이밍으로 눈이 마주쳤다. 그녀는 소리 없이 웃었다. 그래서 타카오는 말을 이어 나갔다. 가능하면…….

"가능하면 그런 일을 하고 싶어요."

등나무 꽃에 말을 건네듯 그렇게 말했다. 자기도 몰랐던 마음을 선언하는 심정으로. 그 말은 타카오 자신에게 반향을 일으키면서 가슴 안쪽을 천천히 열기로 채워 나갔다.

그때 그녀가 "어머, 대단하다"나 "힘내" 같은 말을 했다면 아마 민망해서 죽어 버렸을 거라고 타카오는 생각했다. 창피해서 어찌할 바를 몰랐을지도 모르고, 후회했을지도 모르며, 화를 냈을지도 모른다. 우녀가 그런 사람이 아니라 천만다행이었다. 그녀가 그저 웃어 주기만 했다는 사실이 타카오에게는 도리어 큰 힘이 되어 주었다. 그날 이후 타카오는 그녀를 우녀가 아닌 그 사람이라고 부르게 되었다.

언제부터인가 타카오는 밤이 되고 잠자리에 들 때면 비가 오기를 빌었다.

등나무 시렁 아래에서 그 일이 있었던 날 밤에 타카오는 하늘을 나는 꿈을 꾸었다. 하늘을 나는 꿈을 꾼 것은 참으로 오랜만이었다. 그는 꿈속에서 한 마리 큰부리까마귀였다. 두툼하고 견고한 근육이 가슴에서 손끝까지 덮여 있고 날갯짓 한 번에 대기를 물처럼 휘저으며 어디든 자유롭게 날아갈 수 있었다. 하늘에는 풍성한 뭉게구름이 이어졌고 그 틈으로 태양이 지상을 향해 레몬색 줄기를 무수히 뻗었다. 까마득하게 보이는 저 밑에서는 도쿄 거리가 보였다. 주택 옥상에서 어린이 공원의 놀이기구에 이어 복합 빌딩의 창문 안쪽으로 보이는 급탕실에 이르기까지 어디든 훤히 보였다. 고엔지와 나카노를 지나고 니시신주쿠의 고층 빌딩 사이를 활공하자 마침내 늘 가는 일본 정원이 시야에 잡혔다. 그런데 급작스럽게 뭉게구름에서 일제히 빗방울이 쏟아지기 시작했다. 빗물은 삽시간에 땅을 적셨고 곳곳에 뻗어 있던 빛줄기에 비쳐 빌딩과 도로와 가로수가 예쁘게 반짝였다. 그리고 까마귀인 타카오는 두 개의 우산을 발견했다. 신주쿠문에서 정자로 이어진 오솔길을 걸어가는 비닐우산과 센다가야문에서 정자로 향하는 노을빛 우산. 정자에서 비를 피하곤 하는 두 사람이다. 그럼 나는 어디로 가야 할까. 갑자기 갈 곳을 잃었지만 '아, 거기지' 하고 곧 생각이 났다. 정원을 선회해 요요기의 전파 탑으로 향했다. 날아가면서 한없이 상승했다. 구름이 갈라졌다. 비가 그치는 느낌과 잠이 깨는 기분을 동시에 맛보았다.

눈을 뜬 순간, 다시 비가 오기를 소원한다.

/////

"타카오, 전골 더 줄까?"
"타카오, 물시금치도 더 먹어. 어리잖아. 사양하지 말라고."

샤오홍과 요우코가 양옆에서 끊임없이 성화를 부렸다. 사람들은 왜 어리다는 이유만으로 위장에 한계가 없을 거라고 생각할까. 타카오는 거의 꽉 찬 위 속에 열심히 게를 쑤셔 넣으며 그런 생각을 했다. 어쩐지 샤오홍이 하는 말치고는 꽤나 평범하다고, 산더미처럼 쌓여 가는 게 껍데기의 잔해를 바라보며 타카오는 속으로 조용히 생각했다.

아무튼 샤오홍이 한 요리는 죄다 맛있었다. 가게 메뉴에는 없는, 대부분 이름도 모르는 중국요리였지만 입속에서 살살 녹는 게살도, 새우와 수제비를 넣은 매운 전골도, 상큼한 오이와 스팸 볶음도, 여주를 통으로 썰어서 살짝 데쳤을 뿐인 음식조차 감탄사가 절로 나올 만큼 신선하고 맛도 오묘했다. 필시 장을 볼 때부터 품을 들였을 것이다. 거기에 생각이 미치자 자신이 이 자리에 앉아 있는 이유가 더욱 불가사의하게 느껴졌다.

“타카오는 동생 같아. 형이 있다고 했나?”

요우코가 물었다. 민소매 밖으로 대범하게 드러낸 하얀 어깨가 눈부셨다.

“있어요. 열한 살 차이 나는.”

“그럼 스물여섯? 어떤 사람이야?”

“휴대전화 회사 영업 사원이에요. 살짝 가벼운 느낌.”

타카오는 요우코가 입술을 오므리고 꽃게 된장국을 마시는 모습을 곁눈질하며 대답했다. 요우코 누님은 왠지 야해, 이런 생각을 했다. 식사 예절이 바르지만 섹시하다. 레몬색 원피스에 달린 레이스 안으로 허벅지가 못해도 반은 비쳐 보였다. 한쪽으로 내린 앞머리가 오른쪽 뺨을 반이나 가리고 있었지만 타카오 쪽에서는 입술의 움직임이 잘 보였다. 화려한 어른스러움이 리카와 조금은 닮았다. 하지만 비 오는 날의 그 사람과는 아주 많이 달랐다.

"왜, 요우코? 소개해 달라고 하려고?"

중국 지방의 양조주, 소흥주를 마시며 샤오홍은 여동생에게나 건넬 법한 말투로 툭 끼어들었다.

"그래 볼까? 나이 차이도 딱 좋고 타카오가 시동생이 되는 셈이니까 더 좋네."

"에이, 형이 그래 봬도 여자 친구 있어요" 하고 타카오는 서둘러 말했다. 그러고 나서 내가 왜 이렇게 당황하나 싶어 생각을 고쳐먹었다. 요우코는 그쪽 여자 친구잖아, 하는 눈빛으로 샤오홍을 흘겨보았다. 샤오홍은 전혀 신경 쓰지 않는 태연한 얼굴로 술을 쭉 들이켰다.

"완전 유감. 유감이니까 나도 소흥주 마실래. 그리고 취해 버릴래."라며 희희낙락하는 요우코.

"오오, 달리는 거야?"

샤오홍이 일어나 잔을 가지러 주방으로 갔다. 걸음걸이가 요상한 것이 아무래도 취한 모양이었다. 이게 다 뭐람, 하고 또 한 번 게 껍데기에 대고 넌지시 말을 건넸다.

며칠 전쯤 샤오홍은 요우코와 셋이서 밥이나 먹자며 타카오를 초대했다. 남들 연애하는 데 방해하고 싶지 않다고 거절하자 그는 꼭 와 달라며 고개까지 넙죽 숙였다. 어찌나 간곡하게 부탁하는지 차마 거절할 수가 없어서 쾌청한 토요일 오후에 나카노사카우에에 있는 그의 맨션을 방문했다. 부자 동네라 번쩍번쩍한 고급 맨션을 상상한 것과 달리 그곳은 지은 지 30년이나 지난 낡아 빠진 5층 건물이었다. 그래도 한 층에 두 세대밖에 없어서 주거 공간은 넓었다. 특히 샤오홍이 사는 5층은 그의 집밖에 없어서 더욱 널찍했다. 깔끔한 거실 안으로 들어가자 요우코가 벌써 맥주를 한 캔 마시고 있었다. '雪花'라는 처음 보는 상표가 붙어 있는 맥주였다. 주방에서 요리 중이던 샤오홍은 곧 다 된다며 둘이서 한잔하고 있으라는 말을 남기고는 주방으로 돌아갔다. 요우코와는 가게에서 몇 번인가 얼굴을 본 것이 전부였다. 타카오를 돌아보는 요우코의 얼굴이 어쩐지 슬퍼 보였다. 어라, 원래 이런 사람이었나 싶어서 잠시 주춤했다. 재떨이에는 립스틱이 묻은 담배꽁초가 수북이 쌓여 있었다. 긴장한 가운데 보리차를 마시며 대화를 시도해 보았다. 그러자 요우코는 금세 타카오가 기억하는 밝은 표정을 되찾았다.

설탕을 넣은 소흥주를 네다섯 잔이나 마시더니 요우코는 "화장실 좀……" 하고 자리를 떴다. 샤오홍은 그녀를 잠시 눈으로 좇다가 타카오를 향해 앉더니 갈색 글라스 볼을 들면서 정말 안 마시겠냐며 재차 권했다. 열여덟까지는 참겠다며 타카오도 같은 변명을 웃으며 반복했다. 그러냐, 하고 샤오홍은 서운함이 어린 미소를 담았다. 그 표정은 흔치 않게 그를 매우 지쳐 보이게 만들었다. 본인 잔에 걸쭉한 술을 따르더니 "난 말이야, 멀리 가고 싶어"라며 나직하게 속삭였다. 깊은 비밀이라도 털어놓을 듯한 심각한 말투라 타카오는 얼결에 고개를 번쩍 들었다.

"나를 어딘가 다른 세상으로 데려가 줄 무언가를 줄곧 찾고 있지. 지금도."

사라락. 그 말은 타카오의 가슴속에 있는 말랑말랑한 부분을 건드렸다. 처음으로 그가 가진 연약한 부분을 접한 것 같은 느낌이 들면서 희한하게도 가슴이 뛰었다. 무슨 말이지? 묻기도 전에 요우코가 돌아오는 소리가 들려서 타카오의 질문은 허공에서 맴돌았다.

해가 기울면서 거실이 옅은 색으로 채색되었다. 한차례 먹고 마시고 떠들다 보니 예정해 놓은 것을 모두 소화한 듯한 나른한 분위기가 감돌았다. 그때 샤오홍의 휴대전화가 울렸다.

타카오는 왠지 안심했고 요우코는 말없이 샤오홍을 쳐다보았다. 샤오홍은 액정을 힐끗 보고는 일어나 주방으로 걸어가며 전화를 받더니 작은 소리로 통화했다.

"나중에 나도 갈 테니까 둘이 먼저 옥상에 가 있어. 지금 시간에 올라가 보면 기분이 그만이거든."

샤오홍이 손바닥으로 휴대전화를 가리며 타카오에게 작은 열쇠를 던져 주었다.

"옥상에 가 보는 것도 괜찮겠네요."

타카오는 요우코에게 말을 건네며 막연하게 내쫓기는 기분으로 방을 나섰다. 짧은 계단 끝에 굳게 잠긴 문을 열자 저녁놀에 잠긴 폭 20미터쯤 되는 공간이 눈앞에 펼쳐졌다.

샤오홍은 좀처럼 옥상으로 올라오지 않았다. 10분에서 30분이 지났다. 태양이 잠기면서 구름 뒤에 숨었다가 그 아래로 얼굴을 내밀더니 이윽고 먼 지평선 너머로 완전히 숨어 버렸다. 그때마다 거리의 음영이 바뀌었다. 담배를 피우는 요우코의 뒷모습을 망연하게 보며 혹시 샤오홍은 이 시간을 위해, 요우코를 혼자 두지 않으려고 나를 부른 것은 아닐까 하는 생각을 잠깐 했다. 하지만 요우코와 이야기를 나눌 만한 화젯거리가 떠오르지 않았다. 에라, 모르겠다. 타카오는 서늘해진 콘크리트 바닥 위에 벌렁 드러누웠다.

옥상은 확실히 기분을 상쾌하게 해 주는 곳이었다. 풀이 없는 수영장 같다고나 할까. 주위에 높은 건물이 없어서 시야가 탁 트였다. 그래, 장마 기간에 쾌청한 날 저녁 무렵은 확실히 이런 색이었지. 하늘을 올려다보며 그런 생각을 했다. 서쪽 하늘은 빛에 투영되어 얇게 썰어 놓은 연어처럼 투명한 오렌지빛이었고 태양에서 멀어질수록 하늘은 포도색을 띠었다. 마침내 일몰이 막을 내리자 느릿느릿 아무도 모르게 포도색에서 짙은 감색으로 옷을 갈아입었다.

"샤오홍의 이름 말이야."

뒤에서 요우코의 말소리가 들려와 타카오는 상반신을 일으켰다. 그녀는 타카오에게 등을 돌린 채 동쪽 하늘을 보고 있었다. 한자를 풀이해 보면 '저녁(宵)의 산봉우리(峰)'잖아? 일어나며 요우코의 시선을 따라가자 그 끝에 니시신주쿠의 빌딩 숲이 보였다. 그 가운데 정체불명의 신축 사무용 빌딩이 자리해 있고 그 틈이나 꼭대기 위로 눈에 익은 200미터의 초고층 빌딩이 보였다. 도청이 있고 파크 하얏트의 삼각 지붕이 있으며 무기질적인 스미토모 빌딩과 노무라 빌딩, 누에고치 같은 모드 학원 빌딩이 자리를 잡고 있었다. 높은 빌딩만 정수리에 저녁 햇살을 받아 오렌지색으로 빛을 발산했고 그 밑에 있는 가로수는 어두운 진녹색으로 가라앉아 있었다.

"저런 빌딩을 보면 산봉우리 같지 않아? 나는 앞으로 저녁에 고층 빌딩을 보면 '宵峰'이라는 한자가 생각날 것 같아."

타카오에게 등을 돌린 채 요우코는 감정을 파악하기 어려운 어조로 말했다. 그리고 타카오를 돌아보더니 미아가 된 듯한 미소를 띠었다.

"타카오가 좋아하는 사람에 대해 말해 줘."

타카오는 진지하게 생각했다. 이 사람에게는 사실을 말해야 한다.

"……사귀는 사람은 없어요. 그렇지만 좋아하는 사람이라면 있는 것 같아요."

요우코의 미소가 온화하고 깊어졌다. 허벅지가 비치는 레이스가 바람에 흔들렸다. "그런데?" 하고 뒷얘기를 재촉하는 요우코의 음성에서 촉촉한 기운이 묻어났다.

"요즘은 비가 오는 날 아침마다 수업을 빼먹고 그 사람과 공원에서 같이 도시락을 먹거든요. 그래서 매일 아침 넉넉하게 도시락을 싸요."

"어머나, 어떤 사람인데?"

타카오는 잠시 생각에 잠겼다.

"음식을 먹는 게 아주 서툴러요. 걸핏하면 샌드위치 속을 흘리고 젓가락질도 서툰 데다가 매실을 먹으면서 침을 흘리는 것도 봤어요. 초콜릿을 안주 삼아 맥주를 마시기도 하고."

요우코는 눈부신 것을 볼 때처럼 눈을 가느다랗게 떴다. 그녀는 그림자 안에 서 있었고 그녀에게서 멀리 떨어진 곳에 있는 산봉우리가 자잘한 빛을 발했다.

"어쩐지 근사하네."

"……그럴지도 모르지만 잘 모르겠네요."

샤오홍이 옥상에 나타났을 무렵, 하늘은 포도색을 완전히 벗어 버리고 짙은 감색에서 도시의 빛을 구름에 반사할 만큼 탁한 암적색으로 바뀌어 있었다. 타카오는 저녁 잘 먹었다는 인사를 하고 요우코를 남겨 두고 먼저 돌아왔다. 두 사람에게 무슨 말이든 해야 할 것 같았는데 좀처럼 말이 나오지 않아서 결국 포기했다. 다음에 해야지. 오늘 저녁에 대한 보답으로 다음엔 내가 두 사람을 집으로 초대하자. 샤오홍만큼 요리에 자신이 있는 것은 아니지만 술을 준비하고 일본식으로 반찬을 만들어서 내자. 차가 기운차게 오가는 야마테도리 거리를 지나 JR역까지 걸으며 타카오는 그렇게 생각했다. 그러나 그날은 결국 샤오홍과 요우코를 만난 마지막 날이 되었다. 그날로부터 며칠 후에 샤오홍은 귀국했다. 타카오는 그 소식을 상하이에서 날아온 샤오홍의 메일을 받고서야 알게 되었다. 언젠가 또 보자, 이렇게 쓰여 있었다. 요우코의 연락처는 들은 적도 없고 샤오홍이 없는 이상 그녀와의 인연도 그것으로 끝이었다.

/////

3년 안에 어른이 되겠노라 벼르던 중학 시절을 떠올리면 가소로워서 낯이 뜨거워진다. 세상은 그렇게 간단하지 않고 인간은 그리 쉽게 자신을 조절할 수 있는 존재가 아니다. 어른이 된다는 것은 스스로를 조절할 수 있게 되는 것을 전제로 한다.

그래도 나는 빨리 더 좋은, 더 강한 사람이 되고 싶었다.

빗소리를 들으며 정자에 앉아 노트에 구두 디자인을 그리면서 타카오는 그런 생각을 했다.

소중한 사람을 잘 돌보아 주고 다정하며 강인한 인간. 어느 날 갑자기 혼자가 되어도 평정심을 잃지 않고 무너지지 않는 강한 사람으로 살아가고 싶다. 그런 생각을 곱씹고 또 곱씹으며 연필로 선을 그렸다.

사박, 사박, 사박. 젖은 흙 위를 디디는 구두 소리가 귀에 닿았다. 그 사람이야, 하고 고개를 들자 노을빛 우산을 쓴 정장 차림새의 왜소한 그녀가 이파리 사이로 보였다.

"안녕하세요. 오늘은 안 오는 줄 알았어요."

타카오가 인사를 건넸다. 언제나 맑아 보이는 얼굴에 심사가 틀리며 슬쩍 농을 걸고 싶어졌다.

"회사에서 해고 안 당하는 게 신기하네요."

그녀는 작은 미소로 답하며 우산을 접고 정자 안으로 들어왔다. 타카오는 개의치 않고 노트로 시선을 돌렸다.

"멋지다. 구두 디자인?"

느닷없이 등 뒤에서 목소리가 날아왔다. 어느 틈에 그녀가 뒤에서 노트를 들여다보고 있었다. 뭐야, 이 여자.

"저기요!" 황급히 노트를 덮었다. "안 돼?" 하고 그녀는 천진난만하게 고개를 갸웃했다.

"아직 남한테 보여 줄 정도는 아니에요!"

"그래?"

"그래요! 저기 앉기나 해요."

단호하게 말하며 손을 흔들었다. 후후, 하고 그녀는 밝게 웃었다. 역시 화가 난다니까. 타카오의 가슴이 쿵쾅거리며 뜨거워졌다. 까치인지 박새인지가 가까운 가지 위에서 흥겹게 지저귀는 소리가 들렸다. 그녀가 오고 빗발이 더 거세졌다. 정원 연못이 퐁당퐁당 비를 받아들이며 내는 귀여운 소리가 한층 요란해졌다.

"아침 먹을 건데."라고 말하며 타카오는 가방에서 도시락을 꺼냈다. 언제나 그렇듯이 큼지막한 용기에 소복하게 담긴 2인분. 그리고 언제나 그렇듯이 물어보았다.

"같이 먹을래요?"

"고마워. 그런데 오늘은 나도 도시락 가져왔어."

미처 예상하지 못한 대답에 타카오는 약간 놀랐다. 이 사람이 요리를 할 줄 아나? 무심코 무시하는 말이 튀어나왔다.

"직접 만든 거예요?"

"그럼, 나도 가끔은 요리해."

그녀는 볼멘소리를 하며 하얀 손가락으로 분홍색 도시락 뚜껑을 열었다. 앙증맞은 용기 안에 담긴 못생긴 주먹밥이 두 덩이, 눅눅해진 닭튀김, 달걀말이. 작은 일회용 그릇 안에는 호박과 마카로니 샐러드가 한 움큼씩 담겨 있었다. 타카오는 한눈에 맛없겠다는 판단을 내리고 아까 노트를 훔쳐본 것에 대한 앙갚음으로 잽싸게 젓가락을 뻗었다.

"반찬 나눠 먹어요!"

대답도 기다리지 않고 그녀의 도시락에서 달걀말이 하나를 집어 입에 쏙 넣었다.

"나, 별로……!"

당황하는 음성이 역시 아이 같다고 생각하며 타카오는 달걀말이를 씹었다. 설탕이 혀에 닿았다. 단맛을 좋아하나 보다.

"음?"

우둑, 하고 어금니에 딱딱한 것이 씹혔다. 달걀 껍데기? 이건……. 성급했던 행동을 즉시 후회했다. 예상보다 훨씬 맛이 없었다.

"요리에 자신이 없거든……."

그녀가 다 죽어 가는 소리로 중얼거렸다. 붉어진 얼굴을 푹 숙이더니 가방 안을 뒤적거렸다.

"자업자득이야."

그렇게 말하며 페트병에 담긴 차를 타카오에게 내밀었다. 그것을 꿀꺽꿀꺽 마셨다. 하아, 하고 숨이 쏟아지면서 저도 모르게 웃음이 터져 나왔다.

"의외로 재주가 없네요."

솔직한 감상을 말해 주었다.

"뭐야" 하고 불만을 터뜨리는 그녀. 하하하, 화를 내네. 칭찬을 좀 해야겠다.

"그래도 뭐, 그런대로 먹을 만해요. 씹는 맛도 있고."

"놀리지 마!"

"하하. 하나 더 먹어도 돼요?"

"안 돼! 본인 도시락이나 먹어!"

"안 돼요?"

"안 돼!"

얼굴을 점점 더 붉히며 성을 내는 표정이나 목소리가 더더욱 어린아이 같았다.

누군가가 이렇게 사랑스러워 보이는 것은 처음이었다. 더할 나위 없이 소중한 것을 찾아낸 듯한 심정으로 타카오는 그렇게 생각했다.

가령 빌딩 숲에 태양이 잠기기 직전, 열차의 차창 너머로 보이는 불빛과 하늘빛이 딱 맞춘 듯 어우러지는 시간대.

가령 옆에서 나란히 달리는 추오선에서 누군가와 닮은 모습을 발견했는데 상대가 반대쪽에서 달려오는 소부선에 가려지는 순간.

가령 텅 빈 상점가를 걷다가 문득 돌아본 보도가 가로등 불빛을 받아 한없이 뻗어 있는 모습을 훤히 드러낼 때.

누군가가 가슴 안쪽을 거머쥔 듯이 괴로워진다. 이런 감정에는 이름이 없을까, 하고 번번이 생각해 본다. 이런 순간이 하루에 몇 번이나 그를 찾아왔다. 그녀와 만나기 전부터 내가 이랬던가. 사람은 어느 날 갑자기 홀연히 사라져 버릴 수 있다는 것을 알기 전부터 나는 이랬던가. 앞으로도 계속 이렇다면 나는 어떻게 되는 걸까. 진득이 생각해 보았지만 타카오는 답을 찾지 못했다.

알게 된 것은 간단한 대답뿐이었다.

그 사람을 위해 구두를 만들고 싶다는 것.

그리고 말로 하면 우습게 들릴 테지만 내가 사랑에 빠졌다는 것.

비와 은행나무 잎이 드리운 커튼 너머에서 이름도 모르는 그 사람이 미소 지으며 손을 흔들었다. 그녀의 모습은 마치 세상의 비밀 그 자체로 보였다.

정원에 때아니게 핀 등나무 꽃처럼 진귀한

지금도 그립네 그대의 미소가

(『만요슈』 8·1627)

해석 : 우리 집 정원에 핀, 계절을 잊은 진귀한 등나무 꽃처럼 지금도 그립습니다. 사랑스러운 당신의 미소가.

상황 : 나라 시대의 귀족, 가인 오토모노 야카모치가 계절에 맞지 않게 핀 등나무 꽃과 가을 이파리를, 훗날 자신의 정실부인이 되는 사카노우에노 오이라츠메에게 보내며 지은 2수 가운데 1수. 계절에 맞지 않게 피어난, 귀중한 등나무 꽃의 아름다움과 여성의 얼굴을 동일시하고 있다.

제5화

자줏빛 찬란한, 빛의 정원 - 유키노

The Garden of Words

간신히 도착했다. 무거운 다리를 질질 끌다시피 하며 집에 도착해 현관문 손잡이를 돌렸다.

심하지 않나. 본인이 생각해도 한심하다. 외출했다가 집에 돌아온 것이 고작인데 이렇게 지쳐 버리다니. 통증이 느껴지도록 부어오른 발에서 힐을 벗겨 내고 현관에서 스타킹을 벗어 던진 후, 팔을 등 뒤로 돌려 블라우스를 입은 채 브래지어 호크를 풀었다. 방금 사 온 묵직한 책을 탁자 위에 놓고 어수선한 방에서 애써 눈길을 돌리며 침대로 향했다. 그러나 해야 할 일이 머릿속에 새록새록 떠올랐다.

슬슬 빈 맥주 캔과 페트병을 정리할 때가 되었는데. 바닥에 떨어져 녹은 초콜릿도 버려야 하고. 난잡하게 걸려 있는 빨래도 걷어야 해. 가스레인지에 눌어붙은 기름도 닦아야 한다. 말라 죽기 직전인 화분에 물도 줘야 해. 하다못해 화장만이라도 지우든가.

그중 어느 것도 하지 않고 유키노는 침대 위에 쓰러져 누웠다. 기다렸다는 듯이 진득진득한 수마가 덮쳐 왔다. 방충망 밖에서 스쿠터 지나가는 소리가 들렸다. 멀리서 아이가 우는 소리도 들렸다. 모르는 집에서 저녁을 짓는 냄새가 바람을 타고 희미하게 날아왔다. 눈을 뜨고 흐릿해지기 시작한 시야로 뒤집혀 있는 허공을 응시했다. 어느새 비가 그치고 투명한 보랏빛을 띤 어두운 저녁 하늘이 펼쳐져 있었다. 연약한 별빛이 하나둘 깜빡였다.

'내일도 비가 내리면 좋겠어.'

유키노는 소망하듯 생각했다.

눈을 감자 빗소리의 여운이 느껴졌다. 빗줄기가 정원에 자리한 정자의 지붕을 두드리는 소리가 들리는 것도 같았다.

탕, 타당, 탕, 타당.

멀리서 들려오는 불규칙적인 리듬의 까마귀 울음소리와 늘 쾌활하게 지저귀는 들새 소리, 그리고 지면이 비를 흡수하며 내는 아릿한 소리가 섞였다. 그리고 오늘은 그 위에 작은 숨소리가 살포시 더해졌다.

귀에 닿는 그 소리에 문고본에서 시선을 뗐다. 그 아이가 잠들어 있었다.

아직 이름도 모르는, 비 오는 날 아침 공원에서 만나는 것이 전부인 교복 소년. 조금 전까지만 해도 노트에 무엇인가를 열심히 그리고 있더니. 수면 부족인가. 늦도록 공부를 하거나 어쩌면 구두를 만들지도? 규칙적으로 드나드는 들숨과 날숨에 소년다운 실팍한 가슴이 오르내렸다. 머리를 기둥에 기대고 잠들어 있는 소년의 속눈썹이 의외로 길다는 것을 깨달았다. 피부는 생명력을 자랑하듯 생생했고, 청결한 입술은 가느다랗게 벌어져 있으며, 무방비한 귀는 손으로 빚은 것처럼 오밀조밀했다. 역시 어리구나. 일본 정원의 아담한 정자에는 단둘뿐이라 얼마든지 그의 모습을 바라볼 수 있었다. 살며시 흐뭇해졌다.

아까는 어찌나 부끄럽던지. 목덜미께를 멍하니 관찰하며 유키노는 좀 전의 일을 떠올렸다. 본의 아니게 맛없는 달걀말이를 먹였다. 어설프게 달걀을 깨는 바람에 껍데기가 들어간 데다가 모양도 별로고 맛까지 시큼했던 달걀말이. 그래도 즐거웠다. 지난 시간을 떠올리자 저절로 미소가 감돌았다. 실은 아주 많이 즐거웠다. 오랜만에 마음이 들떴다. 반찬을 나누어 먹자는 말이나, 자업자득이라는 말이나, 의외로 재주가 없다는 말이나, 놀리지 말라는 말이나. 학원 드라마에서나 나올 법한 그런 인위적인 대사들이 몹시 재미있었다. 여름에도 차디찬 그녀의 발끝에 따스하게 온기가 돌았다.

그러나 유키노는 즐거움에 비례해 죄책감을 느껴야 했다. 학교를 빼먹은 고등학생과 이런 식으로 시간을 보내다니. 비를 피하는 공범자들끼리 공유하는 마음에 그녀는 의지하고 있었다. 일부러 이름도 묻지 않으면서 커피를 사다 주거나, 그의 도시락을 얻어먹거나, 그의 꿈 얘기를 듣기도 했다. 자신에 대한 얘기는 한마디도 하지 않으면서 그에 대해 조금씩 알아 가고 있었다. 나는, 적어도 나는 이러면 안 되는데. 양쪽 어디에도 이것은 공평하지 않다. 내가 어떻게 된 걸까. 사리 분별을 못하는 것도 아니면서.

그래도 조금만, 조금만 더…….

소년의 얼굴을 보았다. 아직 자고 있었다. 선잠이 아니라 아예 숙면에 빠져 있었다. 이런 정자에서 잘도 자는구나 싶어서 어처구니없기도 하고 부럽기도 했다. 그저 수면을 취할 때에도 에너지가 필요하다는 사실을 유키노는 누구보다도 잘 알고 있다. 그저 열차를 탈 때에도, 그저 화장을 지울 때에도, 그저 식사를 할 때에도 에너지는 필요하다. 소년과 같은 나이였을 때에는 그녀도 에너지로 가득 차 있었을 것이다. 그런데 지금은…….

얘. 마음속으로 유키노는 소년을 불렀다. 나에 대해 어떻게 생각하니, 응?

"난 아직 괜찮은 걸까."

조그맣게 소리 내어 말해 보았다. 소년의 귀에 닿기 전에 그 소리는 비에 섞여 공기 속으로 녹아들었다.

"그런데 맛이 느껴졌어, 그 사람이 가져온 도시락에서."

유키노가 말하자,

[그럼 호전된 거야, 미각 장애?]

수화기에서 남자의 목소리가 들렸다.

미각, 장애? 의문 부호가 붙은 물음이었다. 염려하는 말투와 달리 그가 지금도 그 병명에서 느끼는 께름한 기운이 수화기를 통해서도 분명하게 전해졌다. 예전에는 이 사람의 이런 솔직함이 사랑스러웠는데. 언뜻 그런 생각이 들었다.

침대에 누워 선잠이 든 그녀를 깨운 것은 그가 걸어온 전화벨 소리였다. 잠들기 전보다 더욱 무거워진 피로감 속에서 몸을 일으키고 바닥에 떨어져 있는 가방에서 휴대전화를 꺼냈다. 액정에 전 남자 친구의 이름이 떠 있었다. 그냥 무시해 버릴까. 잠시 망설였다. 하지만 자신이 먼저 전화를 걸어 번호를 남겼다는 사실이 떠올랐다. 통화 버튼을 누르며 시선을 들었다. 창밖은 완전히 어둠에 잠겨 있었다.

"그렇게까지는 아니지만 얼마 전까지 느낄 수 있는 맛이라곤 초콜릿과 알코올이 다였었지."

쓰레기로 가득한 연못에 덩그러니 떠 있는 소중한 보트 같은 소파에서 유키노는 무릎을 꿇고 앉아 통화했다.

[그랬지. 정말 좋아진 거면 과감하게 일을 그만두길 잘한 것 같아.]

전 남자 친구가 말했다.

한숨을 삼키며 유키노는 대답했다.

"그럴지도……. 돌이켜보면 더 빨리, 연말에 그만둬야 했던 건지도 모르고."

[음, 그럴지도 모르지만 어쩔 수 없잖아. 퇴직을 결심하는 게 그리 쉬운 일은 아니니까. 좌우간 지금은 무리하지 말고 휴가 중이라고 생각하고서 편하게 지내.]

이 사람은 언제나 다정하게 말한다. 휴대전화를 바꾸어 쥐며 새하얗게 변한 마음으로 그런 생각을 했다. 일견 망가진 것을 어루만지듯 몹시 다정하게 말한다. 그래도 숨 쉬는 것조차 괴롭던 그때, 그는 주변에서 떠드는 소리에만 귀 기울일 뿐 그녀를 믿어 주지 않았다. 그의 잘못은 아니다. 진심으로 그렇게 생각한다. 잘못한 사람이 있다면 그건 그녀 자신이다. 모든 것은 그녀가 자초한 일이다. 그래도 어느 틈에 그에 대한 신뢰는 무너져 버렸다. 어떤 종류의 감정은 한번 잃으면 두 번 다시 돌아오지 않는다는 것을 유키노는 그를 통해 배웠다.

그 일이 일어난 것은 지난겨울이었다.

처음엔 감기 기운인 줄 알았다. 입맛이 둔해졌다는 생각을 하기는 했다. 하지만 그 당시 유키노는 해야 할 일이 산더미 같았다. 한심한 이들과의 사이에서 한심한 일이 벌어지는 하루하루를 보내면서 몸은 늘 어딘가가 불편했다. 두통, 위통, 부종, 아랫배 통증 같은 것들은 안중에도 없이 매정하게 쌓여 가기만 하는 업무들. 그리고 무엇보다도 그녀를 숨 막히게 만드는 주변의 시선들. 그런 것들에 비하면 입맛 따위는 사소한 문제였다.

그래도 퇴근 후에 패밀리 레스토랑에서 볼로네제를 먹고 아무 맛을 느끼지 못했을 때에는 놀라서 먹던 것을 접시에 뱉어 내고 말았다. 절대 먹으면 안 되는 것을 입에 댄 것 같은, 소름 끼치는 감촉에 허둥지둥 냅킨으로 입가를 닦았다. 무심코 주변을 둘러보았다. 밤 9시를 넘긴 시각. 신주쿠도리에 있는 패밀리 레스토랑은 60퍼센트 정도 자리가 차 있었다. 회사 일을 마친 직장인, 삶이 즐거워 미치겠나 보다 싶은 대학생쯤 된 시끄러운 무리, 제집인 양 엿가락처럼 엉겨 붙어 있는 커플. 한동안 살펴보았지만 음식이 이상하다며 소란을 피우는 사람은 없었다. 옆자리에서 30대로 보이는 양복 차림의 남자가 휴대전화를 만지작거리며 페페론치노를 먹고 있었다. 저도 모르게 그의 입가를 뚫어지게 쳐다보았다. 맛있게 먹고 있는지 어떤

지는 몰라도 어쨌거나 평범하게 먹는 모습이었다.

내 파스타만 이상한 건가?

볼로네제에 코를 가까이 가져갔다. 그다지 냄새가 강한 것은 아니지만 분명히 마늘과 양파 향이 났다. 이번엔 파스타를 한 가닥 입에 넣어 보았다. 머뭇머뭇 어금니로 물었다. 역시 맛이 느껴지지 않았다. 간신히 파스타 한 가닥을 씹어 삼키고 물로 입을 헹구었다. 깨닫고 보니 옆자리에 앉은 남자가 의아하다는 눈으로 그녀를 보고 있었다. 유키노는 영수증과 코트를 들고 달아나듯 레스토랑을 박차고 나왔다.

혼란에 빠진 머리를 부여잡고 편의점을 찾았다. 도시락이 즐비한 선반을 응시했다. 어쩌나, 먹어 봐야 하나. 숯불구이 소갈비 도시락, 튀김 스페셜 도시락, 셰프 특선 오므라이스, 프리미엄 비프 카레. 뭐든 좋다. 사 가지고 집에 가서 레인지에 넣고 500와트로 2분간 가열, 그사이에 옷을 갈아입고 화장을 지운다. 땡 소리가 나면 뜨거운 용기에서 비닐을 벗겨 내 플라스틱 뚜껑을 연다. 조미료 냄새가 훅 끼치는 뜨거운 김이 얼굴을 덮는다. 편의점에서 받은 하얗고 가벼운 스푼으로 밥을 떠서 입으로 가져간다. 상상을 할수록 식욕은 시들해졌다. 이번에도 또 맛이 느껴지지 않으면 어쩌지? 내 혀가 이상해졌다는 것을 인정해야만 하는 상황이 벌어지면 어쩌지?

또각. 뒤에서 다분히 의도적인 발소리가 들려와 얼른 비켜

섰다. 그녀와 비슷한 나이대의 직장인 여자가 한참 기다렸다는 듯 유키노의 앞으로 끼어들었다. 털 장식이 달린 얇은 코트 차림으로 162센티미터 정도 되는 유키노보다 한참이나 키가 작았고 달짝지근한 향수 냄새가 났다. 마치 특정 동물 같은 모습으로 도시락을 하나씩 손에 들고 칼로리 표시를 확인했다. 그녀가 든 바구니 속의 초콜릿이 때마침 유키노의 시선을 끌어당겼다. 그러고 보니 초콜릿을 먹어 본 지 꽤 오래되었다. 카카오의 쓴맛이 섞인 그리운 달콤함이 손짓하듯 혀 위에 감돌았다.

진눈깨비가 흩날리는 추운 밤이었음을 기억한다. 집에 돌아온 유키노의 그날 밤 저녁은 결국 두 개의 판 초콜릿과 캔 맥주였다. 주저주저하며 입에 넣은 초콜릿은 기억만큼은 아니었지만 단맛은 확실히 났다. 그때 습관처럼 집에서 혼자 마시던 맥주 한 캔에서도 또렷하게 알코올 맛을 느낄 수 있었다. 그러나 단맛과 알코올 외에는 아무 맛도 느끼지 못했다. 그 상태가 1주일이나 이어지자 유키노는 겁이 나서 병원을 찾았다. 다양한 검사를 받았지만 기껏 알게 된 것이라고는 혀에 이상이 없다는 사실뿐이었다. 심리적인 원인에서 기인한 문제로 보이니 가급적 스트레스받지 말고 아연이 풍부한 식사를 균형 있게 섭취하세요. 얼핏 대학생으로도 보이는 의사가 내린 진단은 간단했다. 그쯤은 나도 안다며 신경질을 낼 뻔했다. 초콜릿이

나 케이크나 과자, 빵, 아울러 맥주와 와인. 그런 음식들이 생명 줄이 되었다. 가뜩이나 심상치 않았던 몸 상태는 더욱 악화되었다. 그래도 유키노는 매일 아침 정성껏, 치장보다는 갑옷을 입는 심정으로 화장을 하고 집을 나섰다. 열차에 몸을 싣기 어려운 날이 점차 늘었지만 몸단장만큼은 절대로 손에서 놓지 않았다. 틀림없이 누구든. 유키노는 필사적으로 생각했다. 누구든 겉으로는 보이지 않는 지옥을 끌어안고 살아갈 거야. 스스로에게 그렇게 되뇌며 유키노는 인생에서 난생처음 경험해 보는 혹독한 겨울과 혹독한 봄을 보냈다. 드디어 미각이 돌아온 것은 볼로네제 사건으로부터 반년 가까이나 지난 어느 비 오는 날, 한 소년을 만나고 난 이후였다.

[그럼 퇴직 수속은 휴가 끝나고 하는 걸로 위에는 말해 둘게.]

"응. 헤어진 사이인데 번거롭게 해서 미안해."

휴대전화를 한 번 더 반대쪽 귀로 옮기며 유키노는 그렇게 대답했다. 직장에 얼굴을 내밀지 않은 지 벌써 두 달이 넘었지만 상사는 어물쩍 휴가로 처리해 주고 있었다. 사기업이었다면 사규에 맞게 엄정히 처리하겠지만 공무원이라는 입장에, 또 전 남자 친구의 호의에 응석을 부리고 있는 셈이었다. 더 이상은 안 된다는 것을 그녀도 잘 알고 있었다.

[괜찮아. 잘됐어, 정말.]

"응?"

이 상황에서 뭐가 잘됐는데? 그에게 품고 있던 떨치기 어려운 짜증이 스멀스멀 고개를 쳐들었다. 악의 없는 그의 말은 계속됐다.

[그 아주머니 말이야.]

대화의 요지를 놓쳤다. 아주머니라니?

"누구?"

[누구긴, 공원에 도시락을 싸 온다는 그 아주머니. 둘이 잘 통하나 보던데?]

그의 목소리 뒤로 자동차 한 대가 지나는 소리가 들렸다. 그가 다른 사람의 집에 있다는 것을 유키노는 직감했다. 간파치 도리 근처에 있는 그의 집이라면 차 소리가 끊임없이 들렸을 것이다. 그녀가 모르는 여자의 집에서 저녁식사를 하는 그. 식후에 업무 얘기를 해야 한다며 베란다로 나온 그. 전화를 하면서도 익숙하게 한 손으로 담배를 피워 무는 그. 그런 광경이 또렷하게 떠올랐고 그런 생각을 하는 자신에게 놀랐다. 아니야. 이 사람이 누구와 함께 있든 본인 마음이지. 문제는 그것이 아니다. 자신이 그에게 거짓말을 했다는 사실을 까맣게 잊고 있었다는 것이다. 최근 공원에서 자주 만나는 아주머니가 있어. 조금씩 대화를 하게 됐는데 요즘엔 도시락도 나눠 주더라고. 얼마나 맛있는지 몰라.

[그래. 푹 쉬어.]

끝으로 그 말을 남기고 그는 전화를 끊었다.

유키노는 가만히 휴대전화를 귀에서 떼어 냈다.

이미 결심한 일인데. 그래도.

그래도 그렇게 좋아했고 그렇게 동경하던 일이며 그렇게 노력해 손에 넣은 직업인데.

어째서.

문득 '그 아이'가 떠올랐다.

"거짓말투성이."

무릎에 얼굴을 묻으며 유키노는 속삭였다.

/////

그 일은 생각지도 못하게 돌발적으로 찾아온 것 같다. 어쩌면 그런 일이 일어날지도 모른다는 예감이 한 달 전부터 슬금슬금, 하지만 강하게 들었던 것도 같다.

그날은 유키노에게 잊을 수 없는 하루가 되었다. 눈부심, 소중함, 해맑음. 모든 아름다움의 상징과도 같았던 날. 영원히 가슴에 남을 더없이 달콤하고 안타깝고 아픈 잔향.

알람이 울리고 있다.

눈을 뜨는 순간부터 비가 오기를 빌었다. 귀에 닿는 빗소리가 환청이 아님을 천천히 확인하며 눈을 떴다.

'비다.'

스스로를 위로하듯 속삭였다. 두통도, 구토 증상도, 권태로움도 희한하리만치 기세가 꺾였다. 침대에서 일어나 잠시 그대로 빗소리를 감상했다. 자는 사이 방에 쌓인 습기가 머리카락에서 느껴졌다. 비에 휘감긴 그 모든 것들을 유키노는 언제부터인가 사랑하게 되었다. 그 이유는 잘 알지만 절대로 소리 내어 말하지는 않았다. 해서는 안 된다고 유키노는 본능적으로 생각했다.

앞머리를 머리띠로 바짝 올리고 파운데이션을 두드린 후 옅은 색 립스틱을 발랐다. 깨끗이 세탁한 오프 화이트 블라우스에 팔을 꿰고 감색 슈트 팬츠를 입었다. 그 위에 가는 벨트를 두르고 손목에 향수를 살짝 뿌렸다. 현관에 걸어 놓은 거울로 자신의 모습을 점검했다. 나는 몇 살로 보일까. 20대 초반이라고 하면 통할까. 정신을 차리고 보니 거울을 응시하며 그런 생각을 진지하게 하고 있었다.

"바보 같기는."

중얼거리며 우산을 들고 밖으로 나갔다. 나는 오늘도 열차를 타지 못하겠지. 역을 향해 걷는 인파 속에서 유키노는 가벼운 기분으로 그렇게 생각했다. 그리고 실제로도 그랬다. 변명처럼 플랫폼에 서서 소부선을 한 대 보내고 정원에 있는 정자로 향했다.

그녀를 감싼 희끄무레한 어둠을 쫓아낼 정도로 밝은 예감이 가득한 7월의 아침이었다. 비가 오는데도 하늘의 반 정도는 눈이 부시도록 푸르렀다. 낮은 비구름이 조각조각 바람에 날렸고 그 사이로 훨씬 더 높은 곳에 떠 있는 하얗고 찬란한 빛이 보였다. 정원의 녹음은 비에 씻겨 더욱 선명해졌다. 빗물에 촉촉해진 땅 위로 햇살이 비쳤고 습윤한 기운이 흙 위로 증발하면서 연기처럼 아른거렸다. 그 위로 다시금 비가 내리면서 봉화처럼 이곳저곳에서 하얀 연기가 피어올랐다.

"이거, 답례."

그렇게 말하며 유키노는 큰마음 먹고 소년에게 비닐봉지를 내밀었다. 안에는 어제 서점에서 산, 마치 도감처럼 두툼하고 무거운 원서가 한 권 들어 있었다. 빗방울이 정자의 지붕을 흥겹게 통통 두드렸다.

"답례?"

"매번 네 도시락을 얻어먹잖아. 이 책, 갖고 싶어 했지?"

변명처럼 들릴까 싶었지만 소년은 망설이면서도 비닐봉지에서 책을 꺼내서 보았다. 유키노는 그 모습을 유심히 지켜보았다. 표지에 『Handmade SHOES』라고 금박이 박힌 책이었다. 초보자에게 가장 인기 좋다는 구두 만들기 해설서. 당혹스러움에서 놀라움, 그리고 기쁨으로 변하는 소년의 표정을 유키노는 구름을 관조하는 마음으로 지켜보았다. 바람에 날려 조각조각 모양을 바꾸는 아름다운 흰 구름.

"이렇게 비싼 책을! 고, 고마워!" 하고 흥분해서 말하고는 얼른 "요!"를 덧붙였다. 유키노까지 기분이 좋아졌다.

소년은 바로 책을 펼쳐서 보았다. '눈이 초롱초롱 빛난다'는 말이 있다. 유키노는 그 말에 딱 맞는 광경을 지켜보며 감탄했다. 소년의 뒤로 내리고 있는 비마저도 양기를 흡수해 맑게 빛나고 있었다. 유키노는 정원 근처에 있는 카페에서 사 온 커피를 한 모금 마셨다. 맛있었다. 마음이 놓여서 입에 남은 쓴맛마저 사랑스럽게 음미했다. 이 아이와 있으면 커피에서 제대로 커피 맛이 난다. 밥에서는 밥맛이 나고 비에서는 비 냄새가 나며 여름 햇살은 어김없이 여름 햇살로 보인다.

"저 말이에요." 시선을 여전히 책에 못 박은 채 소년이 머뭇거리며 입을 열었다. "마침 구두를 한 켤레 만들려고 하거든요."

"멋지다. 네가 신으려고?"

아차, 아줌마처럼 대답했네. 하지만 그는 움찔하는 유키노의 마음을 전혀 눈치채지 못했다.

"누구한테 줄지는 아직 안 정했지만……."

말을 얼버무렸다. 돌연 유키노의 뇌리에서 불이 반짝였다. 영문도 모른 채 '안 돼!' 하고 얼른 불을 꺼 버렸다.

"여자 구두예요."

대답을 듣자마자 지금까지 들떠 있던 기분이 소리 없이 사라졌다.

"그런데 그게 생각대로 잘 안 돼서, 그래서……."

동시에 가슴 저편에 따사로운 감정이 잔잔하게 퍼졌다. 그것이 어떤 종류의 감정인지 헤아려 보는 사이에 소년의 말이 이어졌다. 그래서 참고할 게 필요한데 내 발은 안 되니까……. 그래서 혹시 폐가 되지 않는다면…….

"발을 보여 주면 안 될까요?"

울 것 같은 얼굴로 소년이 말하고 있음을 유키노는 굳이 보지 않아도 알 수 있었다. 그리고 그녀 역시 같은 얼굴을 하고 있을 터였다.

할미새가 투명한 소리로 지저귀고 있다.

이 정원에는 여러 종류의 들새가 서식한다. 새의 이름은 전혀 모르지만 유키노는 할미새만큼은 알고 있다. 일본의 가장 오래된 역사서 『고지키(古事記)』에 등장하는 새인데 고전을 담당했던 히나코 선생님이 수업 중에 테이프로 새소리를 들려준 적이 있었다. 아마도 그랬지. 신들에게 남녀의 행위에 대해 가르쳐 주는 새.

그런 것들이 머릿속 어딘가에서 마구잡이로 손을 뻗었다. 몸 안에 예사롭지 않은 열기를 품고 있으면서도 내 몸은 차갑기만 하구나. 막연하게 괴리감을 느끼며 유키노는 펌프스 한 쪽을 벗었다. 맨발이 된 오른발을 소년에게 천천히 내밀었다. 유키노의 오른발을 사이에 두고 두 사람은 마주 앉았다. 소년의 손이 살그머니 엄지발가락 끝에 닿았다. 뜨거운 숨결이 닿는 감촉에 차디찬 발끝이 흠칫했다. 심장이 콩닥콩닥 뜀박질을 했다. 혹여 소년이 들으면 어쩌나 겁이 날 만큼 고동 소리와 숨소리는 격렬했다. 부끄러운 마음에 유키노는 몸에서 모든 소리가 사라지기를 기도했다. 비가 더욱 거센 소리를 내며 퍼붓기를. 할미새가 더욱 큰 소리로 지저귀기를.

그러는 사이에 소년의 양손이 오른발을 가만히 감쌌다. 무게를 재려는지 살짝 들어 보았다. 발끝에 흙이 닿지 않게, 뒤꿈치의 모양과 부드러움을 확인하듯 그의 손가락이 움직였다. 미리 발 관리를 해 놓기를 잘했다. 유키노는 눈물이 날 정도로 진심으로 안도했다.

소년은 가방에서 작은 파란색 줄자를 꺼냈다. 플라스틱 원통에서 흰색 끄트머리를 잡아당기자 작게 좌르륵 소리를 내며 줄자가 풀려 나왔다. 이런 것까지 가방에 넣고 다니는구나 싶어 유키노는 묘하게 감동했다. 줄자가 붕대처럼 발에 감겼다.

소년은 연필로 노트에 숫자를 적었다. 발끝에서 뒤꿈치까지, 뒤꿈치에서 복사뼈까지. 소년은 줄자를 감아 치수를 재고 노트에 적었다. 그러는 동안 심장 소리는 잦아들었고 그 소리를 대신하듯 빗발이 거세졌다. 하지만 햇살은 점점 더 눈부시게 쏟아졌고 할미새가 그것을 기뻐하듯 목청을 돋우었다. 연필이 종이 위에서 미끄러지는 소리가 빗소리와 어우러졌다. 이곳은 마치……. 유키노는 생각했다. 어쩐지 이곳은, 이 정원은 이 세상 같지가 않았다.

일어서 볼래요? 발 건너편에서 소년이 조용히 말했다. 마지막으로 체중을 실은 상태의 발 모양을 뜨고 싶어요. 좋아, 이렇게 대답하고 싶었지만 목소리가 떨려서 숨을 내쉬는 것으로 대답을 대신했다. 왼쪽 신발도 벗고 정자의 기둥을 잡으며 벤치 위에 올라섰다. 소년은 유키노의 오른발 밑에 노트를 깔고서 종이에 대고 유키노의 발등을 지그시 누르며 신중하게 연필로 발의 윤곽을 따라 그렸다. 유키노는 그 모습을 가만히 내려다보았다. 저 먼 곳에서 이파리가 스치는 소리가 들려왔고 비가 은행나무 잎과 유키노의 머리카락을 한꺼번에 흔들었다. 아주 작은 빗방울이 뜨거운 뺨에 톡톡 닿았다. 네 안에는 틀림없이 나의 구조를 바꿀 수 있는 빛이 있을 거야. 유키노는 그렇게 생각했다.

"……나 말이야."

아주 자연스럽게 말이 나왔다.

소년이 유키노를 올려다보았다.

"제대로 걷지 못하게 되었어, 언제부턴가."

유키노의 얼굴을 보는 소년의 얼굴에 의아함이 깃들었다.

"그거…… 일 얘기예요?"

"음…… 이것저것."

소년은 말이 없었다. 할미새가 우는 만큼의 틈을 두고 아주 잠깐이지만 그가 빙그레 웃었다. 유키노에게는 그렇게 보였다. 그러더니 그는 묵묵히 시선을 다시 떨어뜨렸다. 연필이 내는 소리가 다시 빗소리를 파고들었다.

여기는 마치 빛의 정원 같아. 반짝이는 비를 보며 유키노는 생각했다.

나는 지금 무엇을 잃고 무엇을 얻고 있는 걸까. 어쩌면 얻는 것은 아무것도 없고 누군가를 잃으며 자신도 잃어가는 과정에 있는 것은 아닐까.

두툼한 구름이 파란 하늘과 태양을 가리고 그저 장마 기간 특유의 날씨만 이어지던 그날 오후. 혼자 우산을 쓰고 정원 출입구로 향하면서 그런 생각에 빠져 있었던 것을 유키노는 오롯이 기억한다. 나뭇가지 곳곳에 매미 껍질이 비에 젖어 들러붙어 있었다. 그들의 울음소리와 더불어 진짜 여름이 도래하기 전의 환절기 어느 날이었다.

그렇기에 그것은 완벽한 시간이었다.

그렇게 유키노는 이어지는 삶 속에서 그 빛의 정원에서 보냈던 시간을 남몰래 몇 번이고 추억하게 된다. 아직 아무것도 시작되지 않은, 그러나 무(無)는 아니고 동시에 아무것도 변하지 않았던 시간. 그저 선량함으로 가득한, 두 번 다시 찾아오지 않을 아름답고 완벽했던 시간. 만약 신이 지난 인생에서 다시 한번 경험할 수 있는 나날을 선사해 준다면 반드시 그 빛의 정원을 선택하리라.

그리고 그때 느낀 자신의 예감이 틀리지 않았다는 것을 유키노는 살아가며 알게 된다. 누군가를 잃고 무엇인가를 잃을 것이라는 예감. 어떤 의미에서 그 정원에서 보낸 시간은 그녀의 인생에서 절정을 이룬 나날이었다.

하지만 그럼에도, 설사 신이든 왕이든 그 누구도 침범하지 못할 만큼 강하고 견고한 그 완벽한 시간은 유키노의 미래를 따사롭게 지켜 주었다.

/////

매미가 요란하게 울고 있다.

유키노는 9년 전에 상경해 몇 가지에 크게 놀랐는데 그중 하나가 매미 울음소리다. 물론 매미는 에히메에서도 울었지만 그것은 셀 수 없는 자연의 소리 중 하나에 불과했다. 새소리, 바람 소리, 강물 소리, 파도 소리. 그런 소리들과 대등한 것들 중 하나. 그런데 도쿄에서는 매미 몇 천 마리가 일제히 고성을 지르는 것처럼 거의 폭력적인 성량으로 울어댔다. 그 소리는 다른 모든 소리들을 꿀꺽 삼켜 버렸다. 그래서 할미새가 울어도 그 소리는 아예 들리지 않았다.

평년보다 며칠 늦게 간토 지방의 장마가 끝났다는 발표가 났다. 그러자 누군가가 스위치를 꺼 버린 것처럼 비는 더 이상 내리지 않았다. 그와 거의 동시에 학생들은 여름 방학에 들어갔고 소년은 더 이상 정자에 오지 않게 되었다. "비 오는 날 오전 수업만 빼먹기로 했거든요." 소년이 했던 말을 떠올렸다. 어중간하게 성실한 아이라며 웃었던 기억. 그런데도 바람맞은 것 같은 기분이 든다는 사실을 유키노는 깨닫고 말았다. 친한 친구가 뜬금없이 다른 친구를 만들었을 때의 서운함. 스스로도 그런 감정이 부당하다는 것을 자각하면서도, 그럼에도 달리 갈 만한 곳이 없는 유키노는 맑은 날 아침에도 정자를 찾았다.

그리고 햇살이 아침부터 기세를 자랑하는 오늘도 유키노는 정자에 앉아 있다. 모두들 여름휴가를 즐기는 시기라 정장 말고 하얀 민소매에 하늘색 카디건을 걸치고 녹색 플레어스커트를 입고 웨지 힐 샌들을 신고 있었다. 화창한 정원에는 의외로 많은 이들이 이른 아침부터 방문했다. 카메라를 든 외국인, 스케치북을 든 한 무리의 노인, 팔짱을 끼고 걷는 우아한 장년 커플. 나는 누군가를 기다리는 것이 아니라 그저 여기에서 독서를 즐기고 있답니다. 짐짓 그런 아우라를 발산하려고 노력하며 유키노는 정자에 앉아 문고본을 보고 있었다. 그래, 잘된 거야. 그가 학교를 땡땡이칠 구실이 없어졌다는 것이 무엇보다도 중요해. 새삼스럽지만 지금이라도 그런 식으로 생각하려고 노력했다. 노력은 하지만 본심은 그렇지 않다는 사실이 둥실둥실 떠올랐다. 내 진심은…….

"장마가 끝나지 않기를 바랐다."

시험 삼아 입 밖에 내어 속삭였다. 그러자 저도 모르게 코끝이 시큰해졌다. 안 되지, 안 돼. 이런 생각은 두 번 다시 하지 말자고 다짐하며 부랴부랴 무릎 위에 올려놓은 문고본으로 시선을 떨어뜨렸다. 나는 독서에 심취해 있어요. 그 말이 거짓이 되지 않도록 의식을 집중하려 했다.

한없이 바라보는 아름다운 들판은 여름 햇살을 받아 빛나고 그곳에 상쾌한 바람이 불어왔지만 누카타에게는 햇빛도, 바람 소리도 모두 공허하게 느껴졌다. 즐거움은 사라지고 끝없는 외로움과 불안감만이 누카타를 사로잡고 있었다.

대체 왜 이래. 하마터면 소리 내어 말할 뻔했다. 책장에 꽂혀 있던 소설가 이노우에 야스시의 『누카타노 오키미(額田女王)』를 아무 생각 없이 오랜만에 빼 들고 챙겨 와 읽는 참이었다. 형과 아우, 두 왕으로부터 사랑받은 『만요슈』의 궁정 가인이자 비극의 여주인공 누카타노 오키미의 생애를 그린 이야기였다. 유키노가 이 책을 처음 읽은 것은 열다섯 무렵이었다. 그 시절에는 여주인공이 보랏빛 들판을 홀로 걸어가는 모습을 묘사해 놓은 부분이 가장 좋았다. 그 장면을 읽고 유명한 시 한 수가 드라마틱하게 생각날 정도였다. 학창 시절에는 마냥 콩닥거리며 읽었는데 지금은 이상하게 의식에서 겉돌기만 했다. 실은 아까부터 내내 독서에 집중하지 못하는 상황이었다.

발소리가 들렸다. 유키노는 반사적으로 웃으며 고개를 들었다.

"공원이 엄청 크네."

"신주쿠에 이런 데가 있었다니."

20대 초반쯤으로 보이는, 스포티하게 차려입은 남녀가 손을 잡고 걸어왔다. 나무 그늘 아래를 지나오는 두 사람에게서 친밀한 분위기가 풍겼다. 그 건강한 빛에 눈이 부셔서 유키노는 낙담하면서도 미소를 잃지 않았다.

"죄송합니다."

유키노가 벤치에서 일어나 자리를 비워 주자 여자는 사양 않고 고개를 숙이며 말했다. 아니에요, 하고 유키노도 웃음으로 답했다.

유키노는 정자 끝에 앉아 다시 문고본을 폈다. 건강해 보이는 남녀의 활달한 대화가 연이어 귀에 닿았다. 여기가 일본 정원이지? 다음은 어디로 갈까? 온실이 있던데 가 볼래? 좋아, 가 보자! 지도를 보면 꽤 먼 것 같은데 걸을 수 있겠어? 그쯤은 거뜬해. 유키노의 시선은 문자 위를 미끄러져 지나갈 뿐이었다.

맑은 날의 이곳은 마치 모르는 곳 같구나. 허전한 마음에 그런 생각이 들었다.

오전 중에는 정자에서 시간을 보내다가 오후에는 신주쿠, 요요기, 하라주쿠, 가이엔 주변을 정처 없이 걸었다. 발이 아파서 체인점 카페에 들어가 잠시 쉬었다가 그런대로 회복되자 다시 걸었다. 길고 긴 여름날이 어둠에 잠길 때까지 그렇게 시간을 보냈다. 그런 날들이 이어지던 8월이었다. 정자에서 문고본을 읽는 시늉을 하며, 딱딱한 아스팔트 위를 걸으며, 맛이 흐려지고 미지근해진 카페 라테를 마시며 누구 없을까 하고 몇 번이나 생각했다. 누구 만날 사람이 없을까. 누구든 불쑥 연락해 줄 사람은 없을까. 휴대전화에서 주소록을 열어 스크롤을 내리며 유키노는 생각했다. 요리짱은 저번에 전화를 주긴 했지만 아이가 아직 어리니까 외출하기 어려울 거야. 마루이 씨는 일을 그만두었지만 신혼이니까 불러내면 안 될 것 같고. 도쿄에 사는 고교 동창생, 대학 시절에 어울렸던 친구, 친구의 친구, 학창 시절 사귀었던 애인, 사귀지는 않았지만 밥은 몇 번 먹었던 남자, 연수 시절 마음이 맞았던 여자, 직장 동료. 놀랄 만큼 많은 이들의 이름이 주소록에 나열되어 있었다.

잘 지내요? 긴 여름에 별고 없나요? 실은 오늘내일 휴가거든요. 괜찮으면 차라도 한잔할래요? 갑작스레 미안해요. 바쁘면 어쩔 수 없고요.

수취인 없이 휴대전화 액정에 그런 문장을 입력했다. 안 되겠다. 누군가 만나고 싶은데 누구를 만나야 할지 모르겠어. 누가 나를 보고 싶어 할지도 모르겠고. 내게는 막연히 누군가가 보고 싶을 때 뾰족한 이유 없이 만나자고 할 사람이, 친구라고 부를 만한 사람이 혹시 아무도 없는 걸까. 사회인은 대부분 이럴 거라고 자신을 위로해 보지만 그래도 절망적인 기분이 드는 것은 어쩔 수 없었다.

날이 저물자 유키노는 귀가 인파에 섞여 걷다가 슈퍼마켓에서 식재료를 사고 욱신거리는 발을 끌다시피 하며 집으로 돌아왔다. 씻지도 않은 채 침대 위에 쓰러지듯 누워 조금이나마 피로가 가시기를 기다렸다. 가까스로 사지가 움직여지자 천천히 일어나 화장을 지우고 옷을 갈아입은 다음에 잔뜩 어질러진 주방에서 저녁을 준비했다. 잡곡밥이나 우동이나 닭고기

달걀덮밥처럼 소화가 잘되면서 간단한 식사를 만들어 소파에 웅크리고 앉아 먹었다. 그다지 맛있는 것은 아니지만 적어도 맛은 느껴졌다. 그 남자아이가 내게 준 것 중 하나야. 유키노의 생각은 그랬다.

방충망을 단 창문에서 여름 냄새를 머금은 바람이 새어 들어왔다. 발가락 사이로 바람이 빠져나갔다. 그날 이후 그녀의 발은 어떤 특별한 기관이 되었다. 엄지발가락을 살짝 만져 보았다. 애틋하면서도 애잔한 아픔이 발가락 끝에서 허리로 번졌고 곧 온몸으로 범위를 넓혔다. 이 감각도 그가 내게 준 거야. 빛에 감싸인 듯한 그 남자아이가 고작 한 달 만에 내게 정말 많은 변화를 줬구나. 유키노는 적지 않게 놀랐다.

바 조명이 원래 이렇게 어두웠던가.

칵테일 솔티 도그의 짜릿한 감촉을 느끼며 언뜻 보면 초식동물의 뼈처럼 보이는 믹스 너츠에 손을 가져갔다. 카운터 너머 선반에 진열된 여러 종류의 병을 관찰하며 유키노는 기억을 더듬었다. 살면서 이런 바에 여러 번 드나든 것은 아니지만 그래도 대부분 이곳보다는 밝았던 것 같다. 아니면 혼자 와서 그런 생각이 드는 걸까.

바에서 홀로 술을 마시는 여자. 그런 사람에게 어떤 선입관을 가져 본 적은 결코 없지만 유키노는 여태껏 혼자 바를 찾은 적이 없었다. 아주 단순하게 그럴 기회가 없었다. 밖에서 술을 마실 때에는 늘 친구나 애인이나 동료와 함께였다. 그래서 키 높은 스툴에 다리를 꼬고 앉아 이런 상황에 익숙하다는 표정을 애써 얼굴에 담아 보지만 저도 모르게 자꾸 움찔거리게 되었다. 먼저 추천 메뉴에 적혀 있는 호가든 화이트 맥주를 마시고 옅은 복숭앗빛 칵테일을 마신 다음에는 솔티 도그를 주문해 마셨다. 가게 안에는 밖을 내다볼 창문도 없었고 문고본을 꺼내 읽기에는 너무 어두웠다. 소리를 죽인 텔레비전이나 스포츠 중계에도 흥미가 없었다. 그래서 유키노는 술을 마시는 것 말고 따로 할 일이 없었다. 하지만 그렇게 망설이다가 들어온 바인데 1교시 수업에 해당하는 시간에 나가고 싶지는 않다고, 자신에게 되뇌며 버텼다. 그리고는 조난자에게 남은 귀중한 물이라도 되는 양 솔티 도그를 홀짝였다.

맥주나 한 캔 해야겠다 싶어 자기 전에 냉장고를 열었다. 한 캔도 없었다. 냉장고 문을 닫지도 않고 잠시 고민에 빠졌다. 벌써 샤워도 했다. 티셔츠와 쇼트 팬츠 차림으로는 후딱 나갔다 오기도 난감했다. 그래도 뭐, 음. 문을 닫고 결심했다. 맥주 생각이 간절했다. 유키노는 연녹색 원피스로 갈아입고 립글로스를 살짝 바른 후 작은 라탄 가방을 들고 밖으로 나갔다. 오래된 엘리베이터를 타고 내려가 드넓은 가이엔니시도리까지 나와 적막한 밤공기를 들이마셨다. 혼자 있는 집이 답답했구나, 하는 생각이 들었다. 기왕 밖에 나온 거, 누구든 좋으니 하다못해 편의점의 직원이라도 좋으니까 누구하고든 얘기를 나누면 좋으련만. 유키노는 자신의 그런 바람을 깨달았다.

차와 인적이 드문 도로 끝에 편의점의 녹색 불빛이 보여 그곳을 향해 걸어갔다. 샌들이 내는 규칙적인 소리에 귀를 기울이다가 문득 옆을 돌아보니 아무도 없는 직선 도로의 막다른 곳에 동그랗게 퍼져 가는 오렌지색 불빛이 보였다. 저런 곳에 가게가 있었나, 하며 유키노는 이끌리듯 방향을 돌렸다. 바였다. 복합 빌딩 계단 옆에 걸린 등자색 램프에 작은 메뉴판이 걸려 있었다. 그러고 보니 바에 간 지 꽤 되었다. 캔 맥주와는 다른, 복잡하면서도 세련된 음료가 슬며시 떠올랐다. 어쩔까, 하면서 스쳐 지나갔다가 생각을 고쳐먹고 다시 돌아왔다. 메뉴판 앞에서 걸음을 늦추면서도 좀처럼 결심이 서지 않아 다시 지나칠 뻔했다. 그러고 있는데 갑자기 개를 데리고 나온 여자가 불쑥 나타나 유키노를 수상하다는 듯 보며 지나갔다. 유키노는 떠밀리다시피 결심을 하고는 메뉴판 옆으로 보이는 계단을 내려가 철과 나무로 만든 무거운 문을 열었다.

"혼자세요?"

오른쪽에서 벼락같이 날아온 목소리에 유키노는 자지러지

게 놀랐다. 무료하기 짝이 없어서 솔티 도그의 글라스 가장자리에 묻은 소금을 세고 있던 참이었다. 코끝에 글라스가 닿을 정도로 얼굴을 들이대고서 129, 하고 입속으로 중얼거린 직후였다.

"아, 미안해요. 놀랐어요?"

어지간히 놀랐는지 목소리의 주인공이 걱정을 담아 사과했다.

"아, 아니에요. 아…… 네. 혼자 왔어요."

유키노는 당황하며 대답했다. 한 박자 늦게 얼굴이 뜨거워졌다. 그 모습을 보고 오른쪽에 앉아 있던 남자가 빙긋이 웃었다.

"다행이네요. 말을 걸어도 괜찮을지 한참 고민했거든요. 느닷없이 미안합니다. 저도 혼자예요."

이것이 무슨 상황인지 파악은커녕 대처 요령도 떠올리지 못한 유키노는 애매모호하게 고개를 주억거렸다. 어느새 두 자리 건너에 와 앉은 남자를 가만히 쳐다보았다. 짙은 색 셔츠와 은은하게 광택이 도는 재킷. 넥타이는 없었다. 귀를 덮을 만큼 긴 머리카락은 뒤로 가지런히 넘겨져 있고 어깨는 균형이 잘 잡혀 있었다. 유키노보다는 나이가 많아 보이는 것이, 관리가 잘된 서양개가 떠오르는 사내였다.

"여기 자주 오나요?"

서양개를 닮은 남자가 글라스를 들며 물었다.

"아니요, 그다지……."

"조용하고 좋은 곳이죠? 회사가 근처라 저는 일을 끝내고 간혹 들릅니다."

"그럼 오늘도……?"

"네."

이것을 헌팅이라고 하면 자의식 과잉이겠지. 그런 생각을 하며 유키노는 조심스레 말을 받아 주었다. 여긴 바인 데다가 밤이니까 이런 것은 흔한 일일 거야. 게다가 난 누군가와 얘기를 하고 싶어서 나온 거잖아.

"……늦게까지 일을 하셨네요."

"네. 이 근처에 있는 출판사에 다니고 있어요. 네 블록쯤 떨어져 있는 편의점 옆 건물이요. 1층은 레스토랑이고…… 아, 모르시는군요."

유키노는 떨떠름하게 웃었다. 모르는 곳이었다.

"그쪽은요?"

남자가 물었다.

"회사는…… 이 근처는 아니에요. 집은 가깝지만."

"그럴 것 같았어요."

"네?"

"복장이 가벼워 보여서요. 퇴근길 같지는 않더라고요."

서양개를 닮은 남자는 유키노의 옷차림을 조심스레 보며 말했다. 잔뜩 어질러 놓은 집을 들킨 것 같은 마음에 공연히 창피스러워졌다. 얼굴이 다시 붉어졌다.

"어쩐지 좋네요."

서양개를 닮은 남자가 갑자기 유쾌해진 어조로 말했다.

"네?"

"멋지다고요, 한밤중에 홀로 한잔하러 나온다는 게. 그런 걸 자연스레 할 수 있는 여자분은 많지 않잖아요?"

그렇게 말하며 서글서글하게 웃었다. 아무도 모르게 한 선행을 담임 선생님이 칭찬해 준 것처럼 유키노는 간질간질한 기쁨을 느꼈다.

"사이토예요. 그쪽은요?"

"아, 유키노요."

"유키노 씨? 성인가요, 이름인가요?"

"자주 듣는 질문이에요. 이름입니다."

웃으며 답한 유키노는 퍼뜩 생각난 듯 솔티 도그를 마셨다. 사륵, 소금 알갱이가 입술에 닿았다.

"요약하자면, 혼자 산책을 하다가 바람피운 상대와 딱 마주쳤는데 하필이면 남편까지 나타나는 바람에 바람피운 상대가 허둥지둥 달아났다, 이거네요? 삼각관계군요. 심지어 둘은 형제이고. 완전히 아수라장인데요?"

"으음, 아수라장이라고 해야 하나. 그보다는 고요하면서 복잡한 심경이었을 거라고 생각하는데."

유키노는 께름하게 웃었다. 서양개를 닮은 남자가 휴일에는 뭘 하냐고 묻기에 공원에서 책을 읽거나 한다고 대답했더니 요즘에 읽는 책은 뭐냐는 질문이 다시 돌아왔다. 『누카타노 오키미』라고 말해 주었지만 서양개를 닮은 남자는 누카타노 오키미라는 실존 인물에 대해 전혀 알지 못했다. '진짜 출판사 직원 맞아요?'라는 말을 꿀꺽 삼키며 말했다. 들어 보세요.

자줏빛 찬란한 자초 밭
황실 땅을 오고 가시네
파수꾼이 보지는 않으려나
그대 소매 흔드는 모습을

이런 시가 교과서에 실려 있잖아요. 아, 들어 본 기억이 있는 것도 같고. 남자가 부른 줄 알았는데. 여자예요! 얼결에 몸을 바짝 내밀고 정정하자 남자는 즐겁게 웃었다.

"그래서 오아마 황자와도, 덴지 천황과도 헤어진 뒤 그녀는 홀로 쓸쓸한 마음을 부여잡고 들판을 걸어가요. 그곳은 하얀 꽃이 흐드러지게 핀 자초 밭이자 황실 땅이죠. 황실 땅에는 일반인이 들어갈 수 없어요."

"흐으음."

서양개를 닮은 남자는 위스키를 마시며 재미있다는 듯 끄덕끄덕 고갯짓을 했다.

유키노도 칵테일로 목을 축였다. 어머나, 이건 무슨 술이고 몇 잔째더라? 기억이 가물가물했다. 오랜만에 약간 취한 것도 같았다. 취기가 살짝 오른 상태로 누군가와 좋아하는 것에 대해 대화를 나눈다는 것은 퍽 즐거운 일이었다.

"바로 그때 그녀의 입술에서 아주 자연스럽게 이 말이 흘러나온 거죠. 자초 밭 황실 땅을 오고 가시네."

"상황 그대로네요."

"뭐, 그대로이긴 하죠."

유키노도 따라 웃었다.

"그날 밤에 성대한 연회가 열려요. 술과 음식을 먹으며 덴지 천황의 앞에서 한 사람씩 그날 지은 시를 읊게 되죠. 무작위로 지명되는지라 혹시 자기가 걸릴까 봐 다들 두려움에 떨어요. 그런 가운데 오직 그녀만은 침착함을 유지해요. 그녀에게는 마음만 먹으면 언제 어느 때고 몇 수든 지어낼 능력이 있었거든요."

"재주가 뛰어난 여자였군요."

"맞아요. 요즘에 흔히 말하는 천재라기보다는 다소 무녀적인, 그녀의 몸 안에 무언가가 들어오는 느낌이라고 하는 편이 맞을 거예요."

"유키노 씨도 살짝 무녀 같아요. 혹시 신사 출신이에요?"

"설마요! 우리 아빠는 평범한 회사원이세요. 아무튼 그녀의 머릿속에 마쿠라코토바(와카의 특징 중 하나 뒷말을 수식해 주는 말로 별다른 뜻은 없다. 현대어로 바꿀 때는 빼기도 한다. - 옮긴이 주)가 떠올랐어요. 그리고 자줏빛 찬란한 자초 밭 황실 땅을 오고 가시네. 여기까지 시가 완성된 거죠."

"흐음…… 혹시 유키노 씨한테도 그런 경험이 있나요?"

"네?"

"아수라장에 뚝 떨어진 경험."

바람을 피워 봤냐는 질문이군. 유키노는 바로 눈치챘다. 시 얘기가 따분한가 싶어서 미안해졌다.

"아니요. 저는 별로…… 아니, 전혀 없어요. 그런 경험은 전혀요. 저기."

서양개를 닮은 남자의 이름을 부를 생각이었다. 뭐였지? 사토였나, 가토였나. 와타나베였던가?

그래서 "당신은요?"하고 눙치며 물었다. 서양개를 닮은 남자는 흔쾌하게 웃었다.

"아, 유키노 씨. 제 이름을 잊은 거죠?"

"아, 아니, 저…… 미안해요."

"하하, 넘어가죠. 워낙 평범한 이름이라 다들 곧잘 까먹으니까요. 사토였나, 가토였나 하고 묻곤 합니다."

사이토예요, 하고 웃으며 술을 마시는 남자의 모습을 보고 유키노는 마음을 놓았다.

"아, 왠지 기분이 좋은데요."

남자가 말했다.

"정말로요?"

"오랜만에 아주 좋아요. 유키노 씨는요?"

"아, 저도요."

그렇게 대꾸하고는 글라스에 남은 정체 모를 칵테일을 깨끗이 비웠다. 이분에게 프로즌 칵테일이라도 한 잔 줘요. 서양개를 닮은 남자가 마스터에게 말했다. 유키노는 방과 후 교실에 남은 것처럼 편안하고 후련한 기분으로 그의 목소리를 듣고 있었다.

장소를 바꾸어서 좀 더 마시기로 했다. 그러나 근처에는 가게가 많지 않아서 택시를 탔다. 차창 밖으로 보이는 아오야마도리의 불빛을 내다보며 인간관계가 이런 식으로 시작되기도 하나 보네, 하고 유키노는 술기운으로 몽롱해진 머리로 생각했다. 학교나 직장에서 가진 만남도 아니고 누군가가 소개해 준 것도 아닌, 자립한 성인들이 각자 행동해 우연히 만남을 갖고 극히 자연스럽게 자신의 세상을 확대해 나간다. 유키노는 예전엔 몰랐던 세상의 이치를 이제야 접한 기분이 들었다. 드디어 어른이 된 듯한 기분마저 들었다.

셔터가 내려진 시부야역을 지났을 즈음 택시에서 내려 나란히 길을 걸었다. 여름의 습한 공기도 술기운에 화끈거리는 피부에는 상쾌하게 느껴졌다. 오른쪽 손등이 서양개를 닮은 남자의 팔에 몇 차례 닿았다. 아주 오래전에도 이런 식으로 누군가와 나란히 시부야의 밤거리를 걸었던 것 같은데.

덥석 손을 잡혔다. 예감했던 터라 크게 놀라지는 않았지만 걸음을 멈추고 어느새 도겐자카의 호텔가에 와 있다는 것을 알았을 때에는 조금 놀랐다. 누군가와 함께 잠들 때의 그 건강한 피로감이 빠르게 뇌리를 스쳤다. 잠시 쉬었다가 갈까요? 서양개를 닮은 남자가 물었다. 이럴 때 오가는 대사는 어째서 드라마나 만화에서 나오는 말과 다를 바 없을까. 괜히 우스워져서 유키노는 피식 웃었다. 그 웃음을 허락의 뜻으로 받아들였는지 서양개를 닮은 남자는 유키노의 어깨에 한쪽 팔을 두르고 호텔 입구로 이끌었다. 유키노는 그에게 이끌리는 대로 걸었다. 반투명한 자동 유리문이 열리고 차가운 에어컨 바람이 얼굴에 닿자 유키노는 무심결에 몸을 움츠렸다. 그때 서양개를 닮은 남자의 구두가 눈에 들어왔다. 끝이 뾰족하고 매끈하게 광택이 났다. 악어가죽인지 뱀 가죽인지 아무튼 파충류로 만든 신발이었다. 난데없이 그 소년의 신발이 떠올랐다. 알코올 기운을 뿌리치듯 선연하고 명확하게, 소년이 신고 있던 신발이 눈앞에서 상을 맺었다. 학생들이 신는 로퍼도 아니고 스니커즈도 아니며 드레스 슈즈도 아니었다. 유키노는 그 구두가 소년이 직접 만든 것이라는 사실을 깨달았다.

"……왜 그래요?"

갑자기 멈추어 선 유키노에게 서양개를 닮은 남자가 고개를 기울이며 말을 건넸다. 왜? 내가 대체 왜 이러지?

"저, 미안해요. 전……."

서양개를 닮은 남자는 입을 다물고 유키노를 물끄러미 응시했다. 무인 로비에는 적막감이 감돌았다. 남자가 실망하는 기색이 느껴졌고 그와 동시에 후우, 하는 큰 한숨이 들렸다.

"……정말, 정말정말 미안합니다!"

그렇게 말하고 유키노는 호텔에서 뛰쳐나왔다. 언덕길을 뛰어 내려와 빈 택시를 잡아타고 목적지를 말했다. 택시가 출발하자마자 자신이 매우 취한 상태라는 사실을 인정했다. 시야는 빙글빙글 돌았고 차가 가속하거나 감속할 때마다 구역질이 났다. 택시가 메이지 공원에 도착했을 즈음에는 인내심이 한계에 달한 상태였다. 죄송해요. 잠깐 세우고 문 좀 열어 주세요. 그렇게 말하고 차에서 뛰어내려 가로수 밑동에 얼굴을 처박고 격렬하게 토악질을 했다. 양쪽 무릎과 양쪽 손바닥에 진

흙을 잔뜩 묻히고 몸을 부들부들 떨었다. 등 뒤에서 오렌지색 비상등이 점멸할 때마다 손가락질을 당하는 느낌이었다. 너는 틀렸어. 너는 틀렸어. 너는 틀렸어. 너는 틀렸어. 비상등이 그렇게 조롱하는 것만 같았다. 위가 텅 비었는데도 유키노는 계속해서 눈물과 타액을 쏟아냈다.

/////

알람이 울리고 있다.

눈을 뜨기 전부터 유키노는 오늘도 비가 내리지 않는다는 것을 알고 있었다. 도움의 손길은 그렇게 쉽게 닿지 않는다.

격렬한 두통을 무시하며 세면대에서 세수를 했다. 정성을 다해 뚜껑을 덮듯 얼굴에 화장수를 뿌리고 로션을 발랐다.

보트 같은 소파에 앉아 파운데이션 케이스를 꺼내 들었다. 손가락에 힘이 들어가지 않아 케이스를 떨어뜨리고 말았다. 케이스가 작은 소리를 내며 바닥에 떨어졌다가 한 번 튕겨 올랐다. 자동적으로 몸을 숙이고 주워 열었다. 파운데이션은 산산이 깨져 있었다. 유키노는 부서진 파운데이션을 무심히 바라보았다. 아, 깨졌다. 조금 늦게 그 사실을 깨달았다. 눈에 들어온 빛이 뇌에 닿기까지 평소보다 시간이 걸리는 모양이었다. 아무런 전조도 없이 코끝이 찡해지면서 눈물이 차올랐다.

유키노는 화들짝 놀라 눈물을 닦으려고 손가락으로 눈꺼풀을 눌렀다. 전혀 슬프지 않은데 나는 왜 우는 걸까. 이상했다.

"내일은 날씨가 어떨까."

나지막하게 속삭이며 오른발을 흔들어 펌프스를 던졌다. 펌프스는 정자의 타일 바닥 위를 뒹굴더니 툭, 하고 작은 생물이 숨을 거두듯 타일 끝에서 쓰러졌다. 내일은 흐릴 모양이다. 흐음, 하며 유키노는 캔 맥주 하나를 땄다. 한 번에 벌컥벌컥 3분의 1 정도나 마셨다. 마시면서 오늘도 몇 천 마리나 되는 매미가 울고 있다는 것을 뒤늦게 깨달았다. 생각해 보니 알코올 반입이 금지되어 있는 이 유료 공원에서 맥주를 마시는 것은 꽤나 오랜만이었다. 그 소년을 만난 이후로는 보통 테이크 아웃 커피를 가져와 마셨다. 아무렴 어때. 어차피 사람에게는 조금씩 이상한 면이 있는 법이다.

유키노는 홀로 8월의 빛이 넘실거리는 아침나절의 정원을 바라보았다.

자줏빛 찬란한 빛의 정원.

퍼뜩 떠오른 말. 그리고 뒷부분은 마음만 먹으면 얼마든지 생각해낼 수 있다. 누카타노 오키미는 그렇게 말했다. 지극히 당연하겠지만 나는 무리야. 저 빛의 정원 끝에 무엇이 있는지, 무엇이 있었는지, 무엇이 있어야만 했는지 내게는 전혀 보이지 않으니까.

스물일곱의 나는 열다섯의 나보다 조금도 나아진 것이 없구나.

햇살이 점점 더 눈부시게 쏟아지고 그림자가 더욱 짙어져 가는 정원을 보며 유키노는 누군가로부터 점수가 매겨지는 기분으로 그런 생각을 했다.

인용 : 이노우에 야스시 『누카타노 오키미』

자줏빛 찬란한 자초 밭 황실 땅을 오고 가시네
파수꾼이 보지는 않으려나 그대 소매 흔드는 모습을

(『만요슈』 1·20)

해석 : 자줏빛이 찬란한 자초 밭에 올라 황실 땅을 오가는 모습을 파수꾼이 보지는 않을까요. 당신이 소매를 흔드는 모습을.

상황 : 덴지 천황(668년) 5월 5일에 가까운 강가에 있는 들판으로 사냥을 갔을 때 누카타가 노래한 시. 후일 덴무 천황이 되는 동생 오아마 황자가 이에 대한 답가를 짓는다. '당신'은 오아마 황자를 가리킨다. '자초'는 초여름에 흰 꽃을 피우고 뿌리가 자줏빛으로 물드는 식물로 가모 들판(蒲生野)에서도 재배되었다. '황실 땅'은 '자초 밭'을 가리키며 출입 금지 푯말이 붙은 들판을 말한다. 소매를 흔드는 것은 애정 표현을 뜻한다.

제6화

베란다에서 피우는 담배,
버스에 타는 그녀의 뒷모습,
지금이라도 할 수 있는 일이 있었다면 - 이토 소이치로

The Garden of Words

“왜 불려 왔는지는 잘 알겠지?”

나는 그렇게 말하고 옆에 세워 놓은 아키즈키 타카오의 얼굴을 노려보았다. 타카오는 고분고분하게 눈을 내리깔고서 네, 하고 짧게 답했다. 이어지는 말이 없자 나는 가급적 나지막하게 불쾌감을 드러냈다.

“대답만 할 게 아니지. 이유를 구체적으로 말해 봐.”

“……요즘에 지각이 많았던 것 같습니다.”

“뭐라고?”

“네?”

“‘같습니다’가 아니지! 너 이번 달에만 몇 번이나 지각했는지 알아?”

버럭 고함을 지르자 건너편에 앉은 여자 선생님이 눈을 휘둥그렇게 뜨고 이쪽을 쳐다보았다. 교무실로 호출해 위협적으로 윽박지른다. 기가 약한 학생이라면 이 정도만으로 충분히 눈물을 찔끔거릴 텐데 타카오는 무표정하기만 했다. 길게 찢어진 눈매에 짧게 깎은 머리카락이 퍽 영민해 보이는 데다가 말수가 적어서 은근히 어른스러운 인상을 풍기는 학생이었다. 요컨대 귀여움이라곤 손톱만큼도 없다는 얘기다. 나는 더욱 거칠게 으르렁댔다.

"고등학교는 그만둘 작정이냐? 의무 교육이 아니니까? 설마 이러고도 무사히 진급하거나 졸업이 가능할 거라고 생각하는 건 아니겠지? 어엉!"

무슨 말이든 되돌아오기를 기다렸지만 타카오는 고개를 숙인 채 침묵을 지켰다. 잘못을 빌기는커녕 변명을 하지도, 반항을 하지도 않았다. 의외로 까다로운 스타일이라는 생각과 함께 무엇인가가 번쩍 고개를 들었다. 타카오에 대해 무엇인가를 잊은 것 같은 기분이 들었다. 무엇인가 불쾌한 것을 나는 잊고 있었다. 뭐지? 생각이 나지 않자 별안간 담배 생각이 났다.

[딩, 동, 댕, 동.]

점심시간이 끝났음을 알리는 예비 종이 힘 빠진 공기와 함께 스피커에서 흘러나왔다.

"……그만하자. 가 봐. 계속 지각하면 부모님 모셔 오게 할 거다."

안심하는 기색도 없이 타카오는 그저 공손하게 허리를 숙인 뒤 교무실을 빠져나갔다. 결국 타카오에 대한 무엇인가를 생각해 내지 못했다. 모르겠다. 생각이 안 나는 것을 보면 그냥 기분 탓이든가, 중요하지 않은 문제일 것이다.

"이토 선생님 무섭네."

체육 교사실로 가져갈 자료를 모으고 있는데 맞은편 자리의 영어 선생님이 가볍게 농담을 걸어왔다.

"왜 지각하는지 이유는 안 물어봐?"

나보다 띠동갑 이상으로 나이가 많은 여자 선생님의 인자해 보이는 주름진 눈가를 힐끗 쳐다보았다. 언제나 학생의 눈높이에 맞추어 그들을 자립한 어른으로 대해 주는 그녀는 당연하게도 아이들 사이에서 상당히 인기가 많았다. 선생님과는 맡은 역할이 달라요, 하고 나는 속으로 중얼거렸다.

"타카오가 지각이 잦은 건 사실이지만 그 외에는 아무 문제도 없는 착한 아이잖아. 게다가 걔네 집이 아마……."

"한 부모 가정이죠. 하지만 그런 애는 얼마든지 있고 그건 지각의 이유가 될 수 없어요. 그리고 지각하는 이유 따윈 알 바 아닙니다. 1학년에게 가장 중요한 것은 규칙은 반드시 지켜야 한다는 사실을 주지시키는 거라고 생각해요."

무슨 말인가를 하려는 그녀를 외면하며 나는 서류를 안고 의자에서 일어났다.

"실례합니다. 다음이 테니스 수업이라서요."

"어머, 그새 비가 그쳤네."

여자 선생님은 창밖을 보며 그렇게 말하더니 떫은 미소를 지으며 손을 흔들었다.

"다녀와요. 시간 될 때 꼭 밥 챙겨 먹고."

내가 서류를 준비하고 타카오에게 설교를 하느라 점심을 건너뛴 것을 그녀는 눈치채고 있었던 모양이다. 과연 베테랑, 눈치가 9단이다. 나는 살짝 감탄했다.

교무실에서 나와 전력 질주하고 싶은 것을 참으며 빠른 걸음으로 복도를 통과했다. 다음 수업 5분 전. 체육 교사실에 들러 체육과 주임에게 서류를 넘기고 수영장 뒤편에 위치한 테니스 코트로 가야 한다. 아슬아슬하다. 복도는 각자 교실로 돌아가려는 학생들로 넘쳐났고 나를 발견하자 움찔거리며 길을 터 주었다. 가끔 말을 거는 것은 소위 말하는 불량 학생들뿐이었다.

"선생님, 어제 축구 봤어요?"

못 봤어. 어서 교실로 들어가! 예전에 담임을 맡았던 취업반 3학년 남학생에게 핀잔을 주었다. 식사까지는 못해도 담배는 한 대 피우고 싶었는데. 짜증이 밀려왔다.

1학년을 상대로 5교시 테니스 수업을 마쳤다. 6교시는 3학년 육상 경기였다. 동료 여자 체육 선생님이 컨디션 난조로 갑자기 결근을 한 바람에 오늘은 남학생과 여학생을 모두 맡아야 했다. 여학생 반에 연락을 넣느라 쉬는 시간 10분을 허비해서 이번에도 담배 생각은 접어야 했다.

높이뛰기 기록을 재는 날이었다. 남자용과 여자용으로 매트와 장대를 두 개씩 설치하고 남녀 교대로 뛰라고 지시한 뒤 기록을 쟀다. 좀 전에 수업을 마친 야생 원숭이 떼 빰치는 1학년 남학생들에 비해 3학년 체육 수업에는 익숙함과 권태로움이 깃든 분위기가 감돌았다. 심정은 충분히 이해한다. 특히 이 녀석들은 진급 반이라 체육 수업은 일종의 쉬는 시간으로 통했다. 게다가 남녀 합동 수업이다 보니 아무래도 분위기가 들뜰 수밖에 없었다. 줄을 서서 순서를 기다리던 아이들 몇이 흥분해서, 그래도 예의를 갖추어 소리 죽여 떠들고 있었다.

말도 안 돼. 너 빵 케이크 먹어 본 적 없어? 아니, 핫케이크랑은 다르다니까? 그럼 오늘 다 같이 먹으러 갈까? 남쪽 출구에 있는 건데……. 아, 그 편의점 옆에 있는.

그런 대화가 단편적으로 들렸다. 10대 특유의, 이성이 하는 단 한마디 말조차 신비롭게 여겨지던 시절의 그 정신적 고양감을 나는 한 자락 떠올려 보았다. 아침부터 5교시까지 대학 입시에 맞춘 주입식 수업을 지겹도록 듣고 난 이후에 받는 이 체육 수업이 아이들에게는 즐거운 시간일 터였다. 그런 생각을 하던 나는 다짜고짜 발치에 있는 양동이를 냅다 걷어찼다.

콰창!

양동이가 운동장 롤러에 격돌하면서 온 교정에 흉포한 금속성을 터뜨렸다. 학생들은 소스라치게 놀라 눈을 휘둥그렇게 떴다. 할 말을 잃고 나를 보는 그 표정에 당혹감에 이어 공포의 빛이 서서히 떠올랐다.

"수업 중에 잡담하지 마. 스기무라랑 고메다, 그리고 나카시마랑 기쿠치는 운동장 다섯 바퀴."

나는 억양 없는 음성으로 간단히 명령했다. 지명된 학생들은 잡담을 나누던 아이들 사이에서 적당하게 두드러졌던 남녀 학생 네 명이었다. 그 밖에도 떠드는 학생은 얼마든지 있었지만 이럴 경우에 처벌이 꼭 공평할 필요는 없다. 그저 집단에게 먹히면 그만이다.

"냉큼 뛰어!"

서로 눈치를 살피던 녀석들에게 고함을 지르자 네 명 모두 용수철처럼 튀어 올라 달음박질을 시작했다. 나는 아무 일 없었다는 얼굴로 다시 기록을 해 나갔다. 수업이 끝날 때까지 입을 여는 아이는 단 한 명도 없었다.

내가 고대하고 고대하던 담배를 피운 것과 타카오에 대한 '무엇인가'를 떠올린 것은 거의 동시였다. 6교시 후에 간신히

늦은 점심을 먹으며 1학년들의 생활 습관 설문 조사를 정리한 다음에는 고문을 맡고 있는 농구부에 가서 두 시간쯤 지도했다. 그리고 교무실로 돌아와 월말에 있을 교외 학습 계획을 짰다. 그것으로 하루 일과가 끝났다. 녹초가 되어 교무실 현관 벽에 기대 주위를 살피며 등을 움츠리고 담배를 입에 물었다. 폐부에 쌓인 연기를 한숨 쉬듯 쏟아 낸 그때.

'그래, 어젯밤 꿈에 나왔어.'

자주색 하늘에 떠 있는, 조각한 듯 가느다란 달을 올려다보다가 꿈 생각이 난 것이다.

그렇다. 진심으로 불쾌한 꿈이었다. 무대는 방과 후 상담실로 그 안에 세 사람이 있었다. 나와 유카리의 모친과 남학생 한 명. 꿈을 꿀 때에는 몰랐는데 그 남학생이 바로 아키즈키 타카오였다. 실제로 본 적도 없는 유카리의 모친과 아마도 학생의 상징으로서 그 자리에 등장했을 타카오를 향해 나는 유카리가 학교를 그만두게 된 사정을 설명했다.

"당신과 유카리는 사귀는 사이 아니었나요?" 유카리의 모친이 그렇게 묻자, "선생님들은 줄곧 우리를 속이고 계셨군요." 라며 타카오도 한마디 했다. 나는 머리를 책상에 찧을 듯이 조아리고 식은땀을 흘리며 애써 변명했다.

"부모님께는 면목이 없습니다. 그래도 저희는 진지했습니다. 유카리 씨의…… 그 병은 확실히 학교 측에도 원인이 있었다고 생각합니다."

"병? 당신, 우리 유카리가 지금 병에 걸려서 그렇다고 말하는 거예요?"

"두 분이 몰래 사귀고 계셨잖아요! 좋아하는 사람을 지키는 건 남자의 역할 아닌가요?"

"유카리가 병에 걸렸으니까 그 앨 버렸나요?"

"이토 선생님이 하시는 말씀은 이제 아무도 안 믿을 거예요."

한마디로 악몽이었다.

나는 고개를 흔들며 휴대용 재떨이에 담배를 눌러 끄고 교직원용 주차장으로 향했다. 풀 페이스 헬멧을 쓰려다가 오늘 술 약속이 있다는 것을 떠올렸다. 오토바이는 학교에 두고 가야겠다. 교문을 통과해 지하철역까지 걸어갔다. 학생의 모습은 이제 보이지 않았다. 묵묵히 역으로 향하는 귀가 인파와 대기에 충만한 장마철의 끈적거리는 습기는 불쾌하기만 했다.

아키즈키 타카오는 4월부터 내가 담임을 맡게 된 반에서 그리 눈에 띄지 않는 학생 중 한 명이었다. 부모님의 이혼으로 몇 년 전부터 한 부모 가정에서 자라고 있다는 것과 등교 지각 습관을 제외하면 극히 평범한 열다섯 살짜리 소년. 성적은 중상이고 언제나 교복을 단정히 입으며 반에서 고립되는 경우도 없었다. 내 기억이 맞는다면 부 활동은 하지 않는다. 부 활동을 하지 않는 학생은 행동에 문제가 있는 경우도 적지 않은데, 타카오의 경우에는 가정 형편상 아르바이트를 하느라 눈코 뜰 새 없이 바쁠 테니 그럴 일도 없어 보였다. 체육 수업을 받을 때 보면 협조성도 나무랄 데가 없고, 각 과목 선생님들의 얘기를 들어 보면 수업에 집중하기도 하고 자기도 하지만 잡담을 하지는 않는다고 했다. 인상도 그다지 강한 학생은 아니었다. 내 입장에서는 굳이 주의 깊게 살펴볼 필요가 없는 학생으로 지각 횟수도 실은 아직 크게 꾸지람을 할 수준은 아니었다. 그래도 오늘 그를 호출한 것은 예방 차원에서 한 번쯤은 쐐기를 박아 두어야겠다는 생각에서였다.

그렇기에 왜 그 녀석이 유카리와 관련된 꿈에 등장했는지 알다가도 모를 일이었다. 유카리가 우리 반 수업을 안 하니 타카오와 접점도 거의 없을 텐데.

신주쿠역에서 소부선으로 갈아탈 즈음에 다시 비가 내리기 시작했다. 창문에 물방울이 맺혔다. 가로등 불빛을 머금은 물방울을 멍청하게 응시하다가 어떤 깨달음을 얻었다. 타카오와 유카리는 어딘지 모르게 분위기가 닮았다. 물에 떨어진 기름처럼 두 사람 다 주위에 섞이지 못했다. 덩그러니 눈에 띈다는 의미는 아니다. 친구도 있고 잘 웃기도 하며 분위기를 깨는 경우도 없었다. 그러나 유심히 보면 곧 알게 된다. 해마다 몇 백 명이나 되는 학생들을 보다 보니 그런 사람을 가려낼 수 있게 되었다. 유카리도, 타카오도 자신의 울타리 안에 타인에게는 결코 드러내지 않는 특별한 영역을 감추고 있는 사람들이었다. 그것은 타인에게 가치가 있는 경우도 있고 누구에게도 의미가 없는 쓰레기에 불과할 때도 있다. 거기까지는 나도 알 길이 없고 관여할 수도 없다. 아무튼 그런 식으로 그들은 늘 주위에서 겉돌았다.

그래서 나는 솔직히 타카오가 조금 불편했다. 다시 한번 그 사실을 확인했다. 그리고 같은 이유로 유카리에게는 강렬하게 빠져들고 말았다.

두 사람이 나란히 꿈에 나오는 것도 당연한 일인가. 쏟아지는 비를 보며 나아질 기미가 없는 기분으로 그런 생각을 했다.

"소이치로는 말이지, 어째 볼 때마다 인상이 더러워지는 것 같아."

캔 맥주로 건배를 하자마자 그런 말을 들었다. 나는 화가 나기보다 살짝 상처를 받았고 그런 나 자신이 놀라웠다.

"가뜩이나 몸집이 커서 위압적인데, 애들이 슬금슬금 피해 다닐 게 분명해."

나는 맥주를 마시며 뭐라고 받아칠지를 생각했다.

"근데 나츠미는 말이지, 어째 볼 때마다 입이 더러워지는 것 같아."

나츠미는 내 회심의 공격을 멋들어지게 넘기며 캔 맥주 너머로 나를 똑바로 보았다.

"일이 힘들지? 고등학생은 원래 무슨 말만 하면 반항하는 생물들이니 그냥 적당히 다루고 말라고."

이런 식으로 대놓고 걱정해 주니 대꾸할 말이 마땅치 않았다. 나는 닭튀김을 입에 넣으며 어정쩡하게 대답을 흘렸다. 나츠미는 가슴까지 내려오는 까맣고 긴 머리카락을 한 손으로 누르며 탁자 위로 몸을 내밀어 해파리냉채를 플라스틱 용기에서 접시로 나누어 담았다. 하얀 여름 스웨터를 부드럽게 들어 올린 봉긋한 가슴이 자꾸 눈에 들어왔다. 거북해진 나는 천장을 올려다보며 목을 푸는 시늉을 하면서 나츠미의 집을 둘러보았다. 그녀의 집을 방문한 것은 처음이지만 기억 속에 있는 그녀의 옛날 아파트와 구조는 거의 비슷했다. 두 평 크기의 거실은 자질구레한 물건으로 넘쳐 났지만 지저분하지는 않았다. 잡다한 느낌이 아늑함을 주는 집으로, 그것은 나츠미가 풍기는 인상과 같았다. 벽 앞에 쌓인 컬러 박스들 안에는 문고본, 대형 하드커버, CD, 화장품, 모자, 악기 같은 것들이 무질서하게 꽂혀 있었다. 기억나는 물건들이 3분의 1, 기억에 없는 것이 3분의 2. 개중에는 아무리 생각해도 그녀의 취향과는 거리가 멀어 보이는 것들, 이를테면 게임팩이나 남성지, 소주병 같은 것들도 섞여 있었다. 그녀에게도 그간 이런저런 일들이 있었구나 싶었다. 실낱같은 질투심을 지워 내며 나는 생각했다. 7년의 세월이 흐른다는 게 이런 것이 아닐까. 어쩐지 괴로움이 더해지는 것 같아 맥주를 한 모금 마셨다.

나츠미는 내가 부동산 회사에 근무할 때 만나 2년쯤 사귄 여자였다.

내 목표는 처음부터 체육 교사였기 때문에 부동산 회사는 도쿄도에서 실시하는 교원 채용 시험에 합격할 때까지 잠시 머무르는 곳에 지나지 않았다. 맨션 영업의 어처구니없을 정도로 엄격한 할당을 단 한 건도 성사시키지 못했는데도 마음의 병을 얻지 않고 그 시기를 넘겼던 것은 교사가 되고 싶다는 목표가 있었기에 가능했을 것이다. 실제로 맨션이 거의 팔리지 않던 시절이기도 했다. "공짜로 얻어먹을 생각은 마. 못 팔겠으면 본인이 사기라도 하란 말이야, 이 무능력한 사람아!" 걸핏하면 상사로부터 그런 비난을 들어 먹는 날들이 이어지고 몸과 마음이 지쳐 퇴직해 버리는 동료가 꼬리에 꼬리를 물었다. 그런 가운데 동기인 나츠미는 나와 같이 영업 성적은 바닥을 기는 주제에 그걸로 끙끙 앓기는커녕 항시 미소를 잃지 않는 여자였다. 심지어 타인을 향한 것도 아닌, '그저 내가 즐거워서' 웃는다는 얼굴이었다. 어딘지 종잡기 어려운 여자였지만 살벌한 직장에서 나츠미의 미소는 내게 오아시스와도 같았다. 회사에서 벌어지는 온갖 부조리함을 안주 삼아 술을 마시는 사이에 우리는 친해졌고 특별한 고백 없이 언제부터인가 연인이 되었다. 둘 다 야외에서 몸을 움직이기를 좋아해서, 휴일이 되면 각종 기구를 타고 투어를 하거나 캠핑을 즐기거나 여행을 떠나 주중에 뒤집어쓴 오물을 떨어냈다. 당시만 해도 둘 다 20대였고 결혼이나 가정이나 노후나 병은 남의 얘기로 여겼으며 내가 정착할 곳은 아직 저 먼 곳에 있다고 믿었다. 그래서 모든 책임에서 자유로웠다. 지금 생각해 보면 행복한 시절이었다. 3년 후에 내가 교원 채용 시험에 합격하고 얼추 같은 시기에 나츠미가 쿠바 유학을 결심(어디든 상관없었지만 쿠바가 제일 저렴했던 듯)하면서 우리는 아무 갈등 없이 물 흐르듯이 이별했다. 서운함보다 새로운 생활에 대한 기대감이 훨씬 더 컸던 것이다.

나츠미에게서 몇 년 만에 연락이 온 것은 4개월 전이었다. 나는 체육 교사가 된 지 어언 8년 차가 되었고 전근도 한 번 경험했으며 두 번째 고등학교에서 서른두 살 생일을 맞았다. 소이치로, 잘 지내고 있어? 오랜만에 한잔하자. SNS로 그런 해맑은 문구의 메시지가 날아왔는데, 그때 나는 사생활까지 얽혀 대처하기 난감해진 업무상의 문제에 직면해 있던 상황이라 조금이나마 기분 전환이 되기를 바라며 두말없이 부름에 응했다.

니시오기쿠보에 있는 이자카야에서 오랜만에 재회한 나츠미는 조금 그을려 보이기는 해도 여전히 웃는 낯으로 초연하게 나를 대했다. 이제야 쿠바에서 돌아왔나 했는데 귀국한 지는 5년도 더 지났고 지금은 휴대용 게임 회사에 다닌다고 했다. 우울함과는 인연이 없는 그녀와의 술자리는 매우 유쾌했고 꺼진 불씨를 다시 살릴 마음은 없었지만 그 뒤로 한 달에 한 번은 만나 편하게 한잔하는 술친구가 되었다.

그리고 오늘도 늘 가던 이자카야에서 3주 만에 만나기로 했는데 애석하게도 가게는 이미 만원이었다. 우리 집이 이 근처인데 가서 마실래? 그녀의 제안에 따라 술집과 반찬 가게에 들러 먹을 것을 사서 몇 년 만에 나츠미의 집을 방문하게 된 것이다.

유카리가 남긴 부재중 통화 내역을 확인한 것은 사 온 안주와 캔 맥주를 대부분 비우고 나츠미가 가지고 있던 레드 와인으로 바꾸어 마시던 즈음이었다. 아무 생각 없이 휴대전화를 열었더니 부재중 통화 내역 한 건이 두 시간 전에 찍혀 있었다. 1주일 전에 "내가 전화할게."라는 말을 남겼던 것이 생각났다. 일에 쫓기느라 까맣게 잊고 있었다. 평일에는 수업 외에도 교무 분담이라는 학교 운영에 관한 잡무들이 끊이지 않았고, 주말에는 부활이며 대회며 행사 일로 대부분의 시간을 보내야 했다. 부동산 영업 사원 시절보다도 지금이 훨씬 더 바빴다.

"뭐야, 여자 친구?"

술을 마셔서 얼굴이 발그레해진 나츠미가 싱글거리며 내게 손가락질을 했다. 내 얼굴은 아직 끄떡없었다. 캔 맥주 따위는 몇 개를 마셔도 거뜬하다.

"아니거든. 새 학기 전에 헤어졌다고 그랬잖아."

나츠미는 흐으음, 기운 없는 소리를 내더니 하품을 하며 일어났다.

"……따끈따끈한 커피라도 한잔 마셔야겠다. 소이치로, 담배 피울 거면 베란다로 나가서 피워."

나츠미의 집도 금연인가. 주방으로 향하는 그녀의 뒷모습을 보면서 나는 떠밀리듯 베란다로 나갔다. 에어컨 실외기가 면적의 반을 차지한 비좁은 공간이었다. 콘크리트가 뿜어내는 습한 기운에 아까까지 내리고 있던 비가 어느 틈엔가 그쳤음을 깨달았다. 슬쩍 옆을 보니 실외기 위에 화분과 핑크색 분무기가 놓여 있었다. 문득 모두를 불성실하게 대하고 있다는 생각이 들었다. 그렇지는 않을 것이라며 나는 머리를 흔들었다. 유카리와는 이미 헤어진 상태이고 나츠미는 그저 인연이 질기게 이어지고 있는 친구일 뿐이다. 더구나 퇴직 수속의 진행 상황이 유카리도 신경은 쓰일 것이다. 전 남자 친구라기보다 동료로서 하는 전화다. 휴대전화 주소록에서 '유키노 유카리'를 선택해 통화 버튼을 눌렀다.

2년 전에 유키노 유카리가 부임해 온 첫날의 광경을 나는 지금도 어제 일처럼 기억한다.

"국어 교사로 부임한 유키노 유카리라고 합니다. 고쿠분지에서 3년 근무했고 이곳은 두 번째 학교예요. 아직 초보 교사입니다. 선배님들께 많은 것을 배우며 학생들과 함께 성장해 나가고 싶습니다."

처음에는 가식적이라고 생각했다. 까만 긴 머리에 감색 정장을 입은 무미건조한 모습이 외려 그녀의 뛰어난 스타일을 강조해 주었다. 내 손이면 한 손에 쏙 들어올 정도로 작은 얼굴, 새하얀 피부에 촉촉하고 커다란 눈동자, 그리고 어깨, 허리, 다리가 모두 가늘었다. 그래서 풍만한 가슴이 더욱 도드라졌다. 긴장해서 떨리는 목소리는 중학생처럼 달콤했다. 뭐랄까, 러브 돌이나 더치와이프 같다고나 할까. 이게 웬 추잡한 상상인지 뜨악했지만 그녀를 보노라면 그 생각은 더 깊어지기만 했다. 인터넷이나 어딘가에서 본 적이 있었다. 의지를 박탈당한 채 남자의 일그러진 이상에 따라 형태만을 부여받은 아름다운 인형. 골치 아프게 됐군. 애들이 얕잡아 보겠어. 아니면 남학생들이 이성을 잃거나.

그러나 그런 내 생각은 기우에 지나지 않았다. 유카리는 누구에게나 호감을 주는 실로 이상적인 교사였다. 언제나 웃음을 잃지 않고 최선을 다했으며 절대로 요령을 부리지 않았다. 그래서 그런 성실함과 겸허함은 자연스레 다른 이들을 끌어당겼다. 수업 평가도 아주 좋았다. 문부성에서 지시한 대로 할당량을 소화하는 공립 고등학교 커리큘럼 속에서도 유카리는 자신이 맡은 과목에 대한 무한한 애정을 보였다. 자신이 사춘기 시절에 소설이나 고전 속에서 얼마나 구원을 받았는지를 학생에게 강조했고, 그러한 자기 체험과 열정이 가득한, 정중한 수업은 학생들로부터 공감을 얻었다. 유카리가 국어를 담당한 반은 예외 없이 평균점이 올랐다. 남학생들에게는 예상대로 인기가 많았지만 소문을 들어 보니 크게 상처 주지 않고 상대를 거절하는 방법을 나름대로 터득한 듯 보였다.

거두절미하고 유카리는 나와는 비교도 안 될 만큼 교사라는 직업에 어울리는 사람이었다. 다행이군. 교내에서 학생들에게 둘러싸여 있는 유카리를 볼 때마다 나는 진심으로 그렇게 생각했다. 신임 교사로 인해 문제가 생기는 것보다 백배 천배 나았다.

반대로 유카리가 가진 나에 대한 인상은 최악이었던 모양이다.

"야쿠자 같은 선생님이 다 계시네, 하고 깜짝 놀랐어요."

훗날 친해졌을 때 농담 섞인 말투로 유카리에게서 들은 말이다.

씁쓸할 따름이었다. 복도나 교정에서 학생들을 향해 길길이 날뛰는 모습을 몇 번이나 목격당한 사실을 나는 이미 알고 있었다. 애초에 내게는 주위에 누가 있을 때에만 아이들에게 소리를 지르자는 확고한 지론이 있었다. 젊고 미인인 데다가 인기도 많은 신임 교사에게 그런 인상을 주었다 한들 눈 하나 깜짝할 내가 아니었다. 그즈음 독신 남자 교직원들 사이에서는 유카리를 둘러싼 경쟁이 벌어졌다. 그 경쟁에서 거리를 두고 싶었던 나로서는 오히려 그녀에게 비호감으로 분류되길 바랄 정도였다.

우리가 가까워진 계기는 9월에 있었던 문화제와 수학여행, 학부모 삼자 면담이 한차례 끝나고 여러 행사를 마무리한 기념으로 교직원이 모두 모여 회식을 벌인 술자리에서 있었다. 저렴한 체인점 이자카야에서 큰 방을 빌려 총 서른 명이 모여 앉아 얼큰하게 취했을 즈음이었다. 말석에서 맛없는 술을 홀짝이던 내게 난데없이 교감 선생님의 일성이 날아왔다.

"어이, 이토 선생. 잠깐 봅시다."

동료들의 등과 벽 사이로 상석까지 기어가듯 다가갔다. 술기운 때문인지 허물이 없어진 교감 선생님 옆에 유카리가 앉아 있었다.

“우리 학교 선생님들 중에서 가장 술이 센 사람이 누구냐는 얘기가 나왔거든. 내가 지금까지 관찰해 온 바에 따르면 이토 선생이 틀림없단 말이지. 그런데 여기 유키노 선생을 봤더니 아무리 마셔도 얼굴색 하나 안 변하는 거야.”

마른 체형인데도 이중 턱의 소유자인 교감 선생님은 넥타이를 느슨하게 푼 채 유카리를 보며 신나게 떠들었다. 유카리가 난처하다는 얼굴로 나를 올려다보았다.

“그래서 우리 학교의 진정한 술꾼을 가려 보자 이거지. 안 그래, 유키노 선생?”

“아니요, 저는 그렇게까지는……. 저기, 이토 선생님도 곤란해하시는 것 같고, 교감 선생님도 이제 그만하시는 게…….”

유카리는 상황을 수습하느라 열심이었다. 눈물까지 글썽이며 딱할 정도로 당황하는 모습이었다. 주위에 있는 선생들을 보니 다들 다른 얘기에 열중하는 척하고 있었다. 나는 살짝 한숨을 쉬었다. 끈질긴 기질을 가진 교감 선생님은 술을 마시면 본격적으로 이상한 고집을 부린다. 그런데 하필이면 금세 취하는 주제에 필름이 끊기는 법도 없어서 끝없이 주변 사람들에게 치대는 것이 특기였다. 유카리는 그런 것도 모르고 달아날 궁리에 여념이 없었다. 옆에서 누군가가 도와주었어야 했다.

"알겠습니다."하고 나는 교감 선생님에게 대답했다. 교감 선생님은 기쁨을 감추지 않았다. 동료 대부분이 질색하는 상사지만 경영자로서 합리적인 냉정함을 갖춘 이 사람을 나는 싫어하지는 않았다. 난색을 표하는 유카리에게 물었다.

"유키노 선생이 즐겨 마시는 술은 뭡니까?"

"아…… 일본주를 좋아하기는 하는데요."

"그럼 일본주로 합시다. 여기요. 일본주 차가운 걸로 네 합, 글라스 두 개요."

대답도 기다리지 않고 탁자 위에 달린 버튼을 눌러 주문해 버렸다.

큰 네 합 도쿠리 술병이 당도하자 나는 글라스에 각각 한 합씩 따라 유카리에게 잔 하나를 건넸다. 어느새 다른 선생님들도 흥미와 걱정이 섞인 눈으로 우리를 주시하고 있었다. 불안해하는 유카리의 얼굴을 모르는 척하고 "그럼 건배!"라고 말하며 잔을 마주쳤다.

각오를 단단히 했는지 유카리가 잔을 입에 댔다. 나는 그 모습을 시선 끝으로 확인한 뒤 단번에 위 속으로 술을 부어 버렸다. 시야 끝에 사람들이 놀라는 모습이 비쳤다. 이어서 한 합을 더 따라 마셨고 탄력을 받아 남은 한 합도 모조리 비워 버렸다. 유카리가 잔을 반도 비우기 전에 나는 순식간에 세 합을 배 속에 쏟아부었다.

열화와 같은 박수갈채가 터졌다. 그중 교감 선생님이 가장 흥분해서는 아낌없이 손뼉을 치고 있었다. 이게 다 무슨 일이냐며 눈이 화등잔만 해진 유카리와 눈이 마주쳤다. 그 작은 얼굴에서 긴장감이 고요하게 가라앉더니 온화한 미소가 번졌다.

'꼭 꽃이 피는 것 같구나.'

미미하게 술기운을 자각하기 시작한 나는 처음으로 솔직하게 유카리를 아름답다고 생각했다.

"그럼 퇴직 수속은 휴가 끝나고 하는 걸로 위에는 말해 둘게."

유카리에게 그 말을 전하고 나는 통화를 마쳤다. 해야 할 말을 전하고 나니 마음이 놓였다.

한 해가 시작된 3학기부터였나, 유카리는 조금씩 결근이 늘었다. 1주일에 한 번씩 병결이 이어지더니 어느덧 기하급수적으로 출근하는 날이 줄어들었다. 급기야 3학기에 출근한 날이 기껏해야 반을 채울까 말까 하더니 올 4월부터는 출근 일수가 아예 손가락으로 꼽을 정도였다. 이런 상황에서 권고사직을 자진 퇴사로 변경할 수 있었던 것은 학교 측의 온정이라고 보아도 무방하다는 것이 내 생각이다.

전신에서 힘을 빼며 폐부에 쌓인 연기를 길게 토해 냈다. 베란다를 아무리 두리번거려도 재떨이로 쓸 만한 것이 없기에 나는 구시렁거리며 주머니에서 휴대용 재떨이를 꺼냈다.

방으로 돌아와 보니 나츠미는 텔레비전을 보며 커피를 마시는 중이었다. 와인과 함께 안주로 먹던 블루치즈는 벌써 굳어가고 있었는데 그 모양새가 어째 버림받은 효모균을 연상시켰다. 뜬금없이 본가에 간 지 꽤 되었다는 생각을 하며 나츠미의 맞은편에 앉았다. 그녀는 나를 전혀 쳐다보지 않았다. 예전부터 무엇인가에 집중하면 누가 말을 걸어도 모르는 여자였다. 내가 치즈를 보며 와인을 마실까, 커피를 마실까 고민하고 있는데 나츠미가,

"그럼 또 보자"라는 말을 불쑥 던졌다. 감정을 헤아리기 어려운 말투였다.

순간, 뭐라고 했냐고 물을 뻔했다.

"어? 아, 아……. 잔뜩 어질러 놓기만 해서 어쩌지?"

"됐어. 또 연락할게."

그렇게 말하며 나츠미는 아주 희미한 미소를 띠었다. 생각하기에 따라서는 미소 같지도 않은, 그 정도로 입꼬리의 각도는 미묘했다.

……그만 가라는 얘기군. 찜찜한 기분이 들기는 했지만 사귀는 사이도 아닌데 뻔뻔스럽게 너무 오래 눌러앉아 있었던 것 같기도 했다. 그보다는 어설프게 여기에서 하루를 보내고

어색해하는 것보다는 나을지도 모르겠다는 생각을 하면서 나는 몇 마디 인사말을 남기고 나츠미의 집을 떠났다. 오토바이를 학교에 두고 왔으니 내일 아침에도 만원 열차를 타야 할 신세였다. 누구에게인지 모를 분노를 느끼며 혼잡한 열차에 몸을 맡긴 채 귀가했다.

결혼해도 괜찮겠다. 결혼하고 싶다. 결혼해 주기를 바란다. 결혼해서 영원히 내 것으로 만들고 싶다. 누군가에게 그런 감정을 느낀 것은 머리털 나고 유카리가 처음이었다.

이자카야에서 대작을 벌이고 나서 우리는 학교에서 조금씩 대화를 나누게 되었다. 학생들에게 잡담하는 모습을 보이고 싶지 않았을뿐더러 나는 대부분의 업무를 보통 체육 교사실에서 보는 편이라 그녀와 얘기를 나누는 것은 아침이나 방과 후에 교무실을 오갈 때뿐이었다.

일단 거리가 좁혀지자 유카리가 얼마나 특별한 여자인지 나는 깊이 실감했다. 눈이 마주치는 것만으로도 누군가가 심장을 거머쥐는 것 같은, 그녀에게는 그런 정체 모를 힘이 있었다. 내 눈에 그 힘은 유카리 본인의 의사조차 초월한 곳에 자리한 것처럼 보였다. 어떤 종류의 자연 풍경이 보는 이에 따라 경외심을 품게 만들듯, 유카리는 거기에 '그저 있는' 것만으로도 가히 압도적인 존재였다. 대체 누가 하늘을 뒤덮는 태풍이나 땅을 뒤흔드는 지진을 피할 수 있을까. 유카리는 그런 종류의 여자였다. 그런 사람을 본 것은 처음이었다.

사로잡혔다……. 기뻐해야 좋을지, 슬퍼해야 좋을지 스스로도 종잡을 수 없는 감정에 빠진 나는 그렇게 생각했다. 어쩌면 처음 본 순간부터 그녀의 특별함을 눈치챘을지도 모른다. 나 자신보다 강력한 무엇인가에 얽매이고 싶지 않은 마음에, 그렇게 될까 두려워서 신중하게 그녀를 피해 왔던 것이다. 그러나 이제 늦었다.

유카리와 그저 한마디만 나누어도 그날 잠을 이루지 못할 만큼 가슴이 뜨거워졌다. 유카리와 말을 하지 못한 날에는 하루 종일 세상이 탁해 보였다. 흡사 첫사랑에 빠진 중학생 같은 자신의 모습에 나는 좌절했다. 아니, 그보다 더 심했다.

학교에서 마주치는 것만으로는 터무니없이 부족했다. 그래서 주말에 식사를 하자고 하거나 영화를 보러 가자며 그녀를 불러내게 되었다. 유카리는 착하면서도 소극적인 여자였다. 몸이 약한 편이라 더러 빈혈이나 발열 증상을 보였는데 1년 내내 감기 한 번 걸리지 않는 내게는 그런 모습조차 신비롭게 보였다. 언제나 늘 조금씩 긴장한 모습이었고 목소리에는 미세한 떨림이 묻어 있었다. 그녀의 음성을 들을 때마다 나는 이 사람을 지켜 주어야 한다고, 눈물이 날 만큼 절실하고 강하게 되뇌곤 했다.

작은 머리에 헬멧을 씌워 오토바이 뒷자리에 태우고 오쿠타마나 닛코나 하코네에도 데려가 주었다. 상경한 이후로 그다지 관광을 즐긴 적이 없다던 그녀는 어디를 데려가든 즐거워했다. 그녀는 사람의 마음속 가장 깊은 곳까지 거침없이 뚫고 들어오는 날카로운 침 같은, 그러나 가슴 시리도록 아름다워서 피할 도리가 없는 미소를 짓고는 했다.

나는 꿈에 그리던 여자를 찾아냈다. 기적에 가까운 일이었다. 무인도에서밖에 서식하지 않는 진귀한 나비를 어마어마한 우연에 당첨되어 도쿄 한구석에서 발견한 기분이었다.

급기야 나는 유카리가 쉬는 시간에 제자와 이야기를 나누는 모습만으로도 질투하는 지경에 이르렀고 그런 자신의 모습에 아연실색했다. 그녀는 대부분 많은 학생들에게 둘러싸여 있었는데 그 무렵에는 유독 한 여학생이 유카리의 주변을 맴돌았다. 1학년의 아이자와 쇼우코라는 아이로 화사한 외모에 인기도 많은 여학생이자 내가 담임을 맡은 반의 학생이었다. 예쁘고 성적도 좋고 천성적으로 리더십까지 갖춘 아이로 소위 말하는 학교의 스타였다. 농구부에도 쇼우코에게 고백했다가 차인 남학생이 틀림없이 있을 터였다. 빛이 낮게 가라앉은 복도에서 자매처럼 나란히 걸어가는 유카리와 쇼우코의 모습은 오래된 영화에서 잘라 낸 한 장의 필름 조각처럼 실로 아름다웠다.

한심하게도 나는 열여섯 살짜리 여학생을 상대로 질투를 했던 것이다. 누군가에게 빼앗기기 전에 유카리를 내 것으로 만들어야 했다. 웃기는 얘기지만 아이자와 쇼우코가 내 등을 떠민 꼴이었다. 크리스마스 밤에 유카리와 함께 식사를 하고 역으로 향하던 나는 길가에서 그녀를 끌어안고 말했다.

"좋아합니다. 유카리 씨도 나를 좋아해 주면 좋겠습니다."

네. 그녀의 떨리는 음성이 지금도 귓가에 뚜렷이 남아 있다.

믿기 어려울 만큼 행복했다.

그리고 지금은 혹시 그 음성이 평생 잊히지 않는 것은 아닐까 싶어 진심으로 두려운 마음이 들기도 한다.

/////

여름 방학이 끝나고 2학기가 시작되었다.

나츠미의 방에서 술을 마신 것이 장마 때였으니까 그로부터 두 달이 지났다. 여전히 업무에 쫓기는 일상이 이어졌다. 말이 좋아 여름 방학이지, 교직원들은 기본적으로 평소대로 출근해야 한다. 내 경우에는 농구부 연습이나 원정 경기가 잇달아 있어서 평소보다 더 분주했다. 나츠미와는 몇 번 연락을 주고받았지만 시간이 안 맞아 그 후로는 한 번도 만나지 못했다.

그리고 생각해 보면 유카리와 이런 식으로 직접 얼굴을 마주한 것도 꽤 오랜만이었다. 마지막이 언제였더라. 아마도 4월, 그녀가 출근했던 마지막 날일 것이다. 지금 교무실에서 내 앞에 서 있는 유카리는 그때보다는 얼굴이 꽤 좋아 보였다. 여름인데도 하얀 블라우스에 긴 소매 차콜 그레이 재킷을 단정하게 걸치고 짙은 감색 팬츠를 입었다. 트레이닝복을 걸친 내가 어쩐지 초라하게 느껴졌다. 그랬다. 유카리는 언제 어느 때고 감탄스러울 정도로 빈틈없는 차림새를 유지했다. 패션지에 나오는 어떤 모델보다 무엇을 입든 경탄할 만큼 잘 어울렸다. 표정은 깨끗이 지워지고 없었지만, 누구의 마음이든 무조건 뒤흔들어 버릴 만큼 유카리는 여전히 투명하도록 아름다웠다.

"그럼 슬슬 가 볼까요?"

나는 유카리를 재촉했다.

"네. 번거롭게 해서 미안해요."

"별말씀을. 교장 선생님께서 기다리고 계십니다."

우리는 서로에게 존댓말을 했다. 마음에 꼭 맞는 뚜껑을 덮은 줄 알았는데 그 사이로 조금씩 흘러나오는 아픔이 있었다. 이왕이면 유카리도 같은 마음이기를 바랐다. 보폭을 맞추어 걸으며 교무실을 나섰다. 교장실로 가서 정식으로 그녀의 퇴직서를 제출하면 모든 것이 끝난다.

"유키노 선생님!"

복도를 지나는데 뒤에서 새된 소리가 들리더니 한 여학생이 달려왔다. 2학년의 사토 히로미였다. 모범적인 학생이지만 교우 관계가 넓어서 소문을 퍼뜨리는 데 한몫하는 아이였다. 귀찮게 되었다. 그사이에 다른 학생들도 유카리를 발견하고는 우르르 몰려왔다. 선생님, 유키노 선생님. 다들 유카리를 불렀다. 학생들이 이렇게 따르는데 학교를 그만둘 작정이냐고, 나는 순간적으로 자신의 입장도 잊고 엉뚱한 화풀이를 할 뻔했다. 유카리의 퇴직 수속을 진행한 것은 다름 아닌 내가 아닌가. 순식간에 학생들에게 둘러싸이자 유카리는 난감해하며 웃기만 했다. 나는 마음을 다잡고 녀석들을 나무랐다.

"히로미, 나중에 해. 너희들도."

학생들은 불만스럽게 나를 쳐다보았다. 생각보다 눈빛이 강렬해서 잠깐이지만 주춤했다. 유카리가 상황을 수습하기 위해 나섰다.

"미안하다, 얘들아. 5교시까지 학교에 있을 거니까 괜찮으면 이따가 천천히 얘기하자."

아이들은 마지못해 한발 물러났다. 갑시다. 나는 유카리를 채근했다. 걸음을 뗀 순간, 시야 한쪽 끝에 아키즈키 타카오가 보였다. 저 녀석도 유카리의 일을 알고 있을까. 그런 생각이 문득 들었다.

"유키노 선생도 잘 알고 있겠지만 교사라는 직업은 말이지요, 8시 전에 출근해 5시까지 꼼짝없이 학교에 잡혀 있는 몸이에요. 물론 5시가 되어도 바로 돌아가지 못하는 일이 허다하고 야근 수당도 없지요. 주말 근무도 당연하고 급여도 민간 기업에 맞춰야 한다며 삭감된 데다 연금은 민간에 비해 불공평하다며 눈총을 받고 있어요. 학생한테도, 보호자한테도 존경받지 못하고 문부성이 내리는 지시에 따라 수업을 할 뿐인데도 학교 교육만으로는 어림없다며 연일 두들겨 맞는 실정이에요. 그런데도 공무원이니까 국기 게양, 국가 제창을 끊임없이 강요받지요. 교육 위원회 눈치 보랴, 학부형 눈치 보랴, 학생 눈치 보랴, 세상 눈치 보랴, 이렇게 고달픈 직업이에요."

대체 뭐라는 거야. 나는 교감 선생님의 얼굴을 마뜩잖게 쳐다보았다. 옆에 앉은 유카리는 얌전히 듣고는 있지만 눈가에 희미하게 미소가 걸려 있는 듯 보였다. 굳게 닫힌 교장실 문틈으로 점심시간이면 으레 들리는 아이들의 고함 소리가 사이사이 흘러 들어와 에어컨이 돌아가는 작은 소리에 섞여 들었다. 나와 유카리, 탁자를 사이에 둔 교감 선생님은 각자 까만 접대용 소파 위에 앉아 있었다. 교장 선생님은 내내 무심한 표정으로 차 마시는 데에만 열중했다. 말을 하는 것은 교감 선생님뿐이었다.

"나는 말이지, 유키노 선생. 조금만 더 젊었으면 학교 따윈 진즉에 그만두고 학원이라도 차렸을 거야. 학생이든 교사든 부조리한 곳에 몸담고 있을 이유가 없으니까. 하지만 그만두기에는 이미 나이를 너무 많이 먹었어."

혼자만 알아듣는 농담을 하는 건가 했지만 교감 선생님은 진심으로 보였다. 썩 공감이 가진 않았지만 지나치게 솔직한 그의 일장 연설에 조금은 가슴이 뜨끈해졌다.

"자네가 준 퇴직서는 눈물을 머금고 수리하도록 하겠네. 하지만 사실 난, 자네가 매우 부럽다네."

교감 선생님은 말을 마치고는 교장 선생님 쪽으로 시선을 돌렸다. 교장 선생님은 탁자 위에 놓인 퇴직서를 들고, 짧게 말을 끝냈다. "지금까지 수고했어요, 유키노 선생."

"폐를 끼쳐서 진심으로 면목이 없습니다. 2년 반 동안 신세 많이 졌습니다."

또렷한 음성으로 그렇게 말한 뒤 유카리는 깊이 머리를 숙였다.

유카리가 학교를 그만둔 이유는 심신 상실로 인해 출근이 불가능해졌기 때문이다. 간단하게 말하자면 교사가 흔히 앓는 마음의 병이 원인이었다. 물론 현실은 그렇게 간단하게 설명되지 않는다. 내가 아무리 말해도, 또는 당사자가 각자 사정을 설명해도 실제로 무슨 일이 있었는지에 대한 정확한 사실은 누구도 알 수 없을 것이다.

내가 기억하는 첫 번째 징후는 작년 9월, 크리스마스에 유카리를 안고 나서 열 달 가까이 지난 어느 날이었다. 그날부터 우리는 사귀기 시작했지만 학생은 물론 교직원에게도 철저하게 비밀에 부쳤다.

"이토 선생님, 우리 반 아이자와 쇼우코라고 알지?"

내가 사는 아파트에서 저녁을 먹고 나서 유카리가 그런 질문을 던졌다. 전 영업 사원이었던 나로서는 교사들이 서로를 선생님이라고 부르는 기묘한 습관에 위화감을 느끼는 터라 개인적인 공간에서는 유카리의 이름을 불렀다. 반면에 유카리는 언제나 나를 선생님이라고 불렀다. 버릇이 안 고쳐진다는 그녀의 말이 어쩐지 서운했지만 그 융통성 없는 면이 사랑스럽기도 했다.

"알지. 쇼우코 1학년 때 담임이 나였으니까. 화려하고 눈에 띄지만 문제는 일으키지 않는 아이였어."

나는 그렇게 답하며 유카리에게 고백을 하게 된 직접적인 계기가 쇼우코였다는 사실을 떠올렸다. 당연히 그 얘기는 하지 않았다.

"그렇구나. 쇼우코가 지금은 우리 반인데……."

유카리의 말에 따르면, 2학기에 들어서 쇼우코의 태도가 돌변했다고 한다. 전에는 강아지처럼 유카리를 따르더니 최근 들어 선득한 적의를 뿜어낸다고.

“내 수업에만 일부러 지각을 하질 않나, 말을 걸어도 무시해.”

“흐으음, 애들은 여름 방학 한 달 만에 전혀 다른 사람처럼 변해 버리기도 하니까.”

나는 그렇게 말하며 아이자와 쇼우코에 대한 기억을 끄집어냈다. 그 아이의 아버지는 유명 광고 대리점의 부장급으로 쇼토 근처에 사는 상당한 재력가였다. 본인도 미인이고 화려한 기운을 발산하는지라 그런 점만 놓고 보면 버릇없이 함부로 굴 것 같은 이미지가 아주 없는 것은 아니지만, 적어도 1학년 때에는 별다른 문제를 일으키지 않았다. 하지만 여학생의 심리에 관해서라면 사실 아는 게 별로 없다는 것이 솔직한 마음이었다. 체육 수업은 남녀가 따로 받기도 하고, 담임 자리에서 물러났으니 눈에서 멀어질 수밖에 없었다. 그래서 그때에는 주의해서 지켜보겠다고 간단히 대답한 것이 전부였다. 하지만 대수로운 일로 여기지는 않았다. 학생과 그 정도 문제는 어느 선생에게나 일어나는 일이니까.

그런데 그로부터 연말에 걸쳐 유카리와 쇼우코의 상황은 급격하게 악화일로를 걸었다. 쇼우코는 반 친구들을 이끌고 집단으로 유카리의 수업을 거부하거나 유카리와 이야기를 나눈

학생을 무시하기도 했다. 쇼우코는 기이할 정도의 카리스마를 발휘해 같은 반 학생 대부분이 유카리를 적대시하는 구도를 만들기에 이르렀다. 수업에 영향을 끼치자 유카리는 교무실에서도 가시방석을 피할 길이 없었다. 당연히 유카리는 초조해했다. 그런 상황이 벌어지고 있는데도 나는 유카리가 제힘으로 해결해야 마땅한 문제라고 생각했다. 몇 번인가 유카리에게 의논 상대가 되어 주기는 했지만 3학기는 안 그래도 바쁜 계절이었고, 솔직히 원인 제공자가 쇼우코뿐인 것 같지는 않았다. 유카리에게도 문제는 있을 테니 본인 스스로 해결할 여지가 얼마든지 있을 것이다. 쇼우코의 담임은 유카리다. 우리가 스스로 선택한 교사라는 직업에는 기본적으로 이런 일도 포함되어 있다. 유카리 본인을 위해서라도 자기가 알아서 해결해야 한다. 나는 그렇게 생각했다.

그러는 사이에 유카리가 쇼우코의 남자 친구에게 손을 댔다는 소문이 온 학교에 일파만파로 퍼져 나갔다. 누가 보아도 유치하고 우스꽝스러운 소문이었다. 그래도 혹시나 싶어 조사해 본 결과, 쇼우코의 남자 친구가 일방적으로 유카리에게 빠져 있다는 사실을 알게 되었다. 그 남학생에게서 고백을 받은 유카리는 일언지하에 거절했는데 그 일이 쇼우코의 자존심을 자극한 모양이었다. 유카리에게 물어보았지만 그의 이름은 끝끝내 밝히지 않았다. 아무튼 경위는 그러했다. 나는 조금 더 깊이 조사해서 유카리에게 고백한 남학생을 유추해 냈다. 상대는 마키노라는 3학년 남학생이었다. 그는 우리 반 학생으로 작년까지 내가 고문을 맡았던 농구부 주장이었다. 마키노와 얘기를 해 보아야 할지 망설여졌다. 마키노는 책임감이 강하고 성실한 학생이었다. 유카리에게 반했다 해도 그건 그의 책임은 아니었다. 그러나 아이자와 쇼우코에 대해서라면 책임이 있었다. 그 점을 따끔히 짚고 넘어가야 할지 판단이 서지 않았다. 그러나 유카리와 비밀리에 사귀고 있는 나로서는 그리 떳떳한 입장이 못 되었다. 그래서 마키노에게 충고인 양 그런 말을 한다는 것이 과연 옳은 일인지 고민스러웠던 것이다. 사실은 망설이면 안 될 일이었다. 그때 나는 자신의 입장을 일단 버려야 했다.

그렇게 갈등하는 사이에 사태는 이미 누구의 손에도 닿지 않는 곳까지 굴러가 버리고 말았다. 인간이 만든 불씨라 해도 어느 시점이 되면 불길은 무섭게 맹위를 떨치며 범위를 확장해 나간다. 악의도 그와 같다. 종국에는 악의의 시발자가 누구였는지조차 불분명해진다. 마지막 하나 남은 들보가 불타 없어질 때까지 그것은 무시무시하게 타오른다. 이제는 알겠다. 그 들보가 유카리의 미각이고, 마음이고, 몸이었던 것을. 소문이 학부모의 귀에까지 퍼졌을 즈음 유카리는 출근이 불가능할 정도로 궁지에 몰려 있었다. 그리고 그때까지도 나는 유카리의 결근을 일종의 어리광으로 치부하고 있었다. 무슨 일이 있어도 학교에는 나와야 한다. 그리고 쇼우코와 마주 앉아 스스로 문제를 해결해야 한다. 아직 그럴 수 있는 여지가 있다. 나는 여전히 그렇게 생각하고 있었다.

모두에게 어둡고 괴롭고 긴 겨울이었다.

그 겨울, 센다이 본가에 계신 아버지가 돌아가셨다. 나는 늦둥이였던지라 아버지는 이미 팔순을 넘긴 터였다. 췌장암을 발견했을 때는 이미 4기에 접어든 상황이었고, 고령인 아버지는 고통을 동반하는 치료를 거부하고 반년간의 완화 치료 속에서 조용히 숨을 거두었다. 아버지에게도 이런저런 갈등이 있었을 텐데 마지막까지 아들에게는 약한 모습을 보이지 않았다. 네게 딱히 남길 것은 없지만, 하고 아버지는 숨을 거두기 며칠 전에 찾아간 내게 말했다.

"살면서 자기 자신보다 깊이 사랑할 수 있는 상대를 꼭 찾아내거라. 그것만 해내도 인생은 성공이지."

유카리와 헤어질 때 아버지가 남긴 그 말이 가장 먼저 떠올랐다.

나는 유카리를 나 자신보다 사랑했나. 아니, 그렇지는 않았다. 그렇게 되기 직전에 나는 우뚝 멈추어 서 버리고 말았다.

정체 모를 소용돌이에 휘말리듯 강하게 이끌려 애원해서라도 결혼하고 싶었던 상대인데. 아니, 지금도 그 생각에는 변함이 없지만 나는 거짓말처럼 손쉽게 유카리의 손을 놓아 버린 것이다. 전혀 눈치채지 못한 사이에 무엇인가를 영원히 잃고 말았다. 오래전에 우리 사이에 있었고, 별다른 일이 없었다면 더욱 강하고 견고하게 자랐을 유대감 같은 것을 우리는 속절없이 잃고 말았다.

눈발이 흩날리는 3월의 어느 추운 밤이었다. 오랜만에 내가 사는 곳을 찾아온 유카리를 본 순간, 나는 그날이 마지막임을 직감했다.

상황을 받아들였다기보다 탁 트인 초원에서 두툼한 비구름이 다가오는 것을 관망하듯 이별은 그렇게 다가왔다. 유카리는 길었던 머리카락을 어깨 위로 과감하게 잘라 냈다. 나를 보는 눈동자에서는 나에 대한 친밀감이나 애정, 신뢰감이 송두리째 지워지고 없었다. 그 눈을 차지한 것은 초췌함, 두려움, 그리고 불신의 감정뿐이었다. 그때야 비로소 나 자신도 쇼우코 일행과 한 덩어리가 되어 유카리를 궁지로 밀어 넣고 있었다는 것을 깨달았다.

정말 미안해요. 심장을 쓸어내리는 듯한 떨리는 음성으로 유카리는 말했다.

오래도록 폐를 끼쳤네요. 미안해요. 이제 끝낼 때가 된 것 같아요.

생각해 보니 나는 그 마지막 말조차 유카리가 하도록 종용했던 것이다. 근처에 있는 정류장에서 빈 버스에 타는 유카리의 뒷모습을 보면서 생각했다. 일찍이 나는 기적과 조우했다. 그래 놓고 손가락 하나 까딱하지 않은 채로 그것을 영원히 잃고 말았다.

하교를 재촉하는 종소리가 인적이 줄어든 교사에 울려 퍼졌다.

태풍이 휩쓸고 간 날처럼 짙게 불타오르는 저녁놀이 주변을 뒤덮었다. 주변 정리를 끝내고 홀로 교문으로 나가는 유카리의 뒷모습을 교무실 창을 통해 내려다보았다. 학생 몇 명이 유카리에게 달려갔다. 학생들은 유카리에게 매달리며 울음을 터뜨렸다. 유카리는 다정한 얼굴로 아이들에게 뭐라고 말을 건넸다. 그러고 보니 나도, 유카리도 끝까지 눈물 한 방울 흘리지 못했다. 붉은 저녁놀에 물든 그녀의 미소를 보며 나는 생각했다.

/////

태풍이 많은 가을이었다.

거대한 바람과 빗방울은 간토 지방에 도착할 때마다 대기를 우악스럽게 휘어잡고 여름 못지않은 더위와 겨울에 지지 않는 추위를 투하하며 인간을 조롱했다. 그래도 가을은 점점 깊어졌다. 볕이 닿는 순서대로 은행나무를 노랗게 물들였고 하나둘씩 잎사귀를 떨어뜨렸으며 사람들의 옷을 조금씩 두툼하게 만들다가 이윽고 겨울에 그 자리를 넘겨주었다.

유카리와는 두 번 다시 만나지 못하리라. 일생을 함께하고 싶었던 상대가 내 인생을 스치고 지나가 버렸다. 어쩌면 죽을 때까지 후회할지도 모른다. 그러나 비가 그쳐도 습기는 서서히 땅에 스며드는 것처럼 유카리는 몇 개의 추억을 남겼다.

유카리가 학교를 떠난 2학기 어느 날에 작은 소동이 일어났다.

아키즈키 타카오가 방과 후에 3학년 몇 명과 주먹다짐을 벌인 것이다. 목격한 여학생에게서 보고를 받고 직접 현장을 수습하기 위해 나섰다. 주먹다짐이라고 하기에는 타카오가 일방적으로 두들겨 맞은 모양새였다. 3학년 무리 중에는 뻔뻔스러운 표정을 짓고 있는 아이자와 쇼우코의 모습도 보였다. 타카오가 쇼우코를 때린 것이 싸움의 발단이라고 하는데 아무도 그 이상은 설명하려 들지 않았다. 쇼우코의 뺨에는 상처 하나 없었지만 타카오의 얼굴은 시커멓게 멍이 든 상태였다.

원래대로라면 폭력은 중대한 사안이지만 나는 상황을 자세히 파헤치지 못했다. 모두가 유카리가 남긴 짙은 부재의 영향권 안에 속해 있었다. 다만, 나로서는 절대 하지 못할 일을 타카오가 한 것이라는 생각이 들었다. 싫다고 버티는 타카오를 억지로 택시에 태워서 병원으로 향했다. 잔뜩 성난 얼굴로 앉아 있는 모습을 흘깃흘깃 살펴보며 내가 아키즈키 타카오에게 약간의 호감을 갖고 있다는 사실을 깨달았다. 내게는 보이지 않는 세상을 이 녀석은 나름대로 가슴에 품고 살아가고 있겠지.

주말에 외출했다가 아이자와 쇼우코를 발견한 것은 새해가 코앞에 닥친 12월 말이었다.

학교는 이미 겨울 방학에 들어간 뒤였다. 목적 없이 시부야를 거닐다가 카페 창가에 앉아 있는 쇼우코를 보게 되었다.

그녀는 영혼 없는 얼굴로 혼자 담배를 물고 있었다. 모카색 가죽 재킷을 걸치고 짙은 화장에 염색한 머리카락을 둥글둥글 말아 내린 그 모습은 누가 보아도 대학생으로 보일 정도였다. 담배에 대해서는 아무도 잔소리를 하지 않을 것이다.

나는 가게에 들어가 옆에 앉아 그녀의 손가락에서 담배를 쑥 뽑았다. 쇼우코가 놀란 얼굴로 나를 쳐다보았다. 트레이닝복을 입은 모습이 아니라 다운재킷을 입고 비니를 푹 눌러쓴 나를 그녀는 얼른 알아보지 못했다.

"피우려면 들키지 말고 피워."

그렇게 말하고 재떨이에 담배를 비벼 끄는 나를 한참이나 보고 나서야 그녀는 심통 맞은 소리로 말했다.

"뭐야, 이토 선생님이네. 남의 사생활에 끼어들지 말아 줄래요?"

죄책감 따위는 눈곱만큼도 없는 태도였다. 그래도 혼자 있는 모습이 처량해 보여서 꾸중을 할 마음은 들지 않았다. 나는 담배를 꺼내 불을 붙였다. 쇼우코는 보란 듯이 연기를 뿜어내는 나를 원망스러운 눈길로 노려보았다. 나는 창밖을 오가는 행인들을 보다가 말했다.

"……무슨 일 있었냐?"

"아무 일도 없는 날은 없어요."

뚱하게 내뱉는 쇼우코의 얼굴을 나는 무심코 유심히 바라보았다.

이 거리에서 보니 뺨도, 이마도 앳되어 보였다. 방금 전에 울기라도 했는지 눈언저리가 불그스름하고 축축했다. 안쓰럽다는 생각이 들었다. 제아무리 어른스러워 보여도, 반 친구들을 쥐락펴락해도 이 녀석은 아직 어린애에 불과하다.

"……선생님은요? 무슨 일 있었어요?"

입을 꾹 다물고 있는 내가 괴이쩍게 보였는지 쇼우코가 물었다. 나? 무슨 일이 있었나?

"나는……."

무슨 일이 있었기에 나는 여기 있는 걸까?

"아주 오래전에……."

오래전에 학생을 다치게 한 적이 있었다.

교사가 갓 되었을 때의 일이다. 처음에 부임한 고등학교에서 "이토 선생님은 학생들에게 미움받는 역할을 맡아 줘요."라는 지시를 받았다. 학생을 혼내서 긴장감을 조성해 주세요. 마무리는 담임이 할 테니까. 당시 학생과 친구 같은 관계를 쌓아 나가는 교사가 되고 싶다는 달콤한 바람을 품고 있던 나는 그 말을 듣고서 크게 실망했고 반발도 했다. 적성에도 안 맞는 영업직을 3년이나 참아내고 드디어 염원하던 교사가 되었던 것이다. 내게는 나만의 이상이 있었다.

그러나 그 이상은 핸드볼부를 담당하고 얼마 되지 않아 여지없이 무너졌다. 다른 학교와 연습 시합을 벌이던 중 우리 팀 선수 한 명이 골대에 격돌해 뇌진탕을 일으킨 것이다. 생명에 지장은 없었지만 그 학생은 후유증으로 왼쪽 눈에 약시 판정을 받았다. 충격이었다. 어떻게 석고대죄를 해야 할지 감도 잡히지 않았다. 시합 중에 벌어진 사고라 내가 따로 책임을 질 일은 없었다. 당사자는 물론 부모님도, 그 누구도 나를 탓하지 않았다. 그래도 학생들의 고삐를 단단히 틀어쥐지 못한 것에 대해 나는 깊이 반성했다. 사고도, 부상도 긴장감이 풀어졌기에 벌어진 것이다. 체육 교사의 우선적인 역할은 무엇보다도 학생이 다치지 않게 하는 것이다.

그 자리에 있는 것만으로도 그들을 긴장시키는 존재가 되자. 그러기 위해서는 다소 도리에 맞지 않더라도 학생들을 매섭게 몰아붙여야 한다. 학생들에게 두려움을 주고 긴장감을 늦출 틈을 주지 않는 교사가 되자. 나는 교사 1년 차에 그렇게 결심했다.

"오래전에 뭐요?"

"……아무것도 아니야. 담배 피우지 마. 폐암 확률도 높아지고 피부도 나빠지고 돈도 들어."

"사람을 간접흡연 위험에 몰아넣고 할 말은 아니죠!"

한쪽 팔로 내가 뿜어낸 연기를 흩으며 쇼우코는 진심으로 질색했다. 그 모습이 어린애 같기만 해서 나는 그만 웃고 말았다.

"선생님, 뭐예요!"

"하하, 미안. 난 가서 커피나 한잔 사 와야겠다. 너도 뭐 마실래? 내가 쏘지."

쇼우코가 미심쩍다는 얼굴로 나를 뚫어지게 바라보았지만 아랑곳하지 않고 자리에서 일어났다. 유카리가 영원히 사라진 것이라면 나도 무엇인가를 바꾸어야만 한다. 그리고 두 번 다시 못 볼 유카리에게 지금이라도 내가 할 수 있는 일이 있다면 그것은 아마도 아이자와 쇼우코에 대한 그 무엇인가일 것이다.

"에, 진짜? 왜요? 그럼 모카 프라푸치노!"

등 뒤에서 들려오는 쇼우코의 음성에 손으로 대신 대꾸하고 나는 걸음을 옮겼다.

대장부가 짝사랑이라니 한숨이 절로 나온다오
한심한 대장부라 해도 여전히 사랑할 수밖에

(『만요슈』 2·117)

해석 : 헌헌대장부인 내가 짝사랑에 빠지다니. 한심하다며 탄식해도 어리석은 대장부는 여전히 사랑할 수밖에 없다오.

상황 : 도네리 황자(덴무 천황의 여섯 번째 왕자 - 옮긴이 주)가 가인 도네리 오토메(아스카 시대의 여관, 가인. 도네리 가문 사람으로 추정된다. - 옮긴이 주)에 대한 마음을 표현한 노래. 벼슬도 높고 훌륭한 대장부인 자신이 사랑에 빠져 감정을 조절할 수 없다는 사실에 당황하고 있다.

제7화

동경하던 단 하나의 것, 비 오는 날 아침에 눈썹을 그리는 것, 그 순간 별이라고 생각한 것 - 아이자와 쇼우코

The Garden of
Words

누군가와 딱 마주치면 좋으련만. 누구든 나를 여기에서 데리고 가 주면 좋으련만.

그런 싱거운 생각에 빠져 카페에서 넋을 놓고 있다가 어이없게도 이토 선생님을 만났다. 웬 덩치 좋은 아저씨가 와서 앉나 했더니 다짜고짜 내가 물고 있던 담배를 쏙 뽑아 갔다. 뭐야, 뭐야? 누구야, 누구야?! 아주 잠깐이지만 공포심을 느꼈다. 상황을 파악하려고 비니를 푹 눌러쓴 아저씨를 가만히 보았더니 이토 선생님이었다. 고1 때 담임으로 학교에서는 늘 열혈 체육 교사 느낌의 트레이닝복 차림이라 몰라보았다. 깃을 빳빳하게 세운 퀼팅 다운인지 뭔지를 입고 있어서 학교에서 볼 때보다도 건달 느낌이 더 심했다.

그는 학생이 퍽 무서워하는 인상파 교사인데 어쩐 일인지 담배를 피우는 현장을 잡았는데도 꾸중을 하지 않았다(담배 피우지 말라는 말은 했지만 살짝 박력 부족). 그런 데다가 캐러멜 프라푸치노까지 사 주었다(모카 프라푸치노를 주문했는데 잘못 들은 듯). 이것 봐, 대형 사이즈로 사 왔다. 선생님은 마시라고 강요하는 말투로 그란데보다도 큰 벤티 컵을 내밀었다.

"……고맙습니다."

그러더니 내가 빨대로 음료를 마시는 모습을 우두커니 지켜보았다.

불편하게 왜 이래. 바늘방석이네. 대체 뭐냐고.

"맛있냐, 아이자와 쇼우코?"

왜 성까지 붙여 부르는지 모르겠다고 생각하며 조그맣게 대답했다.

"……보통이요."

"뭐야?"

"맛있습니다, 네."

"그래. 그럼 겨울 방학 끝나고 상담실로 와라."

"하아?"

"그거 마셨잖아."

"그게 뭐예요, 비겁해요!"

"공부가 됐지? 공짜보다 비싼 건 없어."

"뭐예요, 선생님이 다짜고짜 쏜 거잖아요!"

내가 투덜거리거나 말거나 이토 선생님은 상담실 방문 날짜를 마음대로 말하더니 라테를 들고 바람처럼 사라졌다. 짜증나. 되게 짜증 나네. 그래도.

그래도 거칠게 머리를 쓰다듬어 준 것처럼 간지러운 기분도 조금은 들었다. 고등학교 3학년 12월. 그런데도 나는 아직도 진로를 정하지 못했다. 지난 1년간 주변에서 뭐라고 하건 고집스럽게 진로 희망서를 백지로 제출해 온 나는 교사 측에서 보면 하루빨리 졸업하기만 고대하는 골칫덩어리였을 것이다. 왜 이런 지경에 이르렀는지 나로서는 도무지 모를 일이지만.

특대 사이즈 프라푸치노도 다 마셔 버렸다. 잠깐 사이에 하늘보다 거리가 더 밝아졌다. 카페에서 한세월 죽치고 있을 생각은 아니어서 나는 마스크를 쓰고 이어폰을 꽂은 뒤 머플러로 목을 친친 동여맸다. 끝으로 검은색 니트 모자까지 쓰고 카페를 나섰다. 생각 같아서는 선글라스까지 끼고 싶었지만 그러면 수상쩍어하는 눈초리가 화살처럼 날아들 것 같아 단념하고 언덕길을 내려갔다. 눈썹을 그리고 속눈썹을 풍성하게 올려 준 다음 볼 터치와 립글로스도 발랐다. 하지만 거리에서는 그 모든 것을 꼭꼭 숨겼다. 대관절 나는 무엇을 원하는 걸까. 거리는 휘황찬란하게 빛나기 시작했고 어디로 가야 할지 모르는 채 나는 할 일 없이 걸었다. 좀처럼 깨지 않는 악몽 속에서 어딘가에 반드시 있을 출구를 찾아 헤매듯.

/////

누구든 나를 여기에서 데리고 가 주면 좋으련만.

그런 헛헛한 바람을 갖게 된 것은 언제부터일까. 중학생, 아니 초등학교 고학년 시절부터였을까.

이곳의 무엇이 그토록 싫었냐면, 우선 남자가 싫었다. 한마디로 세상의 반이 싫다는 얘기다. 그리고 남자와 얽혀야만 행복에 도달할 수 있다는 이 사회의 구조가 싫었다. 그 말인즉, 나는 세상의 대부분을 싫어했던 셈이다.

애당초 복도에서 마주친 것만으로도 돼지니, 못난이니, 죽으라고 속닥거리거나 고함을 치는 생물을 과연 어떻게 좋아할 수 있겠느냐는 말이다. 자기들도 여드름 대장이거나 꼬질꼬질한 주제에. 머릿속의 절반은 음흉한 생각으로 가득 차 있는 주제에.

나는 아빠나 오빠도 그다지 좋아하지 않았다. 아빠에게 애인이 있다는 것은 우리 집에서 공공연한 비밀이었고, 유명 사립 초등학교 시절부터 여자 친구가 끊이지 않았다는, 나보다 세 살 많은 진성 리얼충(연애나 일 등의 현실 생활에 충실한 사람 - 옮긴이 주) 오빠는 툭하면 "너 진짜 우리 집 애 맞냐?"라며 싸늘한 눈으로 나를 보고는 했다.

그렇게 혐오의 대상에 지나지 않는 남자들만 바글바글한 세상 속에서 나를 더욱 질리게 만든 것은 중고생 사이에 만연한 연애 지상주의였다. 아니다, 요즘에는 초등학생들조차 당연하게 사랑을 꿈꾸게 되었다. 초등학생용 잡지에서조차 '지금 여자아이 사이에서 대인기! 마스코트 캐릭터 체형이라도 스타일리시하게 보이는 코디 특집!' 따위의 기사가 넘쳐 났다. '스타일리시=인기'라 이건가. 그나저나 마스코트 캐릭터 체형은 또 뭐야. 초등학생 잡지에서 스스로 'JS(여자 초등학생을 뜻하는 일본어의 줄임말 - 옮긴이 주)'라고 말하는 것도 웃겨. 초등학교 시절의 나는 양손으로 바닥을 짚은 채 뭉근히 화를 내며 절망하는 모습 딱 그대로였다. 그래서 중학생이 되어서도 나는 연애에 관련된 이야기와는 완벽하게 담을 쌓았다.

"아시카가(足利) 가문이 뭐 어쨌다고. 넌 아니?"

"나도 일본사는 꽝이야. 그리고 그걸 어떻게 아시카가라고 읽지? 아시리 아니야?"

"난 아직 영어가 더 나은 것 같아."

"음, 그래도 일본인이잖아. 미국엔 평생 갈 일도 없고."

"그렇기는 하지. 아무튼 학습 의도를 모르겠다니까."

점심시간에 친구인 사야와 주고받는 대화는 늘 그런 식이었고 아니면 '오늘 덥네', '춥네', '태풍이 오겠네' 정도였다. 돌이켜 보면 참 가여울 정도로 여자다운 맛이 없었다.

그런 인기 없는 무리의 정점에 서 있던 중학교 때 내게는 두 친구가 있었다. 같은 초등학교 출신인 사야와 테시가와라. 사야는 나와 똑같이 키도 작고 살짝 포동포동하고 밋밋한 외모에 까맣고 긴 머리카락을 가진 여자아이였다. 그리고 테시가와라 역시 밋밋했지만 그 애는 남자였다. 중학교에 올라가 무리를 지을 때에는 으레 동성끼리 모이는 법이지만 테시가와라는 그때까지도 정신 연령이 초등학생에 머물러 있었는지 아무렇지도 않게 우리와 어울렸다. 진중한 맛은 없어도 입이 무거운 테시가와라는 우리에게 남자가 아니었다.

그런 우리 세 사람의 위치는 말할 것도 없이 학교에서 존재하는 피라미드의 가장 밑바닥에 깔려 있었다. 반 아이들 대부분은 우리에게 공적인 일 외에는 일절 말을 걸지 않았고, 일부 특권 계급에 속한 무리는 우리를 적극적으로 싫어했다. 선생님들도 우리에게 관심을 가지지 않았다. 인축무해(人畜無害)한 존재들. 가능한 한 눈에 띄는 곳에 나타나지 마. 아주 당연하게 그런 요구를 받는 계층. 웃기고 있네, 중딩이라고 해 봤자 어차피 초절정 꼬맹이인 주제에. 자기도 꼬맹이인 주제에 나는 득도라도 한 양 한숨을 쉬었다.

"쇼우코, 쇼우코. 잠깐 이리 와 봐. 이거 대박이야!"

중학교 2학년 방과 후에 테시가와라가 잔뜩 흥분해서 내게 손짓했다. 뭐야, 하고 뚱하게 대꾸하면서도 창가 자리로 가 보니 사야가 등을 구부정하게 웅크리고서 샤프를 부지런히 놀리고 있었다. 그 무렵에 우리가 한창 빠져 있던 넘버 크로스 중이었다. 넘버 크로스란 번호가 붙은 낱말 맞히기 퍼즐 게임을 말한다.

"테시테시가 갖고 온 건데 풀락 말락 하는 중이야."

사야가 손가를 진지하게 노려보며 설명했다.

"'격렬 인생 서바이벌 편'인데 열 글자짜리를 맞혀야 해. 첫 글자가 '도'고 마지막은 '쿠', 아홉 번째는 아마 '요'. 이것만 알면 껌이지, 뭐."

나는 침을 피해 한발 물러나면서 테시가와라가 하는 말을 머릿속에 집어넣었다. 테시가와라는 이름 그대로 고급 공무원 집안 출신이라 인기가 많을 법도 한데 빈말로라도 스타일이 좋다고는 말하기 어려운 녀석이었다. 홀쭉한 체형에 팔다리도 이상하게 길고 눈썹은 패배한 무사처럼 두툼했으며 긴 머리는 푸석푸석했다. 요괴사전의 데나가아시나가(팔다리가 긴 일본 토속 요괴 - 옮긴이 주)가 따로 없었다. 녀석은 내게 희한할 정도로 친밀하게 굴었는데 나만 보면 노상 "쇼우코, 쇼우코!" 하고 큰 소리로 외쳐댔다. 사야가 그를 테시테시라고 부를 때마다 나는 '테시테시 좋아하네. 쓸데없이 귀여운 호칭이야.' 하며 혼자 고까워하고는 했다.

"……동조 압력(동조압력은 일본어로 どうちょうあつりょく라고 쓰며, 아홉 번째 글자는 'よ'가 된다. 청소년에게 집단의 규범에 동조하게끔 강요하는 것. - 옮긴이 주) 아냐?"

나는 잠깐 생각해 보고 말했다.

"음?"

얼굴을 찌푸리는 테시가와라 요괴.

"……어, 진짜다! 세로가 '속임수', '거짓말쟁이', '가상의 적'! '동조 압력'이 맞는 것 같아! 역시 쇼우코!"

"이야! 쇼우코, 너 대단하다! 동조 압력이라, 과연!"

한자는 쓰지도 못하겠지? 하고 테시가와라를 꼬집는 것도 귀찮았고 두 사람이 유난스럽게 칭찬을 하는 통에 나는 그냥 웃고 말았다. 그나저나 퍼즐 한번 가혹하다. 인생 서바이벌 편, 동조 압력.

지당하신 말씀이다. 그러나 분명한 건 인생에서 살아남으려면 동조 압력과 싸워야 한다는 것이다. 여자는 이래야 한다, 여중생은 꾸며야 한다, 청춘은 연애를 즐겨야 한다, 그런 압력과 싸우든가, 아니면 자신이 동조 압력의 주최 측에 서야 한다.

중3 가을이 되자 나는 결심했다. 길게 이어질 인생의 싸움에서 이제 그만 피곤함을 던져 버리고 기왕이면 '저쪽 편'에 서는 게 좋지 않겠어? 아니, 마땅히 그래야지. 그렇게 결심한 것이다. '여기'에서 데리고 가 줄 사람은 영영 나타나지 않는다는 것을 그때에야 깨달은 것이다. 그러면 내가 직접 나를 끌고 나가는 수밖에.

"결정했어! 예뻐질 거야. 화려한 인생을 살 거야. 180도 변할 거라고!"

수업을 마치고 돌아가는 길이었다. 국도 246호 인도교 위에서서 평화롭게 흐르는 시부야강을 바라보며 나는 사야와 테시가와라에게 선언했다. 두 사람은 얼떨떨한 얼굴로 나를 보았다. 두 사람 뒤에 걸려 있는 인도교 아래로 차가 부릉부릉 소리를 내며 지나갔다.

"아니, 우리 셋 다 변하는 거야! 점심시간이나 방과 후에 교실 구석에서 넘버 크로스나 장기나 분신사바를 하는 건 도쿄에 사는 열네 살짜리 청소년들이 할 짓이 아니라고! 기분 나쁘니까 멀리해야 해, 하고 스스로에게 말하는 거나 다름없단 말이지!"

갑작스러운 내 선언에 두 사람은 매우 당황했다.

"왜 그래, 쇼우코. 우리는 앞으로도 절대 변하지 말자고 약속했잖아! 성장하지 말자고 약속했잖아!"

사야는 한 적도 없는 약속 타령을 하며 혼란스러워했고(무슨 J팝 가사를 현실과 혼동하는 것이 틀림없었다), 테시가와라는 요괴 얼굴로 진지하게,

"쇼우코, 무슨 고민이 있으면 나한테 살짝 털어놔 봐"라며 내 어깨에 손을 얹고 얼굴을 들이밀었다. 누구냐, 넌? 하고 묻고 싶어지는 대사였다. 우리 뒤로 남자아이들이 지나가며 "음침 오타쿠는 날마다 기운도 좋네"라는 말을 다 들리게 지껄였다. 나는 그 소리를 짐짓 못 들은 척하고는,

"……내가 바뀌어도 우리는 계속 친구야."

연극 대사 같은 소리를 하며 눈시울을 붉혔다.

첫 번째로 시도한 것은 화장 연습이었다. 서점에서 패션 잡지를 사서 '그에게서 사랑받는 LOVE 메이크업♡' 페이지를 훑어보고는 간단한 질문을 거쳐 내 얼굴형을 '복스러움', '흐릿함', '화려함', '촌스러움' 중에서 '촌스러움'으로 분류했다(조금 굴욕적이었다). 그다음에는 수두룩하게 쌓여 있는 엄마의 화장품 도구에서 필요한 것을 신중하게 골라 왔다. 그리고 눈물겨운 실패를 거듭해 '애교살'을 그리고 '자연스러운 브이 라인'을 연출했으며 '볼 터치의 위치로 얼굴을 조막만 하게' 만들고 '립 라인을 채워 넣어 통통한 입술'로 만들었다.

그리고 용돈을 타서 인터넷 검색으로 골라낸 미용실을 찾아갔다. 떨리는 목소리로 전화를 걸어 사흘 후에 예약을 잡았는데 어찌나 긴장이 되던지 식사도 하는 둥 마는 둥 했다(덕분에 아주 조금 살이 빠졌다).

그렇게 해서 하라주쿠 뒷골목에 위치한, 수족관처럼 전면이 유리로 되어 있는 미용실을 찾았다. 머리를 자르고 거울에 비친 모습을 본 나는 적지 않게 놀랐다. 내 생각에도 상당히 귀여워 보였다. 앞머리는 눈썹 위에서 비대칭으로 잘려 있었고 덥수룩했던 까만 머리는 가볍게 찰랑이며 양쪽 볼 아래를 지나 쇄골 위에서 부드럽게 곡선을 그렸다. 새 헤어스타일에 감싸인 촌스러운 얼굴은 요즘 뜨는 화장 기술 덕에 그럭저럭 최신 스타일로 보였다. 혹시, 어쩌면 내 시도는 성공할지도 몰라. 노력에 대한 보람을 느낀 순간이었다.

다음 단계는 다이어트였는데 그 부분은 결과적으로 할 필요가 없게 되었다. 5월이 지나 열다섯 살이 되자마자 유전자 속에 깊이 잠들어 있던 스위치가 켜진 것처럼 조금씩 살이 빠지기 시작한 것이다. 키가 쑥쑥 자랐고 어린애처럼 통통하고 짧았던 손가락은 가늘고 길어졌으며 목소리와 피부까지 섬세하고 하얗게 변해 가는 느낌이었다. 가슴도 점점 무거워졌다. 그리고 최종적으로는 콤플렉스로 가슴속에 묻어 두었던 하나 남은 젖니도 영구치로 교체되었다. 찰칵. 스위치인지 선로인지, 아니면 무슨 버전인지 잘은 모르겠지만 뭔가가 바뀌는 소리가 들린 것 같았다.

여름 방학 마지막 날 밤에 나는 욕실에서 머리를 염색했다.

오렌지 빛이 도는 다크 브라운. 교복 치마도 직접 단을 줄였다. 원래 재봉이나 뜨개질 같은 재미없는 작업에 손재주가 있었던 지라 창고에서 먼지를 뒤집어쓰고 있던 재봉틀을 꺼내 어렵지 않게 완성했다. 위이이이잉. 재봉틀 돌아가는 소리가 나를 여기에서 데리고 나가 줄 운송 수단의 소리로 들렸다.

늦은 밤에 교복을 입고 층계참에 있는 전신 거울 앞에 서서 새로워진 내 모습을 확인했다. 거울 안에 패션 잡지 모델 같은 여자가 서 있었다. 그 자리에서 빙글빙글 돌았다. 머리카락의 하이라이트가 오렌지색으로 빛났다. 짧아진 치마 아래로 쭉 뻗은 하얀 허벅지는 내 눈에도 요염하게 보였다. 가슴이 두근거렸다.

"네가 구제 불능은 아니었구나."

언제 왔는지 오빠가 2층에서 나를 내려다보고 있었다. 말은 고맙지만 오빠의 진득거리는 시선이 반갑지 않게 느껴져 나는 대꾸도 하지 않았다.

"우악, 이게 뭐야? 귀엽다!"

"그래? 진짜야? 이상하지 않아? 너무 과해 보이지는 않아?"

"전혀! 음, 그러니까…… 지금이니까 솔직하게 말하는 건데, 쇼우코가 화장을 하겠다고 나섰을 때는 안 되겠다 싶었는데 지금 보니까 완벽하네! 완전 귀여워! 길거리 스카우트도 노려

볼 만해. 하라주쿠에는 가지 마, 틀림없이 레이더망에 걸릴 테니까. 아니지, 그러니까 가야 하나? 응, 가야겠다. 가자, 하라주쿠로!"

9월이 되어 여름 방학이 끝난 교실에서 사야는 나를 보자마자 솔직하게 칭찬해 주었다. 사야가 싫어하면 어쩌나, 실은 그것이 가장 걱정이었던 나는 눈물이 나올 만큼 안도했다. 테시가와라의 반응은 어떨지 기대되었다. 호랑이도 제 말 하면 온다더니 등이 구부정한 요괴 얼굴이 교실에 나타났다.

"안녕……."

먼저 인사를 건넸다.

그는 휘둥그레진 눈으로 나를 힐끗 보더니 그냥 스스슥 지나쳐 버렸다. 나는 발끈해서 그의 뒤통수를 후려쳤다.

"안녕이라고 했잖아, 테시가와라!"

테시가와라는 움찔해서 나를 돌아보았다가 잽싸게 피하더니 다시 돌아보았다. 띠용, 하는 소리가 들릴 정도로 입이 벌어지더니 경악에 찬 얼굴로 바뀌었다.

"으아아아아, 쇼우코?!"

설마 못 알아본 거?

"너……."

혼비백산한 테시가와라는 나를 복도로 질질 끌고 나가 소리 죽여 말했다.

"집에 무슨 일 있어? 무슨 고민 있으면 나한테 솔직하게 털어놔 봐."

"너는 그 말밖에 못하니?"

기가 차서 그렇게 쏘아 주다가 테시가와라의 얼굴을 올려다보는 각도가 전과 크게 다르지 않다는 것을 깨달았다. 키가 크면서 사야의 머리는 시선 아래로 내려갔는데. 이 녀석도 키는 자랐군. 무엇인가를 의식하기도 전에 뺨이 뜨끈해져서 나는 얼른 교실로 돌아갔다.

2학기부터는 세상이 1학기 때와 판이하게 달라졌다.

학교에서 마주치는 사람들은 남녀를 불문하고 내게 시선을 주었다. "누구지?", "귀엽다" 같은 소리가 들리기도 했다. 그때마다 사야와 테시가와라는 불편한 기색을 보였지만 나는 길게 이어지던 비가 드디어 그친 것처럼 상쾌하기만 했다.

무엇보다도 크게 변한 것은 남학생……이라기보다 남자들의 시선이나 태도였다. 역이나 거리를 걷기만 해도, 열차에 타기만 해도 다리며 허리며 가슴이며 얼굴로 남자들의 시선이 느껴졌다. 세상 남자들이 알게 모르게 이 정도로 여자에게 무례한 시선을 던지고 있는 줄은 나도 예전엔 미처 몰랐다.

만원 열차 안에서 치한을 만나는 일도 간혹 있었다. 소름 돋는 경험이었다. 사야에게 상담을 청했더니 "온순해 보여서가 아닐까?"라고 하기에 화장을 더 짙게 하고 머리색도 더 밝게 염색했다. 그것만으로도 치한을 만나는 횟수가 확연히 줄어들었다. 내 본연의 모습은 조금도 변하지 않았는데 외모를 바꾼 것만으로도 세상의 반응은 멀미가 나도록 바뀐다는 사실에 나는 충격과 당혹감과 약간의 실망과 기묘한 쾌감을 느꼈다.

어느 날 방과 후에 여느 때처럼 셋이 앉아 넘버 크로스를 하고 있다가 "쇼우코, 이거 좀 마시자."라며 마시고 있던 딸기 주스를 빼앗긴 일이 있었다. 놀라서 딸기 주스의 행방을 눈으로 좇으니 인기 많은 남자 그룹의 한 남학생 손에 들려 있었다. 남학생이 느닷없이 이름으로 부른 것, 간접 키스의 충격에 얼떨떨해하는 것은 우리 셋뿐으로, 인기 많은 그 남자아이들은 다들 대수롭지 않아 하는 기색이었다. 그 일이 있고 나서 핫한 여자 그룹과도 교류를 하게 되었다. 그러는 사이에 사야도 화장을 하게 되었고 방과 후에 그 핫한 여자아이들과 함께 하라주쿠를 누비기도 했다. 진짜로 수상쩍어 보이는 스카우터가 말을 걸어온 적도 있었다. 나는 새 친구들과 거리낌 없이 꺄아꺄아 시끄럽게 길을 걸었다. 바로 이런 거야, 도쿄 10대의 청춘은 이런 거야. 이를 악물듯이 그렇게 생각했다.

세상은 빠른 속도로 밝아졌고 살기도 편해졌다.

이제 누구도 내게 악담을 퍼붓지 않았다. 세상은 내게 친절하고 상냥해졌다. 변하지 않는 것은 테시가와라뿐이었다. 테시가와라만큼은 여전히 "치마가 너무 짧잖아. 다시 고쳐!", "모르는 남자애들이랑 너무 친하게 구는 건 좀 그렇지 않나?" 등등 '네가 우리 아빠야?' 하고 소리치고 싶을 만큼 잔소리가 끊이지 않았다. 그런 점에서는 상당히 신뢰할 만한 녀석이라고 새삼 다시 보기도 했지만 우리 셋이 보내는 시간은 점점 줄어들었다. 언제부터인가 방과 후에 넘버 크로스를 하는 것도 그만두게 되었다. 지겨워져서였는지, 아니면 내가 세 사람의 관계 자체에 싫증을 내서였는지는 잘 모르겠다. 그리고 눈 깜짝할 사이에 졸업식을 맞았다. 테시가와라는 남학교로 진학했고 나와 사야는 같은 학교로 진학했다. 초등학교 때부터 이어진 우리 세 사람의 관계는 그렇게 풍선에서 바람이 빠지듯 자연스럽게 마지막을 고하게 되었다.

고교 생활은 처음부터 즐거운 일투성이였다.

휴대전화는 남녀를 불문하고 새로운 이름으로 넘쳐 났고 일주일에 한 번은 친구의 집이나 24시간 영업 햄버거 가게에서 밤새워 놀았다. 노느라 바빴던 나는 사야와 함께 가입한 합주부에서 즉시 유령 부원이 되고 말았다.

그리고 나는 사랑에 빠졌다.

상대는 남자가 아니라 고전을 담당한 젊은 여자 선생님이었다. 그래서 그 마음은 '사귀고 싶다', '함께하고 싶다', '스킨십을 하고 싶다' 같은 감정은 아니었지만, 연애 경험이 없는 내게는 사랑이 아닌 다른 말로는 표현할 길이 없었다.

오오오, 교단에 모태 미녀가 서 있어! 그녀의 첫 수업에서 나는 통통배 전문 어부가 느닷없이 원양 어선에 탔다가 긴수염고래를 목격했을 때와 같은 충격을 받았다. 이해하기 어려울까? 자세히 설명해 보겠다. 나는 양식어, 다시 말해 화장발 미녀에 대해 일종의 권위자라고 해도 좋을 만큼 박식했다. 그런데 그녀의 빈틈없는 화장법은 자신을 돋보이게 하기 위해서가 아니라 가리기 위해서라는 것을 단박에 알아챘다는 얘기다. 틀림없이 그녀는 어렸을 때부터 대단한 미인이었을 것이다. 미모를 가릴 필요가 있는 인생이라니, 상상이 되지 않았다. 목소리는 다정하고 달콤해서 그녀의 수업 때 나는 숨결 하나도 놓치지 않을 기세로 무섭게 집중했다. 선생님이 그 목소리로 "쇼우코" 하고 이름을 불러 주길 갈망했고 그때 완벽한 답을 대기 위해 고전 공부만큼은 절대 게을리하지 않았다. 선생님은 누구에게나 공평했고 아주 선량한 사람이었다. 짐작건대 내가 중학 시절의 모습을 하고 있었더라도 그녀는 1밀리그램도 다른 태도를 보이지 않았을 것이다. 아무 근거 없이 나는 확신했다.

그 사람은 유키노 유카리 선생님이었다.

"아, 유키노 선생님! 선생님, 선생님, 지금 퇴근하세요?"

방과 후에 유키노 선생님을 발견하면 나는 전속력으로 뛰어갔다. 꼬리를 흔드는 모습을 감추지도 않았다. 멋대가리 없는 이토 선생님 말고 유키노 선생님이 우리 반 담임이면 얼마나 좋았을까. 백번도 더 생각했다(남자인데도 흔치 않게 눈빛에 끈적거리는 기색이 일절 없는 이토 선생님이 싫었다는 것은 아니다).

"어머, 쇼우코. 아니, 아직 교무실에서 일해야 해."

하아아아, 내 이름을 불러 주었어!

"그럼 일 끝내실 때까지 기다릴게요. 선생님, 같이 가요."

"안 돼. 늦게 끝날 거야."

"기다릴래요."

"안 된다니까."

"그럼 연락처라도 가르쳐 줘요."

"왜 얘기가 그렇게 되니?"

유키노 선생님은 웃으며 설교하는 투로 말했다.

"선생님 연락처는 알아서 뭐 하게. 쇼우코는 고등학생이니까 또래 친구들을 많이 사귀는 게 훨씬 좋지."

말투는 부드러웠지만 이런 식으로 유키노 선생님은 좀처럼 방어망을 풀지 않았다. 그게 아니라 남자 선생님들하고도 연락처를 교환했는걸요. 심지어 단체 미팅이라도 하자며 대학생이랑 직장인들이 얼마나 저를 꾀는데요. 하지만 저는 그저 선생님에 대해 더 많이 알고 싶을 뿐이라고요. 차마 그런 말을 입에 담을 수는 없어서 그저 간절하게 선생님을 바라만 보는 수밖에 없었다.

아침 10시부터 자그마치 세 시간이나 개찰구 옆에 서 있는 동안 말을 걸어온 남자는 세 사람. 이곳이 시부야나 하라주쿠, 신주쿠였다면 훨씬 더 많았을 것임을 나는 경험상 알고 있었다. 그나마 이곳 센다가야역에는 체육계처럼 은근히 한 덩치 하는 사람들이 많아서 등급을 매기는 시선이 쏟아지는 일은 거의 없었다. 이곳이 선생님이 사는 동네구나. 차분하고 넓고 선생님에게 어울리는 곳이야. 하얀 니트 원피스와 까만 체크 코트로 멋을 낸 나는 그런 생각을 하며 개찰구 기둥 근처에서 서성거렸다. 도로 건너편에서 도쿄 체육관 지붕과 비슷한 은색 지붕이 가을 햇살을 모래알처럼 반사했다.

"누구 기다리나?"

네 번째 남자의 목소리. 말을 걸어오는 것 자체는 그다지 싫어하지 않는다. 동행하는 일은 없지만 내 가치를 인정받는 기분이 드니까 말이다. 이번에는 패션계, 장식이 과한 옷을 입은 연약하게 생긴 남자였다.

"네. 남자 친구요."

나는 무표정하게 대꾸했다. 그때 "아까부터 내내 혼자던데?"라며 말꼬리를 붙드는 소리와 "어머, 쇼우코?"라는 달콤한 목소리가 동시에 들렸다.

"쇼우코가 맞구나. 무슨 일이니? 어머, 친구?"

"유, 유유유, 유키노 선생님!"

평소보다 캐주얼하게 베이지색 가운 코트를 입은 유키노 선생님이 눈앞에 서 있었다. 스토킹 작전으로 목이 빠져라 기다리던 사람을 만나는 것에 성공했지만 순간 부끄러움이 와락 덮쳐 왔다. 선생님이라는 말을 듣고 장식 과다남은 말없이 물러났다.

"전혀 모르는 사람이에요!"

"흐음, 누구 기다리니?"

"아니요. 아, 그, 그러니까 자, 장기요!"

"장기?"

"장기 신께 참배 드리러 왔어요!"

나는 입에서 나오는 대로 주절거렸다. 역 플랫폼에서 본 장기말을 본뜬 조각상이 생각난 것이다. 어쨌거나 유키노 선생님은 납득한 모양이었다.

"그러고 보니 근처에 그런 신사가 있긴 했지. 쇼우코는 장기를 두는구나. 멋진걸."

그렇게 말하며 선생님은 상대를 살살 녹이는 미소를 방긋

지어 주었다. 후아아앙, 선생님이야말로 멋져요!

그날은 말도 못하게 행복한 하루였다. 참배도 끝났으니(거짓말이었지만) 공원에라도 갈 참이라고 했더니 선생님이 마침 자기도 공원에서 책을 읽을 생각이라고 했다. 그래서 가까운 국정 공원을 찾았다. 오늘만 특별이라며 입장료 200엔도 선생님이 내 주었다. 내가 범생이 시절에 익힌 스킬을 구사해 싸 온 도시락을 사이좋게 나누어 먹었다. 학교에서 도는 소문 얘기에 이어 은근슬쩍 동정심을 끌어내는 가정사를 털어놓기도 했다. 선생님은 좋아하는 책이나 자신의 고교 시절 얘기를 해 주었다.

가을의 태양은 순식간에 기울었다. 폐장 안내 방송이 나오자 선생님이 버스 정류장까지 데려다주었다. 주택과 키 작은 빌딩이 뒤섞인 아담한 거리에서 방향을 돌리자 건물 틈 사이로 저녁 햇살이 스포트라이트처럼 우리를 정면으로 비추었다. 뒤를 보니 두 사람의 그림자가 아스팔트 위에 길게 뻗어 있었다. 유키노 선생님은 투명한 오렌지색 조명을 받으며 찬란하게 빛났다. 나도 똑같이 빛나기를 기원했다. 선생님처럼 될 수 있기를. 그리고 이 행복한 나날이 언제까지나 이어지기를. 그러나 나의 바람이 무색하게 저녁 해는 빌딩 너머로 바쁘게 모습을 감추었고 우리는 차가운 군청색 어둠에 물들었다. 선생님에게 꼭 하고 싶은 말이 있어서 선생님이 자주 이용하는 역을 알아 두었다가 휴일 아침부터 기다리고 있었건만 그 말은 결국 하지 못했다.

고등학교에서 보낸 첫해는 즐겁고 행복했다. 하지만 왠지 모르게 맛이 살짝 부족해서 넣어야 할 조미료의 이름이 떠오르지 않는 것처럼 답답했던 시간이기도 했다.

사야와는 반이 달라서 그 무렵에는 아예 만날 기회도 없었다. 그래도 복도나 역에서 오다가다 만나면 짧게 인사를 나누었다. 더 이상 공통 화제는 없었지만 테시가와라 얘기를 할 때에는 다소나마 대화에 활기가 돌았다. 남학교에서 응원단에 들어갔다는 둥, 머리를 기르기 시작했다는 둥, 무슨 바람이 불었는지 금발로 염색을 했다는 둥, 그런 이야기였다. 테시가와라를 떠올리면 어쩐지 마음이 애잔해졌고 그런 촉촉한 감정이 반갑지 않았던 나는 조만간 셋이 한번 뭉치자며 짐짓 밝게 말했다. 테시가와라도 부르자. 좋아, 눈물까지 흘리며 좋아할걸. 아니야, 일부러 툴툴거리는 거 아닐까? 기대된다. 연락할게.

그러나 나는 결국 연락을 하지 않았다. 마키노 선배를 만났으므로. 이번에야말로 나는 숙명적으로 남자에게 사랑을 느낀 것이다.

누구든 나를 여기에서 데리고 가 주면 좋으련만.

마키노 선배를 지하철에서 보았을 때 나는 오래도록 잊고 지내던 염원을 기억해 냈다. 내가 줄곧 기다려 온 사람은 어쩌면 이 사람일지도 몰라. 그런 생각이 들었다.

고등학교 2학년 4월. 귀갓길의 혼잡한 긴자선 안에서 그는 문에 기대 문고본을 읽고 있었다. 나도 선배와 같은 편 문가에서 있었는데 좌석 한 줄을 사이에 두고 멀찍이 마주 보는 방향으로 혼자 서 있었다. 학교에서는 늘 눈에 띄는 남녀에게 둘러싸여 있던 선배가 그때에는 혼자였다. 어쩐지 뜻밖이었다. 하지만 생각해 보니 나도 마찬가지였다. 우리 사이에는 6미터 정도의 거리가 놓여 있었는데도 글자를 향한 선배의 긴 속눈썹이 아련하게 떨리는 모습을 본 것만 같았다. 그저 그것만으로도 나는 선배에게 속수무책으로 빠져들었다.

마키노 선배는 이른바 학교의 유명 인사였다. 키가 크고 훈남이고 농구부 주장에다가 성적도 좋아서 교사들로부터 신망이 두터웠다. 그리고 언제나 엇비슷하게 화려한 분위기를 가진 이들과 어울렸다. 여자와 단둘이 다니는 모습도 여러 번 목격했다. "선배를 좋아해요."라고 고백한 것도 나름대로 옥쇄(玉碎)를 각오한 뒤였다.

"쇼우코라고 했던가?"

선배는 쾌활한 음성으로 처음부터 나를 이름으로 불렀다.

"나는 사귀는 상대를 휘두르는 편인데, 그래도 괜찮겠어?"

믿어지지 않는 대답이었다. 그럼요! 얼마든지 휘둘러 주세요! 그런 말은 고사하고 무슨 불치병 선고라도 받은 것처럼 더없이 심각하게 울먹이며 고개를 끄덕였다.

고등학교 2학년 봄은 그래서 더욱더 행복했다. 평생 처음으로 남자 친구가 생겼다. 그리고 그 남자 친구는 학교의 스타였다. 부족했던 맛은 바로 이거였다. 심지어 소원하던 대로 유키노 선생님이 담임이 되었다. 오봉과 정월, 크리스마스와 핼러윈, 결혼식과 출산일쯤 될까. 잘은 모르겠지만 인생에서 받을 축복이 한꺼번에 터진 느낌이었다. 나는 들떴다. 그런 상황에서 어떻게 들뜨지 않고 배기겠는가. 그래서 마키노 선배가 처음에 선언했던 대로(그렇다, 지금 생각해 보면 선언이 맞다) 나를 마구 '휘둘러도' 내 행복은 굳건했다.

"쇼우코, 머리 말았네?"

"아, 네. 아직 익숙하지 않아서 볼품은 없지만……."

마키노 선배의 질문에 나는 머뭇거리며 대답했다. 어울리네, 하고 말하며 선배는 큰 손을 내 머리 위에 턱 얹었다. 고작 그것만으로도 내 뺨은 불이 난 듯 뜨거워졌다.

"뭐야, 쇼우코. 얼굴이 빨개, 귀엽게."

"좋겠네, 마키노. 나도 그런 여친 있으면 좋겠어."

선배의 친구들이 저마다 한마디씩 했다. 역으로 향하는 하굣길. 나는 선배가 부 활동을 끝낼 때까지 기다렸다가 함께 돌아가고는 했다.

"어림없는 소리. 쇼우코보다 순수한 애는 우리 학교에 없어."

선배가 웃으며 말했다. 염장 지르냐! 자랑할 거면 돈을 내! 그런 유쾌한 농담을 주고받다가 선배의 친구들과 헤어졌다. 나는 선배와 단둘이 열차에 올랐다. 원래 내리는 곳보다 10분쯤 돌아서 가지만 조금이라도 더 같이 있고 싶다기에 선배가 내리는 역에 도착할 때까지 20분쯤 더 선배와 함께 시간을 보냈다. 둘만 남으면 선배는 돌변했다. 초반에는 큰 차이가 없었는데 점점 아예 다른 사람처럼 변해 가고 있었다.

"쇼우코, 이 머리 말이야."

선배가 약간 난폭하게 내 머리를 잡아당기다시피 쓰다듬으며 말했다. 여전히 다정한 음성이었다. 애써 말아 내린 머리카락이 흐트러질까 봐 신경 쓰며 나는 선배를 올려다보았다.

"머리카락을 마는 실력이 정말 형편없네. 엉망이야. 그리고 난 쇼우코의 머리가 좀 더 밝으면 좋겠어. 그게 더 잘 어울릴 것 같거든."

그렇구나, 하고 생각했다. 가는 길에 약국에 들러 염색약을 찾았다. 그날 밤 나는 과감하게 핑크 계통의 밝은색으로 머리카락을 염색했다. 다음 날 등교하자 칭찬이 빗발쳤다. 귀엽다. 어른스러워. 하지만 선배와 단둘이 되기 전까지 나는 마음을 놓을 수가 없었다. 주변에 사람이 없어지자 선배는 은은하게 웃으며 내 머리카락을 움켜쥐고는 빠지도록 거칠게 쓰다듬었다. 아파, 아파, 아파, 좋아, 좋아, 좋아. 머리카락이 비명을 질렀다.

"하하, 이건 너무 밝잖아. 날라리도 아니고. 이 꼴을 보니 역시 흑발이 낫겠다 싶네."

나는 그날 밤에 바로 머리를 까맣게 염색했다. 단기간에 몇 번이나 그런 짓을 반복했더니 머리카락은 윤기를 잃고 푸석푸석해졌다. 그래도 나는 마키노 선배가 오로지 나에게만 다른 얼굴을 보여 주는 것이 행복하고 기뻐서 어떻게 하면 더욱 선배가 좋아할지에 대해서만 깊이 고민했다.

"쇼우코는 아직 경험 없지?"

수업이 모두 끝난 3학년 교실에서 단둘이 된 직후였다. 조금 전에 친구들과 게임 얘기를 할 때와 똑같은 어조로 선배가 불쑥 그런 질문을 던졌다.

"네? 아, 어, 그게……."

농담인지 진담인지 헷갈렸다. 선배가 지금 원하는 게 뭘까. 틀리면 안 된다. 창밖으로 보이는 운동장이 거대한 반사판이 되어 형광등도 켜지 않은 교실을 오렌지 빛으로 가득 채웠다. 문 너머에서는 수업이 모두 끝나고 난 뒤 복도에서 들리는 웅성거림이 이어폰 밖으로 새어 나오는 소리처럼 넘실거렸다. 학교가 가장 학교답고 아름다워 보이는 시간이었다.

"지금 묻고 있잖아."

선배의 가지런한 얼굴이 반사판 효과를 받아 화보 속의 모델처럼 수려해 보였다. 목덜미의 잔털이 잔잔하게 빛났다. 대답해야 하는데.

"저…… 아, 네. 순결한 아가씨입니다!"

나는 파도처럼 덮치는 부끄러움에 현기증을 느끼며 대답했다.

"하하, 순결한 아가씨래. 그거 내 생일날 받기로 하지. 딴 남자를 알아 버린 여자는 1밀리미터도 만지기 싫거든."

그러면서 선배는 화끈거리는 내 뺨을 만져 주었다. 입술이 다가왔다. 키스야! 나는 눈을 질끈 감고 선배의 입술이 줄 감촉을 기다렸다. 그런데 아무리 기다려도 느낌이 없었다. 하하하. 메마른 웃음소리만 들렸다.

"쇼우코, 눈을 너무 꽉 감았어. 되게 못생겨 보인다."

창피해서 울 뻔했다. 아, 키스 연습도 해야겠다. 선배 생일이 다음 달이니까 정신 똑바로 차리고 몸을 지켜야지. 선배가 오렌지색 빛 속에서 선선한 눈으로 나를 보고 있었다. 따끔따끔 찌르는 듯한, 그러나 행복하다는 말로밖에 표현할 길이 없는 아픔이 내 몸을 감쌌다.

"오래 기다렸지? 그만 가자."

선배의 친구가 교실에 얼굴을 내밀었다. 선배는 다정하게

"가자, 쇼우코."라고 말했다. 겨드랑이가 땀으로 흥건했다. 부끄러워서 달아나고만 싶었다. 그래도 나는 절대 달아나지 않았다.

한없이 더운 여름이었다.

그 후 선배의 생일이 되기까지 한 달여 동안 나는 혹시라도 체취와 땀 같은 분비물을 선배에게 보일까 봐 무작정 수분 섭취를 줄였다가 그 탓에 탈수증을 일으켜 쓰러지고 말았다. 너무 마르면 선배가 싫어할 것 같아서 밤중에 몰래 쇠고기 덮밥 가게로 뛰어갔다가 싸구려 고기가 체취에 악영향을 끼칠지도 모른다는 생각에 화장실에서 먹은 것을 토해 냈다. 나는 앞 못 보는 초식 동물처럼 맹목적으로 우왕좌왕했다. 무사히 첫 경험을 치렀을 때에는 진심으로 안도했다. 더 이상 순결하지 않아서 선배가 버리면 어쩌나 하는 걱정도 했지만 그런 일은 없었고 선배는 변함없이 다정했다.

그리고 그날도 여지없이 더운 여름날이었을 것이다.

더위가 조금이라도 '덜한' 날이 그해 여름에는 단 하루도 없었으니까. 그런데도 그날을 떠올리면 땀이나, 기온이나, 습도나 그런 느낌들이 흔적도 없이 사라짐을 깨닫는다. 그날을 경계로 나는 나 자신이 무엇을 어떻게 느끼는지를 대부분 잃어 버렸던 것 같다.

여름 방학 직전의 방과 후였다.

나는 유키노 선생님에게서 반 친구들이 제출한 프린트를 정리해서 가져다 달라는 부탁을 받았다. '야호, 선생님하고 수다 떨어야지.' 생각하며 나는 오랜만에 친구를 만나러 가는 기분으로 프린트를 가지고 국어과실로 향했다. 마키노 선배 일행이 6월로 부 활동을 마감한 이후 나는 시종일관 선배와 얽힌 일로 공사다망했고, 그러느라 다른 사람들과는 도통 어울리지 못했던 것이다.

계단 아래로 내려가 복도에서 꺾어 들어 국어과실 문을 노크하려던 나는 문득 동작을 멈추었다. 안에서 언쟁하는 소리가 들린 것 같았다. 어쩌나. 나중에 다시 올까.

"그만 좀 해!"

역정을 내는 소리가 들렸다. 유키노 선생님의 음성이었다. 방에서 발소리가 들리기에 나는 재빨리 계단 뒤에 숨었다.

안에서 나온 교복 차림의 남학생은 마키노 선배였다. 둘만 있을 때 종종 짓던 다소 잔혹해 보이는 미소가 얼굴에 들러붙어 있었다. 선배는 아무 일 없었다는 걸음걸이로 3학년 교실로 가 버렸다.

무슨 일이 일어났는지 파악하지 못한 나는 프린트를 끌어안고 꽤 오래도록 넋을 놓고 서 있었다. 분명한 것은 내가 반드시 알아야 할 일이 벌어졌다는 것이다. 또는 알아서는 안 되는 그 무엇인가가. 발소리를 죽이고 나는 선배의 교실로 향했다. 캬하하하. 몇 명인가 폭소를 터뜨리는 소리가 들렸다.

"야, 마키노. 너 진심이었어? 정말로 유키노 선생한테 접근한 거야?"

"멍청한 놈! 아니, 대단하다고 해야 하나. 상대해 줄 리가 없잖아!"

"그런가."

평소와 다를 바 없는 마키노 선배의 차분한 음성이 들렸다.

"내 생각엔 시간을 들여 들이대면 꺾일 스타일인데. 남자가 없으면 안 된다는 얼굴이잖아, 그 아줌마."

선배들이 무슨 얘기를 하고 있는지 얼른 이해가 되지 않았다. 아니, 말뜻은 알아듣겠는데 온몸이 온 힘을 다해 이해하기를 거부하고 있었다.

그날 나는 선배에게 말도 없이 혼자 귀가했다. 선배와 사귄 후 처음 있는 일이었다. 선배가 한 번 전화를 걸어왔지만 받지 않았다. 집에 도착한 나는 욕조에 몸을 담그고 모든 가능성을 꼽아 보았다. 온갖 것들이, 오늘 들은 말들이 내 망상이나 착각에 불과할 뿐이라는 가능성을. 너무 깊이 생각했는지 극심한 두통이 찾아왔다. 선배에게 메시지를 보내고 싶어 견딜 수가 없었다. 선배가 한 번 더 전화나 메시지를 보내 주기를 간절히 기원했다. 나를 휘두르는 어떤 말이든 해 주기를 바랐다. 하지만 오지 않았다. 오지 않으리라는 것을 나는 잘 알고 있었다. 선배가 전화를 한 번 했으니 다음은 내 차례였다. 선배는 절대로 두 번 연속으로 연락하지 않을 터였다. 이건 절대 깨지지 않을 규칙이었다. 둘이 직접적으로 언급하지는 않았지만 나 역시 이 규칙을 몸에 새기고 있었다.

다음 날 아침, 유키노 선생님은 평상시와 같은 얼굴로 조회를 마쳤다. 특별히 남자를 갈망하는 얼굴 같지는 않았다. 내 생각은 그랬다. 역시 어제 일은 착각이었나 보다. 점심시간이 되자 나는 어제 가져다주지 못했던 프린트를 가지고 선생님을 만나러 갔다. 고마워, 쇼우코. 선생님은 내게 상냥하게 말했다.

"그런데 어제는 무슨 일이 있었니? 국어과실에서 한참 기다렸는데."

"아, 그게요, 급한 일이 생겨서요. 죄송해요."

나는 대충 둘러댔다. 이것 봐, 나 혼자 착각했던 거라니까. 이번에야말로 나는 확신했다. 그래서 방과 후에는 안심하고 선배를 찾아 교실로 갔다.

"마키노 선배, 유키노 선생님을 좋아해요?"

분명히 안심했는데, 착각이라고 확신했는데 선배를 보자마자 그 말이 튀어나왔다. 그 말에 내가 더욱 당황했다. 왜 그런 생각을 했지? 선배가 알 수 없다는 얼굴로 반문했다. 어제 국어과실에서……. 나는 무슨 잘못이라도 저지른 양 말끝을 얼버무렸다.

"그 얘기가 들렸어?"

선배는 별일 아니라는 투로 표정 변화 없이 가볍게 대꾸했다.

"좋아하는 거 아니야. 그래도 유키노 선생은 묘하게 신경 쓰이는 사람이지. 미스터리거든. 아직은 안 했어. 조만간 하게 될 것 같지만. 여자는 그 나이대가 가장 문란할 때잖아?"

"……그래요?"

"그래. 들어 본 적 없어? 쇼우코도 가만 보면 아직 고지식한 데가 있어."

그렇구나.

"그런 거야." 나는 속삭였다. 그래, 내가 문제인 것이다. 죄책감이 추호도 없어 보이는 선배의 목소리를 듣다 보니 더 그런 것 같았다.

그날 이후 선배는 메시지를 보내도 답을 하지 않게 되었다. 내가 전화를 걸어도, 메시지를 보내도 전혀 답이 없었다. 수업이 끝나고 만나러 가면 만날 수는 있었다. 친구와 함께 역까지 같이 가기도 했다. 그러나 선배는 나와 단둘이 남는 것을 피하는 듯 보였다. 선배가 나와 단둘이 있는 것은 내가 몸을 허락할 때뿐이었다. 선배의 집이 비었을 때나 내가 호텔비를 내면 선배는 나를 안아 주었다. 쇼우코도 가만 보면 아직 고지식한 데가 있어. 또 그런 말을 들을까 봐 나는 무슨 일이든 했다. 그러나 그럴수록 내 몸은 버석하게 메말라 갔다. 그러는 사이에 선배는 나를 더 이상 안지 않게 되었다.

고2 여름 방학은 지옥이었다.

아무리 연락해도 답이 없는 선배가 보고 싶어서 집으로 몇 번이나 찾아갔다. 선배는 나를 보아도 깨끗이 무시했다. 정말로 내가 안 보이는 것처럼. 어찌나 자연스럽게 무시하는지 실제로도 내가 여기 없는 것이 아닐까, 덜컥 겁이 날 정도였다. 그래도 딱 한 번 선배의 집 앞에서 선배가 내게 말을 걸어 준 적이 있었다. "쇼우코, 이리 와"라고 말하는 다정한 음성과 표정은 전과 똑같았다. 지금까지 있었던 일은 모두 내 망상이었구나, 하고 눈물이 날 만큼 나는 안도했다. 실제로도 울었던 것 같다. 하지만 선배가 나를 데리고 간 곳은 경찰서였다. 스토킹 상담이라며 선배가 경찰에게 하는 말을 듣고서 나는 겁에 질려 그 자리를 박차고 나와 쏜살같이 달아났다.

내게는 이유가 필요했다.

내게 무슨 문제가 있는지, 무엇을 잘못했는지, 어떻게 해야 용서받을 수 있을지, 나는 기어이 용서받지 못하는 건지.

'유키노 선생님이 나빠.'

텅 빈 거실에 앉아 편의점에서 사 온 삼각 김밥을 먹다가 섬광처럼 깨달았다. 그래, 왜 여태 몰랐을까. 유키노 선생님이 나에 대한 선배의 마음을 훔쳐 간 거야.

나는 그 사실을 깨달았고 그 순간 온몸에서 힘이 쭉 빠질 만큼 안심했다. 그랬던 것이다. 그럼 지금까지 전력을 다해 선배를 좋아했던 것과 똑같은 힘으로 이번에는 유키노 선생님을 전력으로 미워하면 된다.

간단하네.

오랜만에 상쾌해진 기분으로 나는 그렇게 결론을 내렸다.

/////

그로부터 몇 년이 지나고 난 지금에야 알 것 같다.

나는 처음부터 마키노 선배에게 철저히 얕보였고 유키노 선생님은 그저 선량한 피해자였다. 지금 내가 당시의 아이자와 쇼우코나 마키노 신지를 만나면 좀 더 적절하게 대처할 수 있으리라. 그들의 진심을 한결 바른 형태로 끌어내 인도해 줄 수 있으리라. 그러나 당시에는.

……그렇게 객관적인 시선으로 회상하듯 말할 수만 있다면 나도, 내 얘기를 들어 줄 누군가도 이 시점에서 가슴을 쓸어내릴 것이다. 그러나 애석하게도 이 일은 끝난 얘기가 아니고 '지금도 진행 중인 이야기'이다.

마키노 선배가 단순히 응석받이 어린애라는 사실도, 나도 다를 바 없다는 것도, 유키노 선생님에게는 아무 책임이 없다는 것도 지금은 명확하게 알고 있다.

"좋아했는데, 좋아했는데, 좋아했는데!"

그렇게 울부짖으며 유키노 선생님을 끊임없이 때리는 꿈을 나는 지금도 꾼다.

/////

내게는 나 자신도 깜짝 놀랄 만큼 강한 힘이 있었다.

눈앞에 교통 표지판이 둥실 떠오른 것처럼 어떻게 하면 유키노 선생님에게 효과적으로 고통을 줄 수 있는지 그 과정이 명료하게 보였다. 내게 이런 재능이 있었구나, 하고 감탄할 지경이었다.

가장 먼저 유키노 선생님의 수업에 지각하는 것부터 시작했다. 30분 늦게 일부러 교실 앞문으로 당당하게 들어갔다.

"쇼우코, 지각이야. 무슨 일 있었니?"

선생님이 물어도 대답 없이 얼굴만 빤히 응시했다. 그러고 나서 "자기 가슴에 손을 얹고 생각해 보시죠."라고 쏘아붙이고 자리에 앉았다. 첫 번째 행동은 그것이 다였다. 그것만으로도 친구들은 사건의 냄새를 맡았고 평소와 다른 분위기가 교실 내에 조성되었다.

"쇼우코, 유키노 선생님이랑 무슨 일 있었니?"

쉬는 시간에 아이들이 질문 공세를 퍼부어도 나는 침묵으로 일관했다. 아니, 그냥 개인적인 일이야. 그리고 시선을 떨어뜨리는 것만으로도 친구들은 진심으로 걱정해 주었다. 실제로 나는 여름 방학이 끝날 즈음에 급격하게 살이 빠졌고 누구를 험담한 적도 없어서 아이들은 너무나 쉽게 내가 피해자일 것이라는 생각에 빠져 버렸다.

물론 유키노 선생님도 나를 걱정했고 몇 번쯤 말도 붙이곤 했다. 나는 "죄송해요"라는 말만 되풀이하며 내내 구체적인 언급을 피했다. 나는 약 3개월이나 신중하고 집요하게 그런 태도를 유지했다. 그러자 먼저 나와 가까운 여자아이들이 나와 똑같이 유키노 선생님을 피하기 시작했다. 유키노 선생님은 학생들로부터 크게 신뢰받는 사람이었지만 절대로 입을 열지 않는 내 행동은 사람들로 하여금 그녀에게 원인이 있을 것이라고 생각하게끔 만들었다.

그 와중에 유키노 선생님과 마키노 선배가 부적절한 관계라는 소문이 퍼지기 시작했다. 진상은 마키노 선배가 여전히 선생님의 꽁무니를 따라다니고 있거나, 선배가 앙심을 품고 그런 소문을 냈거나 둘 중 하나가 틀림없었다. 그런 소문은 지금까지 몇 번이나 있었고 오래가지 않아 사라지고 말 일이었다("유키노가 상대해 줄 리가 없잖아"로 끝날). 그런데 이번에는 내 침묵이 소문에 얼마간 신빙성을 더했다.

이건 선배가 내게 보낸 패스다!

그렇게 믿었다. 그즈음 나는 선배와 말도 하지 않게 되었지만 선배는 소문 제공자라는 형태로 유키노 선생님을 좀 더 공격하라고 응원해 주고 있는 것이 분명했다. 나는 그렇게 생각했다. 선배와 이 일을 마무리 지어야지. 나는 다시 한번 결심했다.

"쇼우코, 혹시 마키노 선배랑 유키노 선생님 사이에 무슨 일이 있었니?"

친구가 던진 질문에 나는 그저 눈시울을 적셨다. 연기를 따로 할 필요도 없었다. 내 눈은 그 얘기를 듣자마자 정말로 눈물을 쏟아 냈다.

"쇼우코, 학교생활은 즐겁니?"

저녁을 먹으며 새엄마가 그렇게 물었을 때, 이제 슬슬 이쪽에서도 공격이 필요하다는 것에 생각이 미쳤다.

“음…… 고전 수업만 좀 고생하고 있어요. 분위기가 소란스러워서 수업 진행이 어려울 정도예요. 젊은 여선생님이라 만만하게 보인 모양인데, 나도 내년에는 대입이 있어서 조금…….”

나는 식탁에 올라온 고급 고기를 열심히 배 안에 넣으며 넌지시 말했다. 새엄마는 기껏해야 나와 열 살쯤밖에 차이가 나지 않는 여자였다. 친엄마의 젊었을 적 모습을 쏙 빼닮은, 아름다우면서도 낯선 그녀는 딸에게 해 줄 수 있는 일을 찾아냈다는 얼굴로 눈을 빛냈다.

실로 간단했다.

새엄마는 복잡한 경위를 거쳐 딸의 옛 남자 친구와 문제의 고전 교사 사이에서 불거졌던 소문까지 알아냈다. 그 당시 우리 반은 실제로 유키노 선생님이 담당한 고전만 수업이 안 될 만큼 분위기가 엉망이었다. 모범생 몇몇이 유키노 선생님 수업은 공부가 안 된다며 학교에 항의를 넣은 것과 학부모 측에서 구 단위의 교육 위원회에 불만을 접수한 것도 거의 같은 시기에 벌어졌다.

유키노 선생님은 불쌍할 정도로 무력했다. 유키노 선생님은 그저 성실하고 선량할 뿐이었다. 내게는 힘이 있고 선생님에게는 힘이 없었다. 간단하면서도 잔혹한 사실이었다.

마키노 선배가 졸업하면서 내게는 유키노 선생님을 궁지로 몰아넣을 이유도, 동기도 사라졌다. 그러나 사태는 내 손에서 벗어나 저 먼 곳으로 잘도 굴러갔다. 마치 주머니에 넣어 둔 이어폰 줄이 꺼내서 보니 심각하게 꼬여 있는 꼴이었다. 어떤 애들은 유키노 선생님을 계속 괴롭혔고 그녀는 병들어 갔다. 그토록 동경해 마지않던 유키노 선생님이 이제는 음침하고 허약한 보통 아줌마로 보였다. 나는 새 애인을 만들었다가 쉽사리 헤어지고 또다시 만드는 짓을 반복했다.

그리고 장마가 이어지던 어느 날 밤에 새엄마가 신이 난 얼굴로 내게 보고했다. 그 선생, 퇴직한대. 나는 아무 대답 없이 잠자코 식탁에서 일어났다. 화장실로 가서 목구멍에 손가락을 넣고 그 여자가 만든 요리를 몽땅 토해 냈다. 눈물이 저절로 뚝뚝 떨어졌다. 나는 단 한마디의 거짓말도 없이 유키노 선생님을 학교에서 쫓아낸 것이다.

고등학교 3학년 6월, 나는 우연히 테시가와라를 만났다.

예고 없이 쏟아지기 시작한 소나기를 피해 뛰어 들어간 시부야역 처마 밑에서였다. 공기가 어찌나 습한지 송사리쯤 되는 작은 물고기는 허공에서 거뜬히 헤엄칠 수 있겠다 싶었다.

무심결에 옆을 보았더니 나보다 한발 늦게 뛰어든 이가 바로 테시가와라였다.

“……어? 어, 어어어어! 쇼우코 아냐?!”

테시가와라가 나를 보며 부르짖었다.

“테시가와라…….”

나도 놀라서 속삭였다. 홀딱 젖은 테시가와라는 염색은커녕 머리카락을 딱히 길게 기르지도 않았다. 여전히 촌스럽고 음침한 외모에 키만 멀뚱히 커서는 블레이저가 전혀 어울리지 않았다. 테시가와라는 입을 함박만 하게 벌리고 만면에 웃음을 가득 담으며 당장에라도 끌어안을 기세로 침을 튀겼다.

“쇼우코오오오! 정말 오랜만이다. 2년 만인가? 잘 지냈어어어?! 어쩐지 더 화려해진 것 같다, 넌!”

테시가와라와 마주 선 상황에서 좀처럼 현실감을 얻지 못한 나는 날아드는 침을 피할 생각도 못했다. 꿈을 꾸는 것처럼 멍하기만 했다.

“응? 어째 어두워 보이는데? 집이나 학교에서 무슨 일 있었어? 무슨 고민이 있으면 나한테만 살짝 털어놔 봐.”

무엇인가가 무너질 것 같았다. 이런 말을 들으면, 내가 줄곧 기다렸던 말을 이런 식으로 테시가와라가 불시에 헤집고 들어오면 나는 무너지고 만다. 비를 맞아 고스란히 비칠 것이 분명한 화려한 속옷이 너무나 창피했다. 테시가와라에게 매달리고 싶은 마음을 간신히 눌러 참고 터질 듯한 눈물도 눌러 참으며 나는 말했다.

"나한테 말 걸지 마, 음침남. 내가 다 쪽팔리잖아."

테시가와라를 보지도 않고 달아나듯 개찰구를 통과했다. 계단을 뛰어 올라가 행선지도 확인하지 않고 열차에 탔다. 테시가와라와 계속 얘기를 하면 마키노 선배가 내게 했던 짓을 이번엔 내가 테시가와라에게 할 것만 같았다. 그럴까 봐 무서웠다.

/////

고등학교 마지막 여름 방학이 끝나고 2학기가 되었다.

그날 나는 오후에나 등교했다. 평소에 타던 긴자선이 아니라 내키는 대로 야마노테선을 타고 멀리 돌아서 학교에 갔다. 한여름이라는 말을 그대로 옮겨 놓은 것처럼 맑은 날이었다. 좌석에 앉아 따가운 햇살이 열차 안에 만든 빛의 웅덩이를 물끄러미 바라보았다. 곡선을 그리는 선로를 따라 웅덩이는 천천히 움직였고 한 사람 한 사람의 몸을 차례대로 훑으며 이동했다. 그 빛이 내 발치에 도착했을 때 나는 고등학교 입학 첫날을 떠올렸다.

그날 나는 사야와 둘이 등교하려고 야마노테선을 탔다. 자랑스럽게 새 교복을 입고 들뜬 마음으로 나누었던 그날의 대화를 지금도 한마디, 한마디까지 모두 기억한다.

고등학교는 어떨까. 다들 어른스러울까. 선생님은 무서울까. 친절한 선배가 있으면 좋겠어. 좋아하는 사람이 생길까. 마음 착한 남자 친구가 생기면 좋겠는데.

얼굴도 몰랐던 1학년 남학생이 교실에 들어오는 것을 보고 나는 바로 알아차렸다.

아니, 그의 모습을 보기 전부터 복도에서 들려온 희미한 발소리를 들었을 때 이미 눈치챘다.

'누구든 나를 여기에서 데리고 가 주면 좋으련만.'

오래전부터 가슴에 품었던 그 생각을 퍼뜩 떠올렸다.

수업이 끝나고도 늘 어울리던 친구들과 교실에서 시간을 때우던 참이었다. 지금 사귀는 상대가 얼간이 같다는 둥 잡담을 나누던 중이었다. 그날은 꼭 태풍이 휩쓸고 간 뒤처럼 저녁놀이 지독하게 빨갰는데 해가 기울고 난 후에도 교실은 검붉은 잔상에 휩싸여 있었다.

그 남자아이는 우리를 보자마자 책상을 가로질러 내가 있는 곳까지 거침없이 걸어왔다. 진지하기 이를 데 없는 표정이었다. 너희들을 용서하지 않겠다. 눈동자가 그렇게 말하고 있었다.

드디어 왔군. 나는 생각했다. 왜 이제 와! 어른스러워 보이는 그 남학생에게 빽 소리를 지르고 싶었다. 이제 나타나 봤자 소용없어. 이미 늦었거든.

"뭐야? 1학년."

친한 남학생이 수상하다는 투로 물었다. 남자아이는 그 말은 무시하고,

"아이자와 쇼우코 선배 맞나요?"

그렇게 말하며 내 앞에 섰다.

"넌 누군데?"

나는 대답을 해 주었다. 아이자와 쇼우코가 맞는다는 뜻이었다. 그는 숨을 깊이 들이쉬더니 가라앉은 음성으로 말했다.

"유키노 선생님이 그만두신답니다."

"뭐야?"

나는 진심으로 짜증이 났다. 이 녀석은 아무것도 모른다. 이미 모든 것이 늦어 버렸다는 사실을.

"그 음탕한 할망구가 나랑 무슨 상관이야?"

그렇게 받아친 순간 그의 손이 내 뺨을 후려쳤다.

이것은 벌이라고 나는 생각했다.

세상에 가득한 신산한 고통
사랑이 괴로워 죽음을 생각하오

(『만요슈』 4·738)

해석 : 이 세상은 고통으로 가득하네요. 사랑이 고통스러운 나머지 죽음을 생각합니다.

상황 : 사카노우에노 오이라츠메가 오토모노 야카모치에게 보낸 2수 중 1수. 사랑에 괴로워하는 마음이 솔직하게 표현되어 있다.

제8화

내리지 않아도, 물 밑의 방 - 아키즈키 타카오

The Garden of
Words

그녀의 뺨을 후려친 순간, 손바닥에 불쾌한 감촉이 남았다. 끈적이는 오염물이 뼛속까지 스며든 것 같은 껄끄러운 폭력의 뒷맛이었다. 그래도 아직 부족하다고 아키즈키 타카오는 생각했다. 심장에서부터 끓어오르는 증오가 마치 혈액처럼 울컥울컥 끈질기게 쏟아졌다.

"이 자식이 무슨 짓이야!"

옆에서 날아온 소리와 함께 여자를 때린 오른팔을 붙들렸다. 뿌리치고 무시하며 여자를 노려보았다. 쇼우코라는 3학년 여학생. 이 여자가 '그 사람'을.

정면에서 누군가 다가오는 기척이 느껴지자마자 강렬한 충격과 함께 책상 위에 쓰러졌다. 요란한 소리를 내며 귓가에서 책상이 무너졌고 정신을 수습하고 보니 눈앞에 바닥이 보였다. 한 박자 늦게 입술 안쪽이 타들어 갈 듯 뜨거워졌다.

뭐야, 대체 몇 명이 있었던 거야.

분노에 사로잡혀 앞뒤 가리지 않고 뛰어 들어오느라 주변이 보이지 않았던 것이다. 입속에서 찐득한 피 맛이 진동했다. 얼굴을 들어서 보니 티셔츠를 입은 덩치 큰 남자가 성가시다는 얼굴로 자신을 내려다보고 있었다. 엄습하는 두려움과 후회를 핏덩어리와 함께 꿀꺽 삼켜 버리고 타카오는 자세를 낮추어 덩치에게 돌진했다. 육중한 통나무에 격돌한 것 같은 충격에 이어 등에 딱딱한 팔꿈치가 날아와 꽂혔다. 바닥에 쓰러졌다. 숨 쉴 틈도 없이 복부를 거푸 두 번이나 걷어차였다. 내장이 찢어지는 듯한 고통에 몸이 저절로 동그랗게 말렸으나 곧바로 상의를 붙들려 억지로 일으켜 세워졌다. 10센티미터 정도 앞에 두툼한 가슴팍이 보였다. 철 기둥 못지않은 덩치가 타카오의 옷깃을 우악스럽게 붙들었다.

"빌어먹을!"

욕설을 하며 남자의 얼굴을 목표로 주먹을 휘둘렀지만 상대는 한 손으로 쉽사리 막아 버렸다. 손등으로 타카오의 뺨을 후려치더니 손을 뒤집어 턱을 갈겼다. 별로 힘을 준 것 같지도 않은데 얼굴이 은박지처럼 일그러졌다. 덩치의 구두 밑창이 배에 놓였다 싶은 순간, 있는 힘껏 차여 저 멀리 날아갔다. 타카오는 귀청을 찢는 금속음을 내며 로커에 등을 부딪쳤다. 열 덩어리가 폐에서 울컥 쏟아졌다. 뭐야, 되게 아프잖아.

“넌 뭐냐? 쇼우코에게 무슨 짓이야!”

이명에 섞여 덩치가 경멸스럽게 내뱉은 말이 머리 위에서 들렸다.

“쇼우코, 모르는 애지?”

쇼우코의 옆에 있던 여학생이 미심쩍게 물었다. 쇼우코는 내내 묵묵부답이었다. 이게 뭐야, 내가 이렇게 약골이었나. 그런 서글픈 생각을 하며 타카오는 힘겹게 상반신을 일으켰다. 눈앞에 서 있는 3학년 남녀 몇몇을 증오스럽게 쏘아보았다. 그들은 옅은 웃음을 띠며 한마디씩 했다.

“그거 아냐? 유키노의 희생자.”

“진짜? 너도 그 할망구에게 반했니?”

“한 번쯤은 허락해 주던?”

“음탕한 유키노 선생님. 그런데 좀 구역질 나지 않니? 너, 유키노 선생이랑 몇 살 차이 나는지 알기나 해?”

“좀 불쌍하다. 속은 게 분명해.”

“그래도 이제는 사귀어 줄지 모르지. 더 이상 선생님이 아니니까.”

무표정하게 눈을 내리깔고 있던 쇼우코가 대뜸 얼굴을 들더니 타카오를 보았다. 구겨진 미소를 담으며 입술을 열었다.

“내게 고마워해. 할망구가 학교를 그만두게 해 줬으니까.”

분노가 타카오의 손가락까지 타올랐다. 고성을 지르며 쇼우코에게 달려들었다. 그러나 이번에도 덩치에게 막혀 타카오는 또 얻어터졌다. 맞고 차이면서 타카오는 이유를 찾았다.

왜, 왜, 왜.

그 사람은,

그 우녀는,

유키노 선생님은,

내게 왜, 아무 말도…….

/////

나는 빠져 버리고 말았다.

타카오는 그렇게 생각했다. 빛과 비에 휩싸인 그 정자에서 그 차가운 발을 만진 순간, 그는 하염없이 빠지고 말았다.

그날 그 사람의 발을 만지고 형태를 숫자로 바꾸고 연필로 윤곽을 남겼다. 그 종이에서마저 그 사람의 향기가 감도는 것만 같아서, 그 사람의 편린을 손에 넣은 것 같아서 그것만으로도 몸이 뜨거워졌다.

그러나 타카오가 그것을 손에 얻은 대가라도 되는 양 그날을 기점으로 비가 뚝 그쳤다. 장마가 끝난 것이다. 그리고 그런 상태로 여름 방학이 되었다. 타카오는 정자에 갈 구실을 완전히 잃고 말았다.

8월 초에 형은 집에서 독립했다. 타카오도 아침부터 이사를 도왔다. 엄마는 석 달 전부터 가출 중이라(그래도 1주일에 한 번은 집에 와서 직접 저녁을 차리기도 하고 타카오에게 시키기도 했지만), 실질적으로 타카오는 혼자 지내게 되었다. 형과 공유했던 네 평짜리 일본식 방의 나머지 반을 어떻게 써야 할지 결정하지 못한 채 텅 빈 방에서 혼자 밥을 먹고 혼자 잠이 들었다. 방의 공백에도, 사고의 공백에도 그 사람이 가득했다. 혼자 있는 것은 그 사람이 여기에 없다는 것을 깨닫는 것이었다. 그 사람이 다른 곳에서 그가 모르는 시간을 보내고 있다는 것을 끊임없이 알게 되는 것이었다.

고독의 의미를 타카오는 진작부터 알고 있었다. 만날 수 없어서 괴로웠다. 그것은 차라리 육체적인 고통에 가까웠다. 지금 이 순간에도 그가 모르는 누군가가 그 사람 옆에 있을지도 모른다. 그 잔잔히 떨리는 달콤한 음성을 듣고 빛에 감싸인 머리카락에 흠뻑 취해 마음속으로 흘러 들어오는 향기를 맡으며 엷은 핑크색 발톱을, 어쩌면 가만히 만져 볼지도 모른다.

잠들 때마다 비가 오기를 기원했고 눈을 뜨기도 전에 비가 오기를 기원했다. 그래도 비는 내리지 않았다. 내가 이렇게 이기적으로 비를 내려 달라고 비니까 신이 심술이 나서 두 번 다시 비를 내려 주지 않기로 결심하신 거야. 진지하게 그런 생각까지 하는 자신을 발견한 타카오는 이러다가 정신을 놓겠다 싶어 덜컥 무서워졌다.

혼자 백날 생각해 보아야 의미가 없다. 그 정도는 알 만큼 냉정함이 얄팍하게나마 남아 있었다. 나는 사랑에 빠졌다. 그래도 그로 인해 약해지면 그 사람 주위에 있을 어른들을 결코 대적하지 못할 것이다. 그러니 사랑에 빠져 나약한 인간이 되지 말고 강인한 사람이 되자. 뇌가 갈라지도록 고민한 끝에 타카오는 그렇게 결심했다. 그리고 다짐했다. 욱신거리는 마음의 일부를 죽여 버리자. 그리고 자신이 할 수 있는 것을 찾아내고 어떻게 하면 그 사람에게 닿을 수 있는지를 생각하며 팔과 다리를 움직이자.

그래서 여름 방학 내내 대부분의 시간을 아르바이트에 쏟아부었다.

마침내 학수고대하던 비가 내렸지만 그날도 착실히 아침부터 가게로 향했다. 샤오홍이 없는 중국집에는 일이 얼마든지 있었다. 샤오홍이라면 어떻게 일했을지를 생각하며 일에 집중했다. 수입의 70퍼센트는 저금해서 고등학교 졸업 후에 쓸 학비에 대비했다. 구두 전문학교로 진학할 계획이었다. 남은 30퍼센트는 구두 재료를 구입하는 데에 썼다.

"나 말이야, 제대로 걷지 못하게 되었어."

언젠가 그 사람이 말했다.

그러니 그 사람이 마음껏 걷고 싶은 마음이 들 만한 구두를 만들자. 그것이 그 사람에게로 이어질지 모르는, 내가 도달할 수 있는 유일한 길이야. 아르바이트를 끝내고 돌아와 밤늦도록 구두를 만들며 타카오는 그 생각을 반복했다. 그녀의 발을 그린 종이와 지금도 손안에 느껴지는 부드러운 형태. 그것들을 참고해 나무를 깎아 모형을 만들고 퍼티를 발라 형태를 잡아 나갔다. 노트에 구두 디자인을 몇 장이나 그려 가며 고민한 끝에 하나로 정했다. 종이로 본을 만들었다. 가죽 위에 본을 놓고 은색 펜으로 윤곽을 그렸다. 몇 번이나 실패를 거듭하며 가죽용 칼로 가죽을 잘랐다. 잘라 낸 가죽을 퍼즐처럼 조합해 입체적으로 꿰맸다. 작업하면서 나는 다양한 소리들이 휑한 방의 구석구석으로 스며들었다. 끝없이 물을 빨아들이는 메마른 이불처럼 밤공기가 소리를 품에 안았다.

혼자만의 방이 주는 이 고요함이, 이 고독이 나를 어른으로 만들어 줄 거야. 타카오는 소망하듯 생각했다.

아르바이트를 하며 구두를 만들기에 여름 방학이라는 기간은 너무 짧았다. 순식간에 8월이 끝났고 그가 얻은 것이라고는 15만 엔이 조금 안 되는 저금과 못 쓰게 된 가죽 더미, 작업 중에 손에 생긴 수많은 상처들이 전부였다. 구두 상단조차 만족스럽게 꿰매지 못했다. 언제가 되어야 구두를 완성할 수 있을

지조차 가늠이 되지 않았다. 그래도 개학을 하자 타카오는 기운이 났다. 이제 비가 내리면 다시 당당하게 그 사람을 만나러 갈 수 있으니까.

"비 오는 날 오전 수업만 빼먹기로 했거든요."

타카오는 언젠가 그 사람에게 그런 말을 했다. 이번에 만나면 무슨 얘기를 할까. 거의 외웠어요,라고 말할까. 무엇을? 하고 호기심 어린 얼굴로 그녀는 묻겠지. 선물해 준 그 구두 책이요. 그리고 진짜로 외운 것을 말해 볼까. 깜짝 놀랄지도 몰라. 기뻐해 줄지도 모르고.

2학기 첫날이 되자 타카오는 그런 생각들을 하며 설렘을 안고 등교했다.

그래서 점심시간에 교무실 앞에서 그녀와 마주쳤을 때 타카오는 얼른 알아보지 못했다. 몇 초쯤 지나고서야 아, 하고 놀란 마음을 삼켰다.

"유키노 선생님!"

타카오가 그녀를 돌아보기 전에 같이 걸어가던 사토 히로미가 놀라서 소리를 지르며 그 사람에게 달려갔다. 히로미의 등을 눈으로 좇으며 천천히 뒤돌아보자 그곳에 담임인 이토와 나란히 그녀가 서 있었다.

……유키노 선생님?

어리둥절한 나머지 걸음을 멈추고 보니 몇 명인가 더 그녀에게 달려가 매달렸다. 다들 선생님 소리를 연발했다.

"미안하다, 얘들아."

그 음성을 듣자 온몸이 부르르 떨렸다. 내가 알고 있는 달콤하고 떨림이 어린 목소리. 왜 학교에서……. 타카오는 혼란에 빠졌다.

"5교시까지 학교에 있을 거니까 괜찮으면 이따가 천천히 얘기하자."

그녀는 아이들에게 그렇게 말하고 시선을 떨어뜨렸다가 타카오를 보았다. 눈이 마주쳤다. 울 것 같은 표정이었다.

'그 사람이야.'

그녀를 보았다는 기쁨이 조건 반사적으로 몸에 차올랐고 그것은 이내 분노로 바뀌었다. 아울러 황당함과 의문이 번갈아 고개를 들었다. 주변에 있던 산소가 강풍에 송두리째 날아가 버린 것처럼 급격하게 숨이 막혔다.

"유키노 선생님이 학교에 왔네."

옆에 있던 마츠모토의 놀라움 서린 목소리가 이상하게 멀리서 들렸다.

'유키노 선생님'에게 무슨 일이 있었는지 히로미와 마츠모토가 말해 주었다.

그녀는 작년부터 자기 반 여학생들에게서 줄곧 괴롭힘을 당했다고 한다. 남자 친구를 빼앗았다는 원한을 사면서 집단으로 수업을 거부당했고 학부모까지 나서는 바람에 출근이 불가능해질 만큼 궁지에 몰렸다고. 종국에는 학교를 그만두어야 했으며 아이자와 쇼우코라는 여학생이 사건의 발단이라는 얘기도 들었다.

몹시 화가 났다. 쇼우코라는 여자에 대한 분노인지, 교사라는 신분을 속였던 그 사람에 대한 분노인지, 아니면 아무것도 몰랐던 자신에 대한 분노인지 분간이 가지 않았다.

그래도 일단은 가슴 깊은 곳에서 불끈거리는 감정을 억누르고 방과 후까지 시간을 흘려보냈다. 하교를 알리는 종소리를 들으며 2층 교실에 서서 교문으로 향하는 그 사람의 뒷모습을 내려다보았다. 이번에도 학생들이 그 사람을 둘러싸더니 울음을 터뜨렸다. 저녁놀이 유난히 붉은 날이었다. 그길로 혼자 3학년 교실로 향했다. 아이자와 쇼우코라는 여자를 찾아 유키노 선생님이 그만둔다는 말을 던졌다. 뭘 어쩌겠다는 생각은 없었다.

"그 음탕한 할망구가 나랑 무슨 상관이야?"

그 말을 듣자마자 생각에 앞서 손이 아이자와 쇼우코의 뺨으로 날아갔다.

/////

길을 잘못 들었다는 것을 중간에 알았지만 타카오는 걸음을 멈추지 않았다.

가로등이 많지 않은 주택가였다. 미지근한 바람에 가로수와 전선이 흔들렸다. 색 없는 밤하늘의 저 높은 곳에 하얗고 가느다란 달이 걸려 있었다. 왼쪽 눈꺼풀이 부은 탓에 달을 한참 보면 두 개로도, 세 개로도 보이기도 했다. 손톱깎이로 잘라낸 손톱 같기도 했다. 어디선가 그 사람이 발톱을 따각따각 깎는 쓸쓸한 소리가 들리는 것만 같았다. 그 광경에 자신이 포함되어 있지 않다는 것, 과거에도 그렇고 앞으로도 그럴 일은 없을 것이라는 사실이 타카오의 기분을 더욱 울적하게 만들었다.

교실 안으로 뛰어온 담임에 의해 반강제로 병원에 끌려갔다가 해방되었을 즈음에는 완전히 밤이 된 뒤였다. 열차는 귀가를 서두르는 이들로 북새통을 이루었고 손잡이에 매달려 고개를 들어 보니 새카만 차창에 반창고를 붙인 얼굴이 비쳤다. 얻어터진 뺨이 별개의 생물처럼 욱신욱신 꿈틀대고 있었다. 입속에 피 맛이 나는 타액이 자꾸만 고였다. 뺨도 아프거니와 혼잡한 내부가 주는 불쾌감도 이만저만이 아니어서 타카오는 나카노를 지나자 열차에서 내려 버렸다.

그대로 선로를 따라 서쪽으로 걸었다. 한 시간가량 걸으면 집에 닿겠지. 바람을 맞으며 다리를 움직이다 보니 얼굴에서 느껴지는 통증이 옅어졌다. 피가 섞인 침을 가끔씩 아스팔트에 뱉어 냈다.

마치 객석에 앉아 줄거리를 모르는 연극을 보다가 무대 위로 뛰어든 기분이었다. 이제 어떻게 움직여야 하는지 전혀 짐작이 가지 않았다. 누구도 그의 등장을 원하지 않았고 그 사실을 오늘이 되도록 눈치채지 못했다. 그래 놓고 멋대로 자신이 주인공이라도 되는 양 굴었던 것이다. 먼지가 되어 사라지고 싶을 만큼 창피했다.

그 사람은 타카오가 중학교 때부터 쇼우코 쪽 사람들과 관계를 쌓아 오고 있었다. 그것이 문제를 야기했든, 아니든 두 사람의 기약 없는 얕은 만남보다는 깊은 관계였을 것이다.

그는 그저 3개월 전에 등장한, 비 오는 날 학교를 빼먹고 나타나는 통행인에 불과했다.

구두를 만들고 싶다는 얘기를 한 것은 처음이었다.

보고 싶다고, 그 사람은 한마디도 하지 않았다. 그저 만날 수 있겠네, 하고 속삭인 것이 전부였다.

그 사람에게 무슨 일이 있을 것이라고는 상상도 해 본 적이 없었다. 타카오는 정말로 자신의 생각에만 빠져 있었던 것이다.

주택가의 막다른 골목으로 꺾어 들자 선로 위에 걸린 육교가 보였다. 육교 한가운데에 서서 여기가 어디쯤인지 헤아려 보았다. 왼쪽을 보니 신주쿠의 고층 빌딩이 발산하는 빛이 주위의 짙은 어둠과 대비되어 더 크고 불룩하게 보였다. 그렇다면 어둠에 잠긴 오른쪽이 그가 걸어가야 할 방향이다. 주택가의 지붕이 적요하고 은은하게 빛났다. 그리고 그 한참 위에는 그 사람의 가느다란 발톱이 걸려 있었다. 그것을 감출 심산인지 느릿하게 깔리는 구름을 보며 내일은 비가 올지도 모르겠다고 타카오는 무심히 생각했다.

다음 날 아침에 보니 하늘이 어둑어둑했다.

이음매 없이 깔린 잿빛 구름이 도쿄 하늘을 촘촘하게 뒤덮고 있었다. 한없이 고요한 아침이었다. 저 구름이 도시의 모든 소리를 빨아들이고 있어. 평소보다 빛이 바래 보이는 고슈 가도를 지나며 타카오는 생각했다.

국정 공원의 신주쿠문을 지날 즈음에서야 연간 회원권을 미처 챙기지 못한 사실을 깨달았다. 타카오는 가볍게 한숨을 내쉬었다.

비도 오지 않고 연간 회원권도 없다.

그 사람도 있을 리가 없다.

역시 오는 것이 아니었다. 그런 생각을 하면서도 발권기에 200엔을 넣고 입장권을 구입했다. 지금 학교에 가 봐야 어차피 지각이야. 더욱이 비가 내렸다면 나는 오히려 이곳에 오지 않았겠지. ……그럼 나는 대체 무엇을 하러 여기 온 거지?

알 게 뭐야. 될 대로 되라는 심정으로 자동 개찰구에 입장권을 꽂았다. 덜컹, 소리를 내며 게이트가 열렸다. 금속음이 인적 없는 공원에서 유독 크게 들렸다.

애써 잡생각을 지우며 공원 안을 거닐었다. 의도하지 않았는데도 발이 그동안 익숙해진 길을 마음대로 걸어갔다. 히말라야삼나무와 백향목이 즐비한 어두운 길을 지나자 늘 그랬듯이 돌연 공기가 변했다. 기온은 1도쯤 내려갔고 주변에 물과 녹음의 냄새가 넘실거렸다. 작은 새가 허공에 칼집이라도 낼 기세로 눈앞을 날카롭게 스치고 지나갔다. 우산 없이 걷는 공원은 묘하게 넓어 보여서 자신이 무방비 상태인 어린아이라도 된 듯 불안해졌다. 엉뚱한 짓을 하고 있다는 생각이 점점 강하게 들었다.

그래서 단풍나무 저편에서 보이기 시작한 정자에 아무도 없는 것을 확인했을 때 타카오는 까닭 없이 안심했다.

'딱히, 전혀 가슴도 안 아프고.'

종이에 글을 쓰듯 그렇게 생각해 보았다.

왜냐하면 난 그 사람이 다시는 이곳에 오지 않을 것을 알고 있으니까.

타카오는 그렇게 생각했다. 거기에 생각이 미치자 감정의 파도가 포효하며 발밑에서부터 목까지 솟구쳤다. 아니야! 고함치고 싶은 충동이 몸을 벌떡 일으켜 세웠다.

아니야.

그렇지 않아.

보고 싶어.

보고 싶고, 보고 싶어서 그 마음을 주체할 수가 없어서, 그 사람과 '제대로' 만나려고, 일부러 여름 방학 내내 이곳에 오지 않았던 거야.

사실은 비가 오지 않아도, 날이 흐리고 눈이 와도 그런 것과 아무 상관 없이 나는 그 사람이 보고 싶어.

'이런 식으로 그 사람과 끝낼 수는 없어.'

별안간 멀리서 작은 물소리가 들렸다.

연못에서 물고기가 튀어 올랐나. 나뭇가지가 물 위에 떨어졌나. 아니, 어쩌면. 틀림없이.

축 늘어진 단풍나무 커튼을 헤치고 걸어갔다. 등나무 시렁이 보이기 시작할 즈음에는 어째서인지 확신하고 있었다.

무성한 등나무 이파리 아래, 흐린 녹색 그림자 속에 그녀의 가느다란 몸이 보였다.

타카오의 발소리를 들었는지 조용히 돌아보았다. 푸른 숲을 진하게 담아낸 연못을 배경으로 그 사람이 서 있었다. 흠잡을 곳 없는 그레이 컬러의 정장을 입은 채 길을 잃고 당황한 미아 같은 표정으로 그렇게. 마음까지 비쳐 보일 만큼 까맣고 투명한 눈동자가 타카오의 눈을 지그시 들여다보았다. 심장을 어루만진 것 같은 느낌에 몸이 떨려 왔다. 이 사람이 여름비 그 자체라는 것을 타카오는 알게 되었다. 그 누구도 비를 멈추지 못한다. 멀리서 천둥 소리가 들렸다. 꼭 해야 할 말이 자연스럽게 타카오의 입에서 흘러나왔다.

"우렛소리."

등나무 시렁 아래에서 그 사람과 마주 선 채 타카오는 말했다.

우렛소리 희미하고 비가 오지 않아도
나는 여기 머무르오 그대 가지 마라 하시면

연못을 가로질러 온 바람에 등나무 잎과 수면과 그 사람의 머리카락이 살랑살랑 흔들렸다. 그 사람이 눈을 감자 미소가 아릿하게 깊어졌다. 오래전에도 비슷한 광경을 본 것 같은 기분이 불현듯 들었다. 수면이 술렁이는 소리가 멀어져 갔다. 그녀는 타카오를 보며 말했다.

"……맞아. 그게 정답이야. 내가 너한테 처음 읊어 준 시에 대한 답가."

어린아이가 교사의 말투를 따라 하는 듯한 느낌이었다. 어쩐지 조금 우스워서 긴장했던 마음이 서서히 풀렸다.

"『만요슈』였어요. 교과서에 실려 있는 것을 어제 봤죠."

소몬카(相聞歌). 남녀가 주고받는 사랑 노래였다. 비가 내리면 당신은 이곳에 있어 줄까. 여자가 노래한다. 당신이 원한다면 비가 내리지 않아도 여기에 있겠다. 남자가 그 노래에 답한다. 수업 중에 그 시를 들은 적이 있다는 것을 석 달이 지나고 나서야 깨달은 자신에게 쓴웃음이 나왔다. 타카오는 마음을 굳히고 그 사람의 이름을 불러 보았다.

"……유키노 선생님."

그리고 유키노 선생님을 곧게 응시했다. 그녀는 입술에 난처함이 밴 미소를 담았다. 살짝 고개를 기울이고 뺨에 닿은 머리카락을 손가락으로 얌전히 넘겼다.

"……처음 봤을 때 네가 입은 교복 배지를 보고 우리 학교 학생이라는 것을 알았어."

그녀는 그렇게 운을 떼고는 한숨 돌리듯 천천히 숨을 들이켰다.

"그래서 수업 중에 배웠을 만한 시를 들려주면 내가 고전 선생인 줄 눈치챌 줄 알았지. 학교에선 나를 모르는 사람이 없으니까. ……그런데도 넌 나를 계속 몰라봤어."

타카오는 작게 끄덕였다. 눈이 부신 무엇인가를 보듯 그녀의 눈이 아주 조금 가느다래졌다. 희미하게 미소를 머금은 목소리로 말했다.

"넌 너만의 세상에 빠져 있었던 거야."

불쑥 까치의 맑은 울음소리가 바로 옆에서 들렸다. 놀라서 주위를 둘러보니 연못 위에서 까치 두 마리가 8자를 그리며 날아가고 있었다. 두 사람은 두 녀석이 나무 그늘에 가려 더 이상 보이지 않을 때까지 그 광경을 지켜보았다. 그녀가 걱정스레 물었다.

"……얼굴이 왜 그래?"

뭐라고 대답해야 하나. 걱정할 텐데.

"선생님을 흉내 내서 맥주를 마시고는 술에 취해 플랫폼에서 떨어졌어요."

"정말?"

한쪽 손으로 입을 가리며 그녀는 화들짝 놀랐다. 귀엽기는. 타카오는 빙그레 웃었다.

"거짓말입니다. 저도 싸울 때가 있습니다."

그 순간이었다. 하늘이 하얗게 발광하더니 굉음을 터뜨렸다.

대기가 스피커의 진동판처럼 치직치직 진동했다.

벼락이 근처에 떨어진 모양이었다. 두 사람은 반사적으로 얼굴을 마주 보고 똑같이 하늘을 올려다보았다. 어느 틈에 잿빛 점토 같은 적란운이 세력을 넓히고 있었고 그 안쪽에서 혈관 같은 빛줄기가 파직파직 번쩍이고 있었다. 쿠르릉. 나직한 드럼 소리가 구름 위에서 중후하게 울렸다. 차가운 바람이 수면에 파문을 일으켰고 굵은 빗방울이 투둑투둑 소리를 내며 떨어졌다. 아, 비다. 그렇게 생각했을 때에는 이미 소나기로 주변이 희뿌옇게 보일 정도였다.

등나무 시렁의 이파리들이 지붕 역할을 해 주기에는 한계가 있어서 타카오는 본능적으로 유키노의 손을 잡고 달리기 시작했다. 하얗고 탁한 물속을 달리는 기분이었다. 앞도 안 보였고 소나기가 쏟아지면서 내는 굉음으로 자신의 발소리조차 들리지 않았다. 정자에 도착했을 때에는 머리도 옷도 흠뻑 젖은 뒤였다.

"누가 보면 헤엄쳐서 강이라도 건넌 줄 알겠네."

유키노는 숨을 헐떡이면서도 즐거운 기색이었다. 타카오도 웃었다. 날뛰는 호흡과 함께 마음도 어느새 한껏 들떠 있었다. 비와 잎이 섞인 거친 비바람이 몸에 부딪혀 두 사람은 저도 모르게 환성을 질렀다. 청초하면서도 싱그러운 비 냄새에 휘감겨 온 세상의 공기가 모조리 뒤바뀌는 듯했다. 좀 전에 나누었던 대화도, 감정도 송두리째 비에 휩쓸려 갔다. 학교에서 있었던 일도, 여름 방학 때 느꼈던 고독도 전부 말끔히 사라졌다.

"나는 소나기가 좋아."

차양에서 폭포수처럼 쏟아지는 빗물을 보며 유키노가 기분 좋게 말했다.

"저도요. 저는 계절 중에서 여름이 제일 좋아요."

"더운 것도?"

"더운 것도. 습기도, 땀이 줄줄 흐르는 것도, 갈증이 나는 것도 모두 살아 있는 느낌이 나서 좋아요. 유키노 씨는요?"

"나도 여름이 좋아. 여름 다음으로는 봄. 한 해가 시작되고 쑥쑥 커 가는 계절이잖아. 추운 계절은 몸이 차가워서 싫어."

그런 이유에서라니, 조금 모순적이었다.

"이름이 유키노(雪野)인데."

"겨울은 질색이야"라고 말을 보태며 유키노는 웃었다. 그리고 젖은 머리카락을 손가락으로 만지며 타카오를 어색하게 힐끗 쳐다보았다. 혼잣말을 하려다 그만둔 것처럼 볼록한 입술이 살짝 움직였다.

"왜요?"

"음……."

유키노는 말끝을 흐리다가 용기를 내어 물었다.

"저기, 이름이……."

타카오는 엉겁결에 웃음을 터뜨렸다. 따사로운 감정이 가슴속에 잔물결처럼 퍼졌다.

"타카오입니다. 아키즈키 타카오."

"흐음, 아키즈키 타카오."

단어가 주는 어감을 음미하듯 유키노는 조그맣게 속삭였다. 아키즈키 타카오라. 한 번 더 발음해 보았다. 그러다 불쑥 생각났는지 의기양양한 얼굴로 이렇게 말했다.

"자기도 아키즈키(秋月)면서!"

그녀가 어린애 같다는 생각을 하면서도 말을 받아 주었다.

"그래도 여름이 좋아요."

두 사람은 안도한 듯 키득키득 웃었다. 둘만의 비밀이 하나 더해진 것처럼 수줍은 기쁨이 정자에 감돌았다. 그리고 누가 먼저랄 것도 없이 늘 앉는 자리, L자형 벤치에 두 사람이 앉을 만한 자리를 사이에 두고 나란히 앉았다. 3개월 전에 비해서는 다소 가까워진 거리였다.

기온이 떨어졌다. 돌풍은 잦아들었지만 소나기가 여전히 공기를 날라 오는 통에 서늘한 가을 공기가 가느다란 흙탕물과 함께 정자 안을 침범했다.

유키노는 잔뜩 움츠린 채 어깨를 끌어안고 벤치에 앉아 있었다. 추운 걸까. 타카오는 걱정이 되었다. 흠뻑 젖은 머리카락이 얼굴을 가리고 그 끝에서 물방울이 툭툭 떨어졌다. 물기를 머금은 정장 바지가 곡선을 이루는 허리의 모양을 안타깝게 그려 냈다. 유키노의 뒤로 연못 주변에서 군생하는 노란 꽃잎이 쉼 없이 떨어지는 빗방울에 격렬하게 흔들리고 있었다. 물과 꽃이 어우러진 농밀한 냄새가 유키노에게서 나는 은은한 향기에 섞여 어두운 정자를 메웠다. 그녀의 스카이그레이 정장은 정자의 옅은 어둠에 맞게 특별히 맞춘 것처럼 보였다. 비에 젖은 유키노는 이 장소에 눈처럼 녹아들고 있었다.

가슴을 뒤흔드는 장면이었다.

유키노의 그런 모습을 보니 타카오는 숨이 턱 막혀 왔다. 심장이 미친 듯이 뛰었고 빗소리가 어딘가로 흡수되고 만 듯 사라졌다. 얼굴과 몸속에서 타오르는 열기를 멈추지 못한 타카오는 유키노에게서 시선을 떼어 냈다.

급작스럽게 재채기가 나왔다. 하나도 안 추운데 왜? 타카오는 민망해졌다. 시선을 들어 보니 유키노가 그를 보고 있었다. 천천히, 흡사 꽃향기를 맡듯 유키노는 눈으로 반원을 그리며 상냥하게 말했다. 이러고 있다가는 둘 다 감기에 걸리겠어.

빠른 걸음으로 공원을 빠져나오는 동안에 세찬 빗줄기의 기세가 한층 누그러들었고 공기도 9월 기온으로 돌아왔다. 추오선 가도 밑을 빠져나가 센다가야역을 지나고 가이엔니시도리로 나가 좁은 도로로 접어들자 유키노가 사는 아파트가 나왔다. 오래된 건물이라 천장이 높은 로비에서는 그리운 냄새가 났다. 아주 어릴 적에 친척 집에서 맡았을 법한 오래된 공기 냄새였다. 엘리베이터가 점검 중이라 8층에 있는 그녀의 집까지 계단을 이용했다. 숨이 끊어질 것 같았지만 유키노를 따라 좁은 계단을 올라가다 보니 그녀의 체취를 맡으며 마음껏 가슴에 담을 수 있어서 좋았다.

집 안으로 들어가자 유키노는 타카오에게 샤워를 하라고 했다. 갈아입을 옷으로 편안한 브이넥 면 티셔츠와 트레이닝복 바지를 건넸다. 유키노도 샤워를 했다. 샤워를 마친 그녀는 노을빛 진을 입고 크림색 톱 위에 핑크색 볼레로를 걸치고 나왔다. 비누 향이 희미하게 풍겼고 맨발이었다. 그녀가 마룻바닥을 걸을 때마다 나는 차박차박 소리를 타카오는 귓불을 붉히며 몰래 좇았다.

유키노는 타카오의 셔츠를 세탁기에 넣고 수건으로 교복 바지의 물기를 최대한 제거한 다음 다림질을 했다. 그사이에 타카오는 점심을 준비했다. 냉장고 안에 보이는 것이라고는 맥주가 대부분이라 조금 실망했지만 채소 칸을 보니 양파와 당근, 양상추가 있었다. 갈변한 부분만 제거하면 그럭저럭 먹을 만했다. 달걀도 있어서 오므라이스를 만들기로 했다. 고기 대신 참치를 넣어 치킨라이스처럼 만들었다. 조미료 칸에 올리브 절임이 있기에(틀림없이 술안주다) 둥글게 썰어 양상추에 섞어서 식사에 곁들일 샐러드도 준비했다. 드레싱은 5밀리미터 정도밖에 남지 않았기에 식초와 후추, 올리브 오일을 넣어 새로 만들었다. 방 안이 음식 냄새와 다림질 냄새와 훈기로 가득 찼다. 이것은 가정의 냄새야. 온화해진 마음으로 타카오는 생각했다.

"맛있다! 나 케첩 좋아하는데!"

"오므라이스를 칭찬하는 말이라고 하기에는 좀 그런데요."

타카오는 떨떠름하게 웃었다. 두 사람은 작은 탁자에 마주 보고 앉아 밥을 먹었다.

"달걀 껍데기가 들어갔을지도 모르니까 조심해서 먹어요."

타카오가 말하자 유키노는 눈을 몇 번 깜빡였다. 뒤늦게 말뜻을 이해했는지 즐겁게 웃으며 말했다.

"뭐야, 뒤끝 있네! 내 달걀말이 말하는 거구나."

"하하하. 그 달걀말이, 전 평생 못 잊어요."

"맛이 좀 없었지?"

좀? 재미있는 말이다.

"맛이 없었다기보다." 타카오는 웃으며 유키노를 보았다. "형편없었어요, 아주. 솔직하게 말해서."

"됐어. 어차피 난 요리엔 젬병이니까."

유키노는 토라진 얼굴로 받아치더니 금세 행복한 표정으로 오므라이스를 한 숟갈 떠서 입에 넣었다. 케첩이 입술에 조금 묻자 혀로 귀엽게 핥았다.

"케첩 말고 유키노 씨가 좋아하는 건 뭐예요?"

타카오가 물었다. "음……" 하고 유키노는 잠시 생각했다.

"간장 맛보다 소스 맛. 그리고 콩소메."

"……어째, 남고생 같아요."

"후훗, 남고생한테서 그런 말 듣고 싶진 않은걸."

"콩소메를 어떻게 만드는지는 알아요?"

샐러드를 먹으며 타카오는 다시 물었다.

"아…… 밀인가? 어라, 보리인가?"

"갑자기 생각난 건데요, 북프랑스 지방에 큰 연못이 있거든요. 맑은 호박색 연못인데 무척 아름답대요."

유키노는 의아하다는 표정을 지었다.

"물고기도 있대요. 이름은 콩소메 푸아송."

"거짓말이지?"

"당연히 거짓말이죠. 유키노 씨, 진짜 선생님 맞아요?"

"너, 너무해!"

유키노의 얼굴이 점점 새빨개졌다. 가느다란 목까지 붉은 기가 번졌다. 오른손을 말아 쥐고 탁자를 탕탕 내리치기까지 했다.

"이 심술쟁이! 안 좋아! 그런 태도는 좋지 않다고!"

진심으로 항의하는 모습이 어찌나 우습던지 타카오는 큰 소리로 웃어댔다.

설거지를 끝낼 즈음에는 집 안에 따듯한 커피 향이 감돌았다. 큰 새시 창문에는 녹색 커튼이 걸려 있어서 실내가 흐릿하게 녹색으로 물들었다.

어쩐지 이 방은 물 밑바닥에 있는 것 같구나.

유키노가 내온 커피를 마시며 타카오는 그런 생각을 했다. 그는 창가 바닥에 앉아서 시선을 들었다. 유키노는 주방에서 자기 몫의 커피를 준비하고 있었다. 뒷모습인데도 그녀가 미소를 짓고 있다는 것이 고스란히 전해졌다. 유키노의 맨발이 바닥을 스치는 부드러운 소리며, 커피 서버나 머그잔이 내는 달그락달그락하는 소리가 타카오를 에워쌌다. 지금 이 순간은 어리석은 질투도, 조절할 수 없는 초조감도, 최근 몇 년간 내내 얇은 암막처럼 몸을 뒤덮었던 막연한 불안감조차도 자취를 감추고 없었다.

지금까지 살아온 나날 중에 지금이.

타카오는 문득 생각했다. 가슴속 가장 깊은 곳에서 떠오른 감정이 부서지지 않도록 소중하게, 머릿속으로 되뇌었다.

지금까지 살아온 나날 중에 지금이.

지금 이 순간이 가장 행복한 것 같아.

우렛소리 희미하고 비가 오지 않아도
나는 여기 머무르오 그대 가지 마라 하시면

(『만요슈』 11·2514)

해석 : 천둥소리 희미하게 울리고 비가 오지 않아도 나는 여기 있겠어요. 당신이 붙잡는다면.

상황 : 비를 핑계로 붙잡으려던 여자에게 당신이 바란다면 머물겠다는 남자의 시. 제2화에 등장한 여자의 시에 대한 답가이다.

제9화

말로는 못 하고 - 유키노 유카리와 아키즈키 타카오

The Garden of Words

지금까지 살아온 나날 중에 지금이, 지금 이 순간이 가장 행복한 것 같아.

유키노는 그렇게 생각했다.

그러나 이 행복이 그리 오래가지 않으리라는 것도 알고 있었다. 아마도 머지않아 이 행복은 끝나겠지. 아까 샤워할 때 뜨거운 물을 맞으며 그 사실을 깨달았다. 하지만 몸은 아직 행복한 시간 속에 있다. 발끝까지 따끈따끈했으며 입술은 기쁘고 유쾌하게 줄곧 미소를 그리고 있었다. 분쇄된 원두에 물을 따랐다. 원두가 볼록하게 부풀어 오르면서 기포가 생기고 커피 향이 향기롭게 피어올랐다. 커피 서버로 떨어지는 물방울이 빗소리에 섞여 들었다. 하느님, 하고 유키노는 소원했다. 부디 타카오와 함께할 수 있는 시간을 조금만 더 주시기를. 우리의 비가 조금만 더 내리기를.

"유키노 씨."

타카오가 부르는 소리가 들렸다. 미소가 걸린 얼굴로 유키노는 고개를 돌렸다. 그도 웃으며 그녀를 마주 보았다.

"유키노 씨를."

그가 말했다.

'아아.'

유키노는 생각했다. 이제 비가 그치는구나.

"……좋아하는 것 같아요."

그렇게 말하고 그는 유키노를 지그시 응시했다. 그가 의도적으로 한 말은 아니라는 것을 유키노는 직감했다. 저도 모르게 불쑥 튀어나온 말. 그저 말을 하지 않고는 견딜 수 없었던 것뿐이다. 하지만 비겁해, 나는.

뺨이 열기에 휩싸이는 것을 유키노는 먼발치에서 보듯 자각했다. 나는 기뻐하고 있다. 몸이 기쁨으로 떨고 있다. 하지만…….

기뻐하는 자신에게, 멀리 서 있는 유키노는 어떻게든 손을 내밀고자 노력했다. 손이 닿기까지 상당한 시간이 걸렸다. 자신이 있는 쪽으로 그녀를 끌어당기고 올바른 말을 해야 한다. 어떻게 해서든. 손에 든 머그잔을 싱크대 위에 내려놓았다. 그제야 멈추고 있던 숨을 내쉬었다. 어쩐지 쓴웃음을 짓는 것처럼 들렸을 것 같았다. 아니라는 변명을 하고 싶어졌다. 어쨌든 그녀는 마땅히 해야 할 말을 해야 한다. 지극히 교사답게 상냥하고 논리적으로.

"유키노 씨가 아니라 선생님이라고 불러야지."

그녀의 말을 듣고 타카오는 무슨 말인가를 하려고 입술을 조금 뗐다. 그러나 다시 입을 다물었다. 실망이라기보다 놀란 기색이었다. 기분 좋게 잡고 있던 손이 별안간 뿌리쳐진 것처럼 상처받은 기색. 가슴이 욱신거렸다. 유키노는 머그잔을 다시 들고 그의 앞으로 걸어갔다. 동그란 의자에 앉자 의자가 끼이, 작은 비명을 질렀다. 바닥에 앉아 있는 그를 내려다보며 유키노는 말했다.

"내가 학교를 그만둔 얘기는 들어 알고 있지?"

대답은 없었다. 그녀는 말을 이어 나갔다.

"선생님은 다음 주에 이사해. 시코쿠에 있는 본가로 돌아갈 예정이야."

그렇게 말하자 그는 여전히 입을 다문 채 이유를 묻는 눈으로 얼굴을 들고 그녀를 보았다. 반대편에 앉은 유키노는 어깨를 움츠렸다. 그리고 변명처럼 말했다.

"……벌써 오래전에 결정한 일이야. 나는 그곳에서……."

아무도 없는 정자가 생각났다. 그곳은 비에 까맣게 젖어 오랜 세월 같이 살아온 아내에게서 버림받은 노인처럼 적막해 보였다.

"그곳에서 혼자 걷는 연습을 하고 있었어. 혼자서."

어린아이에게 끝까지 똑바로 말하라고 꾸중하듯이 유키노는 생각했다. '너는 필요 없어', 하고. 발가락에 힘이 꾹 들어갔다.

"……구두가 없어도."

깊은 구멍에 떨어진 돌멩이처럼 그 말이 그에게 닿기까지는 얼마간 시간이 걸렸다. 또르륵. 돌이 바닥에 떨어진 느낌이 들었고,

"……그래서요?"

메마른 목소리가 들렸다. 두려울 정도로 곧은 시선으로 그가 묻고 있었다.

"그래서……."

시선을 피하며 유키노는 대답했다.

"그동안 고마웠어, 타카오."

침묵이 내려앉았다. 그 틈을 메울 기세로 빗소리가 다시 거세졌다. 베란다에 늘어놓은 화분에 투명한 물이 가득 고였다. 자그마한 수조처럼 보였다. 타카오는 조용히 일어났다. 옷자락 스치는 소리가 크게 들렸다. 유키노를 내려다보며 그는 말했다.

"옷을 빌려줘서 고마웠어요" 그렇게 말하며 화장실로 향했다. "갈아입고 올게요."

"아직 안 말랐……."

멀어지는 등에 대고 황급히 외쳤다. 아니다. 이것으로 된 것이다. 유키노는 그에게서 억지로 시선을 떼어내고 손바닥 위에 놓인 머그잔으로 시선을 떨어뜨렸다. 문 닫히는 소리가 들렸다. 아직 입도 대지 않은 머그잔을 입술까지 끌어 올렸다. 따스한 김이 풍기며 솜털이 살짝 촉촉해졌다. 커피를 마시려 했지만 잔이 너무 무거워서 그대로 탁자 위에 내려놓았다. 몸속에서 고슴도치처럼 가시가 돋친 감정 덩어리가 제멋대로 굴러다니는 느낌이었다. 후회, 머뭇거림 따위와 비슷한 그것은 유키노의 마음을 묵묵히 찔러대며 나무랐다.

그럼 어떻게 하라고. 복받치는 심정으로 유키노는 생각했다. 애초에 그녀에게는 선택의 여지가 없었다. 언제나 누구에게든 진실하게 대하고자 노력해 왔는데. 히나코 선생님처럼 여유로운 어른이 되고 싶었는데. 누군가가 도움을 청하면 성심성의껏 응해 왔는데. 점점 옅어지는 커피의 온기를 응시하며 유키노는 생각했다. 세상 밖이 아니라 세상 안으로 들어가고 싶었다. 찬란한 세상의 일부가 되고 싶었다. 어른이 되면서 그 바람은 원활하게 이루어지는 듯 보였다. 이대로 다른 이들처럼 야무지게 살아갈 수 있겠다는 생각도 들었다. 그런데 정신을 차리고 보니 예고 없이 쏟아진 비처럼 피할 수 없는 무엇인가에 휘말리고 있었다. 이토 선생님이 등장했고 마키노가 등장했으며 쇼우코가 등장했다. 비 맞은 생쥐 꼴이 되어 필사적으로 도달한 정자 밑에서 비를 피하고 있는데 이번엔 타카오가 등장했다. 모두가 그녀를 어지럽혔다. 가만 좀 내버려 두면 좋으련만. 혼자 서 있는 것만이 최선이었다. 하루하루 움츠리지 않으려고 애쓰는 것만으로도 그녀는 기력이 다했다.

발소리가 천천히 다가왔다. 유키노는 고개를 들었다. 흐린 청록색 그림자 속에서 그가 아직 마르지 않았을 교복을 입고 있었다.

"전 이만 가 볼게요. 여러 가지로 고마웠어요."

담담한 인사말과 함께 고개를 숙였다. 그리고 유키노의 대답은 듣지도 않고 현관으로 몸을 돌렸다.

"아!"

유키노는 저도 모르게 의자에서 일어났다. 기다려. 조금만 더 있어. 우산도 없잖아? 비가 그칠 때까지 기다리지 그러니? 아니야, 그런 게 아니야. 그런 말을 하면 안 돼. 유키노는 말을 삼키고 다시 천천히 의자에 앉았다. 그의 발소리가 멀어졌다. 신발을 신는 소리, 문손잡이를 내리는 소리. 그리고,

타악.

문이 닫히는 소리.

그와 동시에 활화산 같은 분노가 솟구쳤다.

"……바보!"

크게 소리를 지르고서 앉아 있던 의자를 던질 기세로 잡고 흔들었다. 그러나 잡아먹을 듯이 노려본 그곳에는 이제 아무도 없었다. 공기가 쑥 빠져나간 것처럼 비틀비틀 의자를 내려놓고 다시 그 위에 앉았다.

……바보. 또 한 번 중얼거렸다.

타카오는 바보.

일방적으로 차인 피해자 같은 얼굴이나 하고. 자기는 잘못한 게 없다는 얼굴이나 하고. 네가 정자에 오지 않았던 여름 방학 내내 내가 어떤 마음으로 지냈는지 하나도 모르는 주제에. 고등학교 1학년 여름 방학을 마음껏 즐겼을 거면서. 매일 가족과 함께 밥을 먹었을 거면서. 동급생 여자아이와 차를 마신 적도 있었을 거고. 열두 살 연상녀의 생활 따윈 상상도 못할 거면서.

코끝이 찡했다. 뜨거운 숨결이 목을 막았고 숨이 가빠졌다. 눈물이 배어나는 것을 꾹 참으며 손등으로 양쪽 눈가를 눌렀다. 축축해진 눈꺼풀 안쪽에 하얗고 가느다란 미로 같은 모양이 희끗희끗하게 떠올랐다. 탁자 위에 놓인, 손도 안 댄 커피는 소리 없이 식어 갔다.

네가 이 시간을 끝낸 거야.

유키노는 타카오를 원망했다. 너는 정말 아직 어린애구나. 네가 그런 말만 하지 않았어도 우리는 더 많은 시간을 함께 보낼 수 있었을 텐데. 연락처를 교환하고, 어쩌면 고향에 내려갈 때 배웅을 받게 됐을지도 모르지. 그렇게 한결 평화롭게 아픔이 적은 형태로 우리의 관계를 마무리 지을 수 있었을 텐데.

나는 참았는데.

나는 말하지 않았는데.

'너를 좋아한다고' 나는 말하지 않았는데.

생각하고 말았다.

유키노는 손에서 가만히 얼굴을 들었다. 어떻게든 피해 왔는데 방금 난…….

바람처럼 달려 나갔다.

몸 전체로 부딪치며 현관문을 열고 복도로 뛰쳐나갔다. 점검 중 팻말이 걸린 엘리베이터를 지나 비상문을 열었다. 바깥은 회색빛 빗줄기가 더욱 기세를 펼치고 있었다. 건물 외벽에 달린 좁은 계단을 뛰어 내려갔다. 끊임없이 비가 내리며 우레

탄 고무로 된 계단 곳곳에 물웅덩이를 만들었다. 그 위에서 첨벙첨벙 소리를 내며 유키노는 달렸다. 발이 미끄러져 몇 개 안 남은 계단을 굴러 바닥에 엎어졌다. 손으로 층계참을 짚다가 바닥에 뺨을 세게 부딪치고 말았다. 옷 앞섶이 흠뻑 젖어 버렸다. 하지만 유키노는 통증도, 차가움도 느끼지 못했다. 벌떡 일어나 다시 달렸다. 층계참으로 뛰어 내려가다가 흠칫하며 멈추었다.

한 칸 아래 층계참에 그가 서 있었다. 가슴께에 오는 벽을 팔꿈치로 짚고서 안개비로 가득한 거리를 내려다보고 있었다. 천둥이 먼 곳에서 굳이 이곳까지 이끌려 온 것처럼 두 사람 가까이에서 속삭이듯 울었다.

우렛소리.

다른 어떤 말도 아닌 오로지 그 말만이 떠올랐다.

그것이 소리가 되어 닿았을까, 그가 천천히 돌아섰다.

유키노가 따라올 줄은 몰랐다.

아니, 어쩌면 그래 주기를 기대하고 이곳에서 기다리고 있었던 것도 같다. 잘 모르겠다.

그녀는 천천히 계단을 내려와 작은 입을 열었다. 아무 말도 듣고 싶지 않아서 타카오는 그 말을 가로막았다.

"유키노 씨, 아까 한 말은 잊어 주세요."

미리 준비해 놓은 대사처럼 서슴없이, 타카오는 또박또박 말할 수 있었다. 유키노를 똑바로 보며 반드시 해야 할 말, '해 주는 것이 좋을 듯한 말'을 했다.

"나는 당신 같은 사람이 제일 싫어요."

빗방울이 날아와 뺨에 닿았다.

유키노의 눈이 아프게 가늘어졌다. 그런 얼굴을 하는 당신이 싫다는 거야. 타카오는 진심으로 그렇게 생각했다.

"처음부터 당신은, 상종하지 말아야 했어요. 아침부터 공원에서 맥주나 마시면서 밑도 끝도 없이 시나 읊어대고."

그렇게 말하는 사이에 지금까지 이 우녀로 인해 맛보았던 당혹감과 짜증, 질투, 동경, 바람, 희망, 절망 그런 모든 감정이 분노로 변해 갔다. 말을 멈출 수가 없었다.

"자기 얘기는 하나도 안 하면서 남의 얘기만 캐묻고……. 내가 학생인 거 알고 있었죠? 비겁해요!"

싫다. 나는 이 여자가 싫다. 상처받은 얼굴로, 당장에라도 울 것 같은 얼굴로 서 있는 이 여자가 나는 정말로 싫다.

"당신이 선생인 줄 알았으면 구두 얘기는 꺼내지도 않았을 거예요. 허무맹랑한 꿈이라고 무시할 테니까. 안 그래요? 왜 나한테 말 안 했어요? 어린애의 망상이라고 비웃고 있었던 거죠?"

싫다. 이런 말을 지껄이는 어린애 같은 나 자신이 정말 싫다.

"내가 아무리 뭔가를, 누군가를 동경한들 그 꿈에 도달할 수 없을 거라는 걸, 이룰 수 없을 거라는 걸 당신은 처음부터 알고 있었던 거잖아요!"

여자 앞에서 꼴사납게 울부짖는 자신이 싫었다. 그토록 어른이 되고 싶었는데 자신을 이렇게 만들어 버린 그녀가 너무나 싫었다.

"……처음부터 말했어야죠! 귀찮다고! 어린애는 학교에나 가라고! 너 같은 건 꼴 보기 싫다고!"

아니면 난 당신을 평생 좋아할 테니까요. 좋아하는 마음이 끝없이 더해지고, 지금 이 순간에도 그 마음은 한층 더 뜨거워지고 있으니까.

"당신은!"

웃기지 마. 왜 당신까지 우는 거야?

"당신은 평생 그렇게 살아요. 그런 식으로 자기는 아무 상관도 없다는 표정으로."

타카오가 서럽게 울고 있다.

소리치고 있다.

"계속 그렇게 혼자 살라고요!"

그의 목소리에 숨이 멎었다.

유키노는 더 이상 참지 못하고,

맨발로 계단을 밀어냈다.

와락 안긴 것과,

달콤한 향기에 마음이 흐트러진 것과,

발작 같은 그녀의 통곡이 들린 것은 모두 동시였다.

소나기 같은 그 울음소리에 호흡이 멈추었다.

유키노는 그의 어깨에 얼굴을 묻고 격렬하게 몸을 떨었다. 차가운 코끝을 그의 목에 대고 어린애처럼 엉엉 울었다. 타카오는 놀라서 손가락 하나 까딱하지 못했다.

매일…… 아침,

울음소리에 쥐어짜 낸 듯한 그 말이 섞였다.

매일 아침.

유키노의 물기 어린 숨결에 오른쪽 어깨가 타는 듯이 뜨거웠다.

"매일 아침……! 옷을 입고…… 학교로…… 향했지만……."

어깨에서 시작된 열이 전신으로 번졌다. 그 열이 온몸을 덮고 얼음을 녹여 버린 듯했다. 그는 바보처럼 눈물만 줄줄 흘렸다.

"……하지만 두려워서 학교에 갈 수가 없었어……."

흐릿해진 시야 속에서 무엇인가가 영롱한 빛을 발했다.

비다. 석양에 빛나는 비가 두 사람을 둘러싸고 있었다.

그곳에서, 하고 흐느끼는 목소리가 말했다.

달고 촉촉한 그녀의 음성이 타카오의 귓가에서 이야기했다.

"그런데 그곳에서 난……."

울음을 그치기를 바라는 마음에, 울음을 그치고 싶어서 그는 눈물을 막듯이 유키노를 세게 끌어안았다. 유키노의 작은 머리를 사력을 다해 자신의 목에 눌러앉혔다.

그리워서, 지키고 싶어서, 사랑스러워서, 슬퍼서 참을 수가 없었다. 서로를 안은 힘에 내몰리듯, 가슴속의 공기를 모조리 토해내듯 유키노는 외쳤다.

"네 덕에 일어날 수 있었어!"

그리고 다시 큰 소리로 유키노는 울어 버렸다.

그리고 다시 큰 소리로 타카오는 울어 버렸다.

더 이상 말로는 못하고, 무엇인가에 얼어붙은 것처럼 두 사람은 서로를 꼭 끌어안았다.

비에 젖은 빌딩 사이로, 석양에 잠긴 방향에서, 녹색으로 빛나는 그 정원과 먼 산봉우리 같은 고층 빌딩 숲이 보였다.

바람에 휘날린 불길처럼 금색 비가 날아와 빛에 힘을 실었다.

여름 수풀에 핀 하늘나리처럼 남모르는 사랑은 고통이어라

(『만요슈』 8·1500)

해석 : 여름 수풀 속에 피어난 하늘나리처럼 상대가 알아주지 않는 비밀스러운 사랑은 고통스럽답니다.

상황 : 『만요슈』의 대표적인 여성 가인 사카노우에노 이라츠메의 시. 녹음이 가득한 초원에 핀 한 떨기 짙은 빨간색 하늘나리. 그 꽃처럼 아무도 모르는 괴로운 사랑을 노래한 연정가.

제10화

어른은 따라잡지 못할 속도, 아들의 연인, 색이 바래지 않는 세상

- 아키즈키 레이미

The Garden of
Words

여느 때와 달리 상쾌한 아침이었기에 나는 평소와 다른 길로 꺾어들기로 했다.

핸들을 꺾자 조금까지 등에 있던 태양이 오른쪽 차창으로 흘러갔다. 낮게 스며드는 아침 햇살이 부드럽게 상반신으로 번지며 내 오른쪽을 덥혀 주었다. 이제야 봄이 왔구나, 나는 새삼 생각했다.

그건 그렇고 정말 긴 겨울이었다. 도쿄에서도 2월에 큰 눈이 내렸는데 응달에서는 늘 녹지 않는 눈이 시커멓게 오염되어 갔으며 내 차는 꽤 오래도록 스노타이어 신세를 벗어나지 못했다. 그나마 3월이 시작되고 간토 지방이 긴 비의 터널에서 벗어날 즈음에는 살에 따끔따끔 부딪히던 뾰족한 공기가 어느덧 누그러지면서 초목에 어린 녹색 잎이 돋아났다. 봄장마라는 흔한 말이 생각났다.

나는 버튼을 눌러 운전석의 창문을 조금 내렸다. 봄 내음이 드문드문 차 안으로 흘러 들어왔다. 어떤 예감을 가득 녹여 품에 안은, 이 계절만이 가진 특별한 냉기였다. 그 당시의 감정—몇 차례의 입학식과 졸업식에서 느꼈던 흥분이나 서운함, 연정, 불안감, 기대감—이 한꺼번에 가슴을 스쳐 갔다. 두 아들이 각종 학교 행사를 치렀는데도 봄 내음이 가져다주는 것은 늘 그녀 자신이 겪었던 사춘기 시절의 향기들이었다. 급격하게 쿵쾅쿵쾅 가슴이 뛰박질을 하더니, 꺄아, 봄 상품도 사고 미용실도 가고 미팅도 하고 데이트도 하고 놀러 가서 술도 마셔야지! 그런 희망인지 욕망인지 모를 감정들이 머릿속을 지배했다. 신호가 붉은색으로 변했다. 이제 소녀 시절과는 다르다고 자신을 도닥이며 나는 살며시 브레이크를 밟았다. 적어도 미팅을 할 나이는 지났다. 심호흡을 했다. 스으, 하아. 정말 날씨가 좋구나. 핸들 위로 몸을 내밀고 하늘을 쳐다보았다.

하늘은 파란색 잉크를 물에 탄 것처럼 파랗고 투명했다. 수줍게 피어나기 시작한 벚꽃은 아직 핑크색이라기보다 흰색에 가까웠다. 이제 막 싹을 틔운 잡목의 어린잎은 신중한 붓놀림의 한 획처럼 흐린 초록색이었다.

'어, 그렇구나.'

나는 문득 깨달았다. 아들이 보여 준 그 구두는 이런 봄날을 위한 구두였던 것이다. 이렇게 예감으로 가득한 봄날 아침에 새로운 곳으로 걸음을 옮기기 시작한 누군가를 위한 구두.

'어떤 사람일까.'

나는 오른발을 액셀러레이터로 옮기고 약간 질투심을 느끼며 생각했다. 그 아이가 사랑—짐작건대 절망적인 마음—을 품은 상대. 봄 구두를 선물해 주고 싶어 할 만한 여자.

/////

"내가 아들이라는 생각은 접어 줘."

아들이 한 말이었다.

눈 내리는 밤이었으니까 두 달 전쯤이었을까. 늦게 귀가해 아들이 차려 준 저녁을 먹고 목욕을 끝낸 뒤 잠자리에 들기 전에 가볍게 술이나 한잔하려고 주방 식탁에 앉은 참이었다. 벌써 한 시를 넘긴 시각이었다.

"응?"

무슨 말인가 싶어서 나는 아들의 얼굴을 보았다. 진지하기 그지없는 얼굴이었다.

"객관적인 의견을 듣고 싶어서. 이거 좀 봐 줘."

그렇게 말하며 아들은 한 켤레의 여자 구두를 식탁 위에 올려놓았다. 가죽 냄새와 접착제 냄새가 풍겼다.

"어머나, 예쁘다."

나는 솔직한 감상을 쏟아 냈다. 5센티미터 정도 굽이 있는 아담한 펌프스였다. 앞코는 옅은 핑크색이고 몸체는 흰색에 가까운 누드색, 굽은 살짝 바랜 듯 보이는 레몬색. 발목에 묶는 긴 끈과 그 끝에 애플 그린색의 나뭇잎 모양 가죽이 달려 있었다. 색 배합이 워낙 가벼운 느낌이라 이렇게 하룻밤 두면 공기 속으로 녹아 버리는 것이 아닐까 싶을 정도로 여릿한 인상의 구두였다.

"……이거 네가 만든 거니?"

구두 가게에 진열되어 있는 광경을 상상하기 어려운, 설사 그렇다 해도 다른 화려한 구두들에 묻혀 보이지도 않을 그것은 한눈에 보아도 누군가를 위한 구두였다.

"그렇긴 한데…… 주관적인 의견 말고 여자의 눈으로 본 객관적인 의견을 듣고 싶어."

아들은 반복해서 말했다. 얼굴을 붉히며 시선은 떨어뜨린 채. 혹시 우는 건 아닌가 걱정될 만큼 심각했다. 아들이 심혈을 기울여 만든 구두라는 것이 절절히 느껴졌다.

"그렇구나……."

나는 구두를 들어 보았다. 보이는 대로 아주 가벼웠다. 차갑고 부드러운 가죽의 감촉이 이제 막 태어나서 아주 작고 고동 소리도 빠른 동물을 연상케 했다. 각도를 바꾸어 보고 힐을 쥐어도 보고 가죽의 이음매를 만져 보기도 했다. 아마도 녀석이 완성한 첫 번째 숙녀화일 터였다. 자, 뭐라고 말해야 하나.

“나한테는 너무 작아 보이지만 디자인은 마음에 든다. 도드라져 보이는 건 아닌데 묘한 매력이 있어. 만약 단골 매장에 놓여 있다면 분명 유심히 봤을 거야.”

나는 그렇게 말한 뒤 아들을 보았다. 화라도 낼 것 같은 절실한 시선으로 뒷말을 채근하고 있었다. 아, 부담스러워라. 내 아들이지만 정말 부담된다.

“……고등학생이 취미 삼아 만든 것치고는 정말 대단하다고 생각해. 고슴도치 부모 같은 심정이 아니라.”

“고등학생이 만든 게 아니라면?”

각오를 단단히 하며 녀석은 물었다. 그렇겠지. 네가 궁금한 것은 그 부분이겠지. 나는 포기했다. 이것도 다 부모가 해야 할 역할이니까.

“솔직히…… 팔 만한 물건은 아니라고 생각하고 실제로 신고 걷기에도 무리겠다 싶어. 며칠도 못 버티고 망가질 것 같거든.”

아들은 무슨 말을 하려고 입술을 벌렸다가 다시 다물었다. 정말로 눈물을 글썽이며 다음에 나올 내 말을 기다리고 있었다. 이거야, 원. 좀 더 편하게 살면 좋을 텐데. 그런 생각을 하며 나는 생각한 것을 말로 옮겼다.

"가죽에 주름이 잡혀 있고 자잘한 상처들이 있는 것은 핸드메이드의 맛이니까 넘어갈게. 팔 구두가 아니니까. 그런데 예를 들어 이것 보렴, 이렇게 뒤에서 보면 굽의 접합 부분이 살짝 좌우 대칭이 아니야."

나는 아들에게 구두 뒤축을 보여 주었다.

"이러면 체중이 실리는 부분이 각각 달라질 거고, 신다 보면 굽은 더욱 기울 거야. 중간의 굽도 너무 부드럽고."

"생크(shank)?"

"응. 생크라고 하던가?"

나는 구두 속에 손가락을 넣고 발바닥의 움푹 들어간 부분이 닿는 곳을 눌러 보았다. 그러자 구두 전체가 휘었다.

"이거 봐. 아마도 걸을 때마다 신발이 구부러질걸. 그러니까……."

"그러니까 전혀 실용적이지가 않다?"

힘 빠진 목소리로 아들은 뒷말을 받았다.

"그렇지."

그 말을 인정했다.

아들은 조그맣게 웃었다.

"엄마한테서도 이 정도로 지적당하는데 프로에게 보여 주면 너덜너덜하게 털리겠네. 역시 독학만으로는 무리야."

후련한 표정이었다. 생각의 전환이 빠른 것은 아들의 장점이었다. 나도 마음이 놓였다.

"그래도 독학으로 하이힐을 만드는 열여섯 살짜리 남자애라니, 솔직히 충분히 장인의 영역에 들어섰다고 이 엄마는 본다만."

하하하. 녀석은 짧은 웃음으로 반응했다.

"의견 고마워, 엄마. 많이 참고가 됐어. 엄마는 한잔할 거지? 안주 만들까?"

"신난다. 미안해서 어쩌지, 타카오."

아, 역시 내 집이 편하다니까. 주방에서 캔을 따는 타카오의 등을 보며 나는 그런 생각에 젖어 들었다. 작년 말까지 뒹굴던 연하 애인의 집에서는 모든 요리가 항상 내 몫이었다. 장남인 쇼우타와는 툭하면 말다툼을 벌였다. 그러던 쇼우타가 독립하자 나는 몇 달 동안의 가출 생활을 정리하고 이렇게 타카오와 단둘이 살게 되었다. 둘만의 생활은 매우 온화하고 쾌적했다. 가출한 이후로는 청소도, 세탁도 대부분 타카오의 몫이 되었고. 아, 쾌적해라. 만들어 놓기를 잘했다, 우리 차남.

"……왜요?"

내 시선을 느꼈는지 타카오가 고개를 돌렸다.

"널 만들기를 잘했다고 생각하는 참이야."

"……만들었다고 하지 마. 자요."

얼굴을 붉히며 약간 난폭하게 작은 접시를 식탁에 내려놓았다. 숫총각(아마도)을 놀리면 얼마나 귀여운지 모른다. 접시에는 멸치와 매실 장아찌를 차조기로 싼 음식이 담겨 있었다.

"그래서 누구한테 줄 건데?"

나는 두 번째 소주잔에 입을 대며 물었다. "뭐?" 하고 타카오가 찻잔에서 고개를 들었다.

"누구한테 주려고 만든 구두야? 여자 친구?"

"그건……."

이 아이는 쉽게 얼굴이 빨개지는구나.

"여, 여자 친구 아니야."

타카오는 당황하며 말했다.

"우와, 그럼 짝사랑 상대를 위해 구두를 만든 거야?"

으음, 부담스럽다. 역시 숫총각이고 10대의 사랑이구나. 타카오는 불편하다는 듯한 얼굴로 입을 꾹 다물고만 있었다. 매실과 차조기가 이렇게 잘 어울릴 줄이야.

"얘, 그 여자애 연상이지?"

젓가락으로 가리키며 정곡을 찌르자 타카오는 눈을 부릅뜨며 나를 보았다.

"구두를 보니 고등학생이 신을 만한 디자인이 아니던걸. 어디에서 만난 거니? 대학생? 몇 살 연상이야?"

타카오는 새빨개진 귓불을 손가락으로 긁적이며 차를 홀짝이더니 내 시선을 피해 가면서 입을 우물거렸다.

"그, 그게 얼추 열여덟이던가. 열아홉이니까 두세 살 위인가?"

거짓말이다. 타카오의 태도를 보니 짐작이 갔다. 어쩌면 직장인, 어쩌면 스무 살 가까이 차이가 날지도. 가여워라. 그쯤 되면 살짝 어려울 거야, 애야. 나는 점점 더 즐거워졌다.

"흐으음. 너도 좀 마실래?"

"안 마셔요! 그만 잘래!"

아들은 도망쳐 버렸다. 아무튼 타카오도 어른이 되었구나. 나는 그날 밤 스산한 마음으로 혼자 술을 마셨다. 타카오는 그 후 두 번 다시 구두 얘기를 하지 않았다.

/////

"창구 업무는 5시까지라고 어제도 그랬잖아."

코바야시의 쨍쨍한 목소리가 귀에 닿았다. 여학생이 항의하는 음성이 들렸고 "안 되는 건 안 되는 거야!"라고 노한 소리가 이어졌으며 수납 카운터의 커튼이 매정하게 닫히는 소리도 들렸다. 카운터의 형광등도 난폭하게 끄더니 코바야시는 파란 티어드 스커트를 살랑살랑 흔들며 내 옆에 있는 책상으로 돌아왔다.

"무슨 일이야?"

나는 서점으로 보낼 발주 목록 작성을 중단하고 코바야시에게 질문을 던졌다. 그녀의 모양 좋은 눈썹이 일그러졌다.

"하반기 등록금을 이제 갖고 왔잖아요."

"하반기? 납부 기간은 한 달 전에 끝났을 텐데?"

"그래서 두 번이나 독촉했다고요. 그리고 계좌에 입금하라고 몇 번이나 말했는데도 현금을 들고 온 거 있죠! 원무과도 벌써 문 닫았는데!"

울분을 토하며 그녀는 퇴근 준비를 서둘렀다. 나는 퇴근하려면 30분은 더 있어야 한다는 말은 꿀꺽 삼키고 말했다.

"저 학생, 파일 좀 보여 줄래?"

대답이 떨어지기 전에 나는 모니터를 들여다보았다. "누구야?" 짜증을 내면서도 그녀는 손가락을 가리켰다. "여기, 나카지마 모모카요."

나란히 기입된 한자를 눈으로 좇던 나는 무심코 소리를 질렀다.

"어머나, 오늘이 등록 마감일이잖아!"

나는 허둥지둥 사무실에서 나가 "학생!" 하고 외치며 복도를 걸어가는 뒷모습을 향해 뛰었다. 나카지마 모모카가 뒤를 돌아보았다. 바닐라 향수 냄새가 물씬 풍겼다.

"왜요?"

"학생, 오늘 안으로 등록금을 못 내면 제적 처분이야!"

하아? 그 무슨 해괴한 소리냐는 태도였다. 나는 사태의 중요성을 전혀 인지하지 못하는 나카지마 모모카를 사무실로 데리고 가서는 설명했다. 대학이라는 곳은 등록금을 납부하지 않으면 제적을 당하는 곳이라고. 제적이라 함은 즉 쫓겨난다는 뜻이라고. 본래 납부 기한은 한 달 전에 끝났고 이미 유예 기간도 오늘로 끝이니 오늘 5시까지 은행에 가서 소정의 금액을 부치지 않으면 모든 것이 끝이라고. 그러니 다섯 시가 지나서 현금을 가져와 봤자 소용없다고.

귀여운 얼굴에 완벽하게 화장을 한 나카지마 모모카는 그럼 어쩌면 좋으냐며 화가 난 듯 물었다. 그렇게 완벽하게 화장할 시간에 은행에 갔다면 이 사달이 나지는 않았을 것이라고 생각하면서도 나는 부득이하게 이번만 특별히 현금 수납을 용인해 주겠다고 말했다. 그녀가 내민 봉투를 받아 들고 재경부에 가서 댈 변명을 짜내며 나는 금액을 셌다. 어라? 세 번이나 다시 셌다.

"……2만 엔이 부족한데?"

"진짜요? 어쩌지, 그 돈이 전부인데……."

나카지마 모모카는 화장한 얼굴로 울상을 지으며 나를 쳐다보았다. 내 목에 걸린 이름표를 힐끗 보았다.

"레이미 씨, 좀 꿔 주시면 안 돼요? 내일……이 아니라 다음 주에 꼭 갚을게요!"

하마터면 봉투를 냅다 던질 뻔한 것을 간신히 참아내며 5분간 질문과 답을 주고받은 끝에 그녀의 부모님 집 주소와 전화번호를 받는 조건으로 나는 지갑에서 2만 엔을 꺼냈다.

"바보 같아."

나카지마 모모카를 돌려보내고 자리로 돌아와서 코바야시에게서 그런 말을 들었다.

"제적당해도 싸잖아요. 이제 어린애도 아닌데 그렇게까지 해 줄 필요가 있을까요?"

"……코바야시 씨는 전혀 몰랐던 거야?"

"뭘요?"

"오늘이 그 아이에게 주어진 최종 납부일이었어."

코바야시는 그 말에는 대답하지 않고 짜증이 절절히 밴 투로 말했다.

"이 기회에 사회의 규칙을 몸에 새기는 게 그 학생을 위해서도 옳은 일이에요."

"내 생각은 다른데."

나는 그녀의 말에 반론을 펼쳤다. 내 눈에는 코바야시나 나카지마 모모카나 동급생으로 보였다. 올해 졸업한 티가 나는 여직원의 예쁘게 꾸민 손톱을 보며 말했다.

"대학은 관공서나 은행 창구와는 다르다고 생각해. 물론 대학도 일종의 기업이기는 하지만 그 전에 교육 기관이잖아. 그런 만큼 우리 같은 교직원도 교사 못지않게 학생이 성장하는 데에 도움을 주고 무사히 사회에 둥지를 틀 수 있게 업무를 완료함으로써 보수를 받는 게 아닐까 싶거든. 그러니 경영자보다 학생의 입장을 먼저 헤아려야지."

"응석을 받아 주는 것과 그게 어떻게 다를까요?"

심드렁하게 응수하며 코바야시는 노란색 모노그램 무늬가 그려진 명품 가방을 들고 인사도 없이 나가 버렸다. 나는 그녀의 등에 연필을 던져 버리고 싶은 충동을 간신히 참아 냈다.

"던지지 그랬어, 연필."

키요미즈가 흥미진진하게 말하며 우롱차를 마셨다.

"그러면 안 되지. 동료잖아."

좁은 가게는 고기 굽는 연기와 잡담 소리로 충만했다.

"그래도 역시 화는 나. 요즘 애들은 요상하게 남에게 엄격하단 말이지. 본인은 제쳐 놓고 타인에게 유독 엄격한 잣대를 들이대. 자신이 타인으로부터 얼마나 많은 용서를 받으며 살아왔는지는 되돌아보지 않고 도덕이니 논리니, 유별나게 상식적인 행동을 남에게 요구하거든. 자존심은 강한 주제에 자기 긍정에 굶주려 있고. 또 그런 주제에 타인의 가치는 인정하고 싶어 하지 않아."

긴 얘기를 한꺼번에 쏟아내고 나는 맥주를 벌컥벌컥 마셨다. 쌓였구나, 키요미즈는 싱글거리며 말했다.

"그래도 코바야시라는 애 말도 일리는 있는 것 같은데."

나도 모르게 그의 얼굴을 노려보았다. 진정하라는 눈빛으로 그는 웃으며 덧붙였다.

"요즘 학생들이 오만하기는 하잖아. 자기가 손님이라는 의식으로 가득 차서. 혼내 주고 싶은 마음이 안 드는 건 아니야."

"이보세요, 타인을 '혼낼' 권리 따윈 누구에게도 없어."

내가 탁자 위로 몸을 내밀다시피 하며 힘주어 말하는데 고기가 담긴 접시가 도착했다.

"알겠습니다, 레이미 씨. 갈비 구워 드리지요."

키요미즈는 투박한 손으로 갈비 일곱 대를 불판에 나란히 올렸다. 그것만으로도 내 짜증은 쉽게 녹아내렸다. 이거요, 양구이도 맛있네요, 레이미 씨. 키요미즈, 이 안창살 좀 먹어 봐. 밥은 아직 안 먹어도 되지? 그럼 상추만 더 달라고 한다. 고기를 입에 넣고 오물거리는 키요미즈를 보다 보면 아들이 식사하는 모습을 지켜보는 엄마의 마음으로 바뀐다. 자, 실컷 먹으렴. 그런 마음이 절로 든다. 실제로 서른여섯 먹은 그는 나이상 중년이기는 해도 늘 사복 차림이라 학생 같은 인상이 강했다. 짧게 깎은 머리카락에 무테안경을 낀 마른 체형의 키요미즈는 심지어 올해 스물일곱이 되는 장남 쇼우타보다 어리게 보일 때도 있었다.

"그런데 레이미 씨가 대학에 취직한 이유가 따로 있어?"

나는 키요미즈를 위해 고기를 상추에 싸 주면서 대답했다.

"음, 내가 대학생일 때 첫째를 낳았다고 그랬잖아. 출산 전후로 1년을 쉬다가 아이를 키우면서 복학하고 졸업도 했는데 취직자리를 알아볼 때."

"아, 그랬구나. 교수님 소개로 대학에 취직했다고."

"응, 연구실 업무 조교 일을 소개받았지. 결혼해서도 일은 계속하고 싶었고 국문학이라는 학문도 좋았어."

"흐으음."

"그 당시만 해도 세상의 눈은 완고해서 학생이 결혼하고 출산하는 일은 드물었지. 남녀 고용 기회 균등법 개정 직후이긴 했지만 실제로 내가 일반 기업에 취직하기는 어려웠을 거야."

나는 잔에 남은 맥주를 남김없이 비웠다.

"그래서 교수님이나 대학 측의 호의에 고마워하고 있어. 학문의 자유를 보장함으로써 학부는 다양성을 지킨다는 거지."

그렇게 말하고 나서 지나가는 점원에게 생맥주를 주문했다. 키요미즈는? 음, 같은 걸로. 그럼 생맥 하나랑 우롱차 하나 추가해 주세요. 키요미즈는 술을 안 마신다. 못 마시는 것은 아닐 텐데, 술도 안 마시고 어떻게 기분 전환이 가능하냐고 집요하게 캐묻는 내게 그는 이런 답을 주었다. 뭐랄까, 필요를 못 느끼겠어.

맞은편 자리에서 한 커플이 고기를 콕콕 찌르고 있었다. 나카지마 모모카나 코바야시와 흡사하게 최근 스타일로 화장한 아가씨와 양복을 입은 20대 중반의 청년이었다. 두 사람이 발산하는 분위기로 보아 사귄 지 반년쯤 되었을 것이라고 미루어 짐작했다. 이곳에서 나가면 편의점에 들러 스낵과 내일 아침에 먹을 것을 사서 둘 중 누군가의 집, 같은 침대에서 잠들겠지. 시원찮은 일로 옥신각신하고 질투도 하면서 사귀다 보면 1년쯤 후 터닝 포인트가 찾아올 것이고. 헤어질지 결혼할지를 고민하든가, 어정쩡한 관계를 계속 유지할지도 모른다. 불현듯 우리는 사람들에게 어떻게 보일까, 의문이 생겼다. 열두 살 어린 남자 친구와 고급 음식점이라고 하기 어려운 고깃집에 앉아 있는 마흔여덟 살 먹은 여자.

"막내가 곧 대학생이 되지 않나?"

불판에 올려놓은 양이 타면서 치직치직 소리를 내며 움츠러들었다. 키요미즈는 고기가 잘 익었는지 확인하기 위해 젓가락으로 양의 안쪽을 신중하게 살피며 물었다.

"응, 고2니까."

나는 순순히 대답했다. 키요미즈는 질투를 하지 않는다. 그래서 나는 대수롭지 않게 헤어진 남편이나 아이들에 대한 얘기를 들려주곤 했다. 내가 재학 중에 다섯 살 많은 무역 회사 직원의 아이를 속도위반으로 출산한 일, 그와 결혼한 일, 남편

이름이 타카시라서 쇼우타, 타카오, 이렇게 '초성 끝말잇기'로 애들 이름을 지었다는 얘기, 남편의 해외 근무 기간이 길어지면서 서로 마음이 멀어졌고 막내가 중학생이 되자 이혼했다는 얘기들을 키요미즈는 언제나 덤덤한 얼굴로 들어 주었다. 바닷물이 햇빛에 증발해 구름이 되어 편서풍을 타고 이동하다가 마침내 비가 되어 일본 땅을 적시겠습니다. 그런 내용의 일기예보라도 듣는 것처럼 흐으음, 하고 흥미롭게 귀를 기울였다. 나는 인간관계에서 일어나는 질투라는 감정이 잘 이해가 안 가. 예전에 그런 말을 한 적이 있었다.

아무리 그래도 그렇지, 하고 나 역시 지글지글 구워지는 고기를 보며 생각했다. 술도 안 마시고 질투도 안 하고 화도 안 낸다. 이 사람은 과연 나를 좋아하긴 하는 걸까. 그가 내게 품고 있는 감정은 애정일까. 어쩌면 무관심하지는 않은 정도의 감정이 전부일지도 모른다. 같이 술자리를 가지면 필연적으로 따라오는 그런 의문들을 밀어 버리고 나는 다시 아들 얘기로 넘어갔다.

"실은 둘째가 대학에 안 가고 구두 만드는 공부를 하고 싶다는 거야."

"구두? 구두를 만드는 공부라면 구두장이가 되고 싶다는 건가?"

"그렇겠지."

키요미즈는 곰곰이 생각하며 말했다.

"……흔치 않은 일이네. 디자이너 이상으로 먹고살기 힘든 직업인데. 단순한 공장 근무 같은 게 아니라 창의적인 일을 하고 싶다는 거지? 공방을 갖는 게 꿈이라든가."

"그럴 거야."

"이런 말을 하면 실례일지도 모르지만, 대학 입시를 피하려는 건 아니고?"

"그건 아닐 거야. 실제로 몇 켤레 만들기도 했는걸. 한 2년 전부터."

"진짜? 집에서 혼자?"

"응. 도구도 아르바이트를 해서 구입하는 모양이야."

내가 그렇게 대답하자 키요미즈의 눈빛이 변했다. 어떤 구두를 만드느냐, 레이미 씨는 엄마로서 어떻게 생각하느냐. 그로서는 드물게 열정적으로 질문을 퍼부었다. 그래픽 디자이너로서 공감 가는 부분이 있는 모양이었다. 그거 진심인데, 그는 말했다.

"타카오라고 했지? 적어도 마음만은 진심이야. 무언가가 되고 싶다는 마음을 가진 젊은이는 얼마든지 있어. 그런 애는 인터넷을 통해 질문을 던지기도 하고 비평가라도 되는 양 주절거리며 남의 작품을 공격하기도 하지. 뭐, 이해 못할 바는 아니야."

키요미즈는 불판 위에 올려진 고기에 시선을 준 채로 스스로에게 말하듯 고요하게 말을 이었다.

"하지만 진정, 진정으로 무언가를 만들고 싶어 하는 사람은 누군가에게 질문하기 전에 이미 만들고 있어."

집에 돌아와 보니 밤 12시가 넘었다. 문을 열자 "어서 와."라는 장남의 목소리가 들렸다.

"늦었네. 술 마신 거야?"

쇼우타가 혼자 식탁에 앉아 내 소주를 꺼내 마시고 있었다. 흐린 파란색 와이셔츠에 넥타이는 풀어 놓은 채였다. 편의점에서 샀을 법한 반찬과 직장에서 파는 스마트폰이 나란히 놓여 있었다. 오래된 공단 주택의 어슴푸레한 전등불 아래에 앉아 있는 그는 마치 출근 열차에서 흔히 보는 낯선 남자 같았다.

"응. 키요미즈 씨랑 식사하면서 반주로. 오랜만이구나, 쇼우타. 그런데 웬일이야?"

"여름옷 챙기러."

흐으음. 나는 방으로 가서 출근복을 벗고 핑크색 점퍼로 갈아입은 후 주방으로 다시 나왔다. 술 생각은 없었지만 맥없이 앉아 있기도 뭐해서 캔 맥주를 하나 꺼내 쇼우타와 마주 앉았다. 서로에게서 불편한 기색이 고스란히 읽혔다. 술만 마시는 부자연스러운 침묵이 한동안 이어졌다. 그래도 이 녀석보다 내가 어른이라 "요즘은 어때?" 하고 대화의 물꼬를 텄다.

"뭐, 여전해. 그보다 엄마는 어떤데?"

"건강하지. 타카오는? 저녁은 같이 먹었니?"

"아니, 저녁은 먹고 왔거든. 설거지하고 세탁기 돌리고 자던데."

"그랬구나."

대화는 곧 끊기고 말았다. 쇼우타는 내 애인에 대해 얘기하기를 싫어했고 나도 쇼우타의 동거 상대에 대해 얘기하고 싶지 않았다. 그리고 우리는 피차 그 사실을 아주 잘 알고 있었다.

"……주방이 너무 어두워. 이 집이 지은 지 몇 년 됐더라?"

쇼우타가 다른 질문을 던졌다.

"40년쯤 됐을걸."

나는 대답했다.

"이 집에 오면 어쩐지 기분이 울적해져. 어둡기도 하고 문의 여닫이 상태도 안 좋고. 어쩐지 궁상스러워 보이잖아. 오래된 식기나 벽에 남은 스티커 자국 같은 건 좀 없애지 그래?"

"이대로가 좋아. 건드리지 마."

"안 건드려."

넌 뭐 하러 온 거야. 나는 그 말을 맥주와 함께 삼켜 버렸다. 이렇게 불편한 마음으로 쇼우타와 마주 앉아 있으려니 후지사와 타카시와 이혼에 대해 얘기했던 그 긴 밤 속에서 아직도 헤어 나오지 못한 것 같은 기분이 들었다. 나와 결혼했을 즈음의 타카시보다 지금의 쇼우타가 더 나이를 먹었다.

"저 녀석도 벌써 고2야."

살짝 말투를 바꾸며 쇼우타는 타카오의 얘기를 꺼냈다.

"그렇지."

"진로 상담 같은 거 할 때 아닌가? 어쩔 건지 얘기는 해 봤어?"

나는 이제야 깨달았다. 쇼우타는 이 얘기를 하려고 나를 기다린 것이다. 나는 눈앞에 놓인 맥주로 손을 뻗었다. 캔이 비어 있어서 일어나 소주잔을 꺼냈다.

"그 애는 대학에 안 간대. 전문학교나 유학을 가고 싶다더라."

"뭐라고?"

쇼우타의 언성이 높아졌다.

"무슨 소리야, 그게! 유학? 유학이라고?"

나는 잔을 가져와 의자에 앉았다. 쇼우타가 따라 주기를 기대하며 잠시 기다렸지만 그럴 마음이 없어 보여서 직접 소주를 따르고 물을 섞었다.

"아니, 구두를 만드는 게 목표인 건 좋은데 일단 대학은 가야지! 엄마 생각은 어떤데?"

"나도 모르지. 앞으로 천천히 얘기해 볼 생각이긴 한데 결국은 타카오 본인 인생인걸."

또 언쟁이 벌어지는구나. 지긋지긋했다. 나와 쇼우타는 타카오를 놓고 언제나 말다툼을 벌였다. 아들에 대해 교육 방침이 서로 다른 부부처럼. 빤한 소리는 하고 싶지 않지만, 하고 쇼우타는 마뜩잖은 얼굴로 말했다.

"타카오는 아직 열여섯이고 엄마는 그 녀석의 유일한 부모야. 제발 부탁이니 부모로서 역할을 제대로 하라고. 타카오를 편리한 가정부처럼 부려 먹지 말고."

"가정부로 부려 먹은 적 없어."

쇼우타는 나의 항의를 가볍게 무시했다.

"예를 들어 고졸과 대졸의 평균 임금이 얼마나 차이 나는지, 이력이 단절됐다가 재취업을 하는 게 얼마나 어려운지 그런 것부터 차근차근 얘기해 주라고."

"앞으로 말해 줄 거야."

"안 팔리는 디자이너와 고기 구워 먹일 시간에 타카오를 데려가 그런 얘기를 해 주란 말이야."

벌컥 신경질이 났다. 생각하기도 전에 빈 깡통을 쇼우타에게 냅다 집어 던졌다. 빈 맥주 캔이 퉁 소리를 내며 쇼우타의 어깨에 부딪쳤다.

"위험하게 왜 이래!"

"뭐야, 너야말로 안 팔리는 배우랑 이도 저도 아니게 동거나 하는 주제에!"

"그건 상관없는 얘기잖아!"

노기를 띤 어조로 쇼우타가 받아쳤다. 저것 보라지. 금방 발끈하잖아. 내 배에서 나온 주제에. 내 젖을 먹고 큰 주제에.

"상관있어! 인생을 어떻게 사는지에 대한 이야기니까. 네 나이 때 난 일하면서 초등학생 아들을 키우고 살았단 말이야!"

갑자기 나 자신이 가여워져서 눈물이 나왔다.

"그 초등학생이 나겠지."

"그래! 그렇게 귀엽고 솔직하던 애가 어느 틈에 생판 모르는 남자처럼 변해 가지고. 너는 내 아군이야, 적이야?"

내가 한 말인데도 눈물이 절로 나왔다. 머리가 띵하면서 엉뚱하게도 편안한 감정이 가슴속에 사르르 퍼졌다. 나는 소주를 물처럼 들이켰다. 아, 또 시작이야. 쇼우타가 중얼거렸다.

"그건 내가 잘못했어. 다 큰 어른이 울지 좀 마요. 술도 그렇게 마시지 말고. 그만 씻고 주무세요."

"싫어. 더 마실래."

고집을 부리며 나는 잔에 소주를 따랐다. 그만하시라니까. 쇼우타의 음성이 아까보다 멀게 들렸다. 어느 틈에. 나는 다시 생각했다.

어느 틈에 다들 멀어졌을까.

어느 틈에 나를 두고.

/////

내가 절대 쫓아가지 못할 속도로 아이는 어른이 된다.

학교에서 삼자 면담을 끝내고 옆에서 나란히 걷는 아들이 그사이 얼마나 컸는지를 절감하며 나는 그런 생각을 했다.

"타카오가 다음 달에 몇 살이 되더라?"

"열여덟."

그렇다면 나는 곧 쉰이 된다는 얘기다. 진노랑으로 물든 은행나무와 그 위에 펼쳐진 애시 그레이의 낮은 하늘을 올려다보며 나는 하얀 한숨을 쏟았다. 순식간이다. 그러고 보면 나카지마 모모카도 변했다.

1년 반 전에 간신히 제적을 면한 나카지마 모모카는 대학 3학년이 되었고 학교에서 마주치면 정중하게 고개를 숙였다. 경쟁률이 높은 세미나에 들어가기 위해 요즘 열심히 도서관에 다니고 있다고 한다. 동료인 코바야시는 지금은 베테랑의 얼굴로 신입 사원에게 날마다 잔소리를 퍼붓고 있다. 쇼우타는 희망이 없어 보이는(내가 보기에는 그렇다) 동거를 어영부영 지속하는 중이다. 나는 최근 1년 반 사이에 점검을 받은 차를 새것으로 바꾸었고, 위내시경 관을 두 번이나 삼켰으며, 정장 두 벌과 구두 세 켤레를 매장에서 조달했다. 적절한지 부적절한지 판단하기 어려운 술자리를 몇 번 정도 거치고, 두 번 다시 생각하지 않기로 다짐한 사건을 몇 개인가 기억 저편으로 밀어내 봉인했다. 키요미즈와는 헤어졌다. 그렇게 하루하루 기지

개를 켜는 감정의 파도를 술로 감싸고, 문고본으로 감싸고, 오래된 치마로 감싸 이 거리의 축축한 땅 아래에 끊임없이 묻으며 살고 있었다.

그리고 또 겨울이 찾아왔다.

크리스마스를 한 달 앞둔 거리는 화려하게 색색으로 장식되어 분위기를 들뜨게 만들었다. 옆에서 걷는 아들의 눈은 그런 것들을 일절 담지 않았다. 정월과 고등학교 졸업식을 뛰어넘어 그 끝에 있을 어떤 장소를 보고 있었다. 이탈리아일 것이라고 나는 생각했다. 가 본 적은 없지만. 이탈리아는커녕 나는 해외라고는 가 본 적이 없었다.

내가 생각해도 좀 의외다.

꼬집어 말하자면 타카오보다 내가 멀리 떠나고 싶어 하는 부류라고 생각해 왔으니까. 어렸을 때부터 갖가지 책을 독파하며 언제나 외국을 동경했다. 어른이 되면 어딘가 먼 나라에 가서 살아야겠다는 생각도 했다. 하지만 결국 나는 태어난 이후 줄곧 도쿄에서 살고 있다. 내 인생의 대부분은 기껏해야 차로 한 시간 남짓 걸리는 테두리 안에서 벌어지고 있었다.

그런데 어이없을 정도로 간단하게 아들은 그 테두리에서 벗어나려 하고 있다.

상담실에 도착하자 아들의 담임인 이토 선생님은 다소 난감하다는 얼굴로 나를 맞았다.

"어머님이신가요?"

"네."

"이쪽에 앉으세요."

혹시 누나로 보았을지도 모르겠다는 데 생각이 미친 나는 기분이 좋아졌다. 무난하게 학부모 스타일로 입을까 어쩔까 고민하다가 과감하게 무릎 위로 올라오는 플리츠스커트를 입고 오기를 잘했다. 옷자락에는 차콜 그레이 레이스가 달려 있었다. 허리에는 캐멀색 벨트를 둘렀는데 살짝 과했나 싶기도 했다. 추억이 돋는 학교 의자에 앉고 보니 타카오가 떨떠름한 얼굴로 나를 보고 있었다.

"……코스프레?"

작은 소리로 물었다.

"아니야!"

얼결에 버럭 소리를 지르고 말았다.

"타카오 어머님."

이토 선생님이 헛기침을 하며 주의를 돌렸다.

"알고 계시겠지만 타카오가 대학 입시를 보지 않겠다고 합니다. 구두 만드는 법을 배우러 피렌체 대학으로 유학을 가고 싶다고요. 봄까지 남은 고교 생활 동안 그러기 위해 학비를 벌어야 하니까 아르바이트를 하고 싶다고 합니다. 가정에서 충분히 얘기하고 내리신 결론이 맞습니까?"

오오, 과연 삼자 면담! 가슴이 뛰는구나. 나는 목소리를 가다듬고 진지하게 말했다.

"네. 아들이 처음에 그 얘기를 한 건 꽤 됐어요. 2년 전 고1 때였죠. 당시에는 놀랐지만 그 후 내내 대화를 나누면서 지금은 이해하게 됐어요."

이토 선생님의 표정이 무거워졌다. 실례지만, 하고 다시 입을 열었다. 설교하는 뉘앙스를 감출 마음도 없어 보였다.

"실례지만, 제게는 구두장이도, 이탈리아 유학도 현실적인 선택으로는 보이지 않습니다. 저희 학교에서 전례가 없는 일이기도 하고, 유학을 원한다면 대학 재학 중에 얼마든지 기회가 있어요."

아, 이런 선생님이 있었지. 한눈에 보아도 체육 선생님 같은 굵직한 중저음을 들으며 나는 그리운 추억에 젖어 들었다. 지금이야 이 성실한 모습이 귀여워 보이지만 그때에는 상당히 무서운 존재로 인식했던 스타일이다. 옆에 앉은 타카오를 곁눈질로 보니 서늘한 표정으로 얌전히 앉아 있었다. 뭐, 어려운 문제이긴 하지. 내가 학생이었으면 이 딱딱한 트레이닝복 차림의 선생님과 대면하는 것만으로도 눈물이 고일 거야.

"타카오 어머님, 저도 조금 알아봤는데요. 명품을 생산하는 기업이나 디자이너라면 몰라도 구두장이를 필요로 하는 제조업 자체가 일본에서는 사양 산업이에요. 제조의 거점은 아시아의 신흥국으로 이미 완전히 터를 옮겼고, 그렇다고 개인을 상대로 한 맞춤 제작 문화가 일본에 자리 잡은 것도 아닙니다. 그런 부분을 다 알고, 그래도 그 꿈을 지향하겠다면 물론 훌륭한 각오라고 생각은 합니다. 하지만 타카오에게 그만큼의 각오가 있다면 일본에서 대학 생활을 하면서도 자신의 길을 충분히 찾을 수 있지 않을까 합니다. 고등학교를 졸업하자마자 유학, 그것도 비영어권은 위험 부담이 너무 커요. 어학원까지는 누구든 입학이 가능합니다. 그러나 현지 대학에 합격하지 못할 수도 있고, 설사 입학했다 해도 졸업까지는 수많은 난관이 따를 겁니다. 게다가 다행히 졸업을 하더라도 귀국 후의 구직 활동은 대학 졸업자에 비해 확률이 낮을 거예요. 그건 통계로도 나와 있어요."

이토 선생님은 발끝까지 울릴 만큼 낮은 음성으로 그렇게 말하고는 시선을 타카오에게로 옮겼다. 타카오도 얼굴을 들었다.

"타카오, 조금이라도 더 많은 가능성을 남겨 두기 위해 일본 대학에 진학하는 게 옳다는 것이 선생님 의견이다. 너는?"

타카오는 입을 열었다가 다시 다물었다. 어딘가 깊은 곳에 넣어 둔 말을 진중하게 찾는 얼굴이었다. 창밖에서 방과 후의 웅성거림이 희미한 땀 냄새처럼 새어 들어왔다. 별안간 나도 교복을 입고 있는 듯한 기분에 휩싸였다. 감색 동복의 두툼한 감촉과 냄새가 오늘 아침에도 느꼈던 것처럼 익숙하게 느껴졌다. 벌써 30년이나 흘렀는데도 세상은 조금도 색이 바래지 않았다는 것을 나는 새삼스레 깨달았다.

"선생님이나 가족들이 걱정해 주시는 것은 기쁘게 생각해요."

타카오의 입에서 천천히 말이 나왔다.

"선생님 말씀대로 구두장이의 길은 매우 험난하다고 생각해요. 그런 만큼 이를 악물어야 도달할 수 있지 않을까 싶어요. 그러니까 이것도 챙기고 저것도 챙기고 위험 부담을 피하고 가능성을 남기고, 그런 변명은 하고 싶지 않아요."

이토 선생님이 무슨 말을 하려고 입술을 달싹였지만 타카오는 계속 말을 이어 나갔다.

"저는 구두를 홍미가 아니라 직업으로 삼았기에 피렌체로 가려는 거예요. 구두는, 특히 숙녀화는 트렌드가 중요해요. 명확한 유행이 있고 그 흐름 안에 있지 않으면 직업적으로 성공하지 못해요. 유행도, 기술도 중심은 유럽이죠. 재료마저 유럽 견본 시장에서 그해의 유행 패턴이 결정될 정도예요. 구두를 만드는 분야에 관한 모든 기술과 재료가 피렌체에 집중되어 있어요. 해외로 나가고 싶다, 나가지 않으면 안 된다, 그게 아니에요. 아주 단순하게 유학을 가야 할 '필요'가 있기 때문에 가는 거예요."

역으로 이어지는 언덕길을 내려가는데 부슬비가 내리기 시작했다. 나는 마침 눈에 띈 펍으로 타카오를 데리고 들어갔다. 타카오는 교복 차림이라 안 된다며 반발했지만 "유럽에 갈 거잖아. 그 연습이라고 생각하고 한잔해." 이러면서 억지로 끌고 들어가 구석 자리에 앉혔다. 나는 기분을 내서 모레티 맥주를 시켰고 타카오에게는 콜라를 주문해 주었다.

"너희 담임, 꽤 귀엽던걸."

"에엥? 귀여워? 누가? 이토 선생님이?"

"끝까지 노여워하잖아. 널 진심으로 걱정하는 것 같았어."

"……1학년 때도 담임이었지만 이렇게 길게 얘기한 건 오늘이 처음이야. 어떤 사람인지 잘 모르겠어."

그 말을 끝으로 우리는 한동안 묵묵히 창밖만 바라보았다. 가게 안은 어두웠고 길가에 면한 큰 창문은 수족관의 거대한 수조처럼 보였다. 사람들이 들고 있는 각양각색의 우산이 하늘하늘 헤엄치듯 유리창 너머에서 오가고 있었다.

삼자 면담을 하든 안 하든 유학을 가겠다는 타카오의 의지에는 변함이 없을 것이다. 어렸을 때부터 내 신발을 가지고 놀던 아이였다. 나는 취미로 꽤 많은 구두를 사들였는데 그것을 정리하고 관리하는 것은 어느덧 타카오의 몫이었다. 중학생이 되어서는 안 신는 구두를 분해하기도 했다. 관심이 모양에서 구조로 옮겨 간 것이다. 드라이어나 가스스토브를 이용해

접착제를 벗겨내고 생크를 떼어내거나, 굽을 부러뜨리거나 하고는 다시 조립해 보기도 했다. 고등학교 2학년 말부터는 혼자 힘으로 졸업 후의 진로를 모색했다. 국내 구두 전문학교에서 개최한 설명회에 몇 번 참석했고, 실제로 구두장이를 만나서 이야기를 나누어 보기도 했다. 나에게도 부탁을 하기에 잘 아는 구두 공방을 하나 소개해 주었다. 프로들과 이야기를 나누면 나눌수록 유학에 대한 의지는 더욱 확고해지는 것 같았다. 타카오는 피렌체 시내에 위치한 대학 부설 어학원에 연락을 취해 이탈리아어로 된 자료를 요청했다. 자료들을 꼼꼼하게 확인해 학교를 한곳으로 좁힌 다음 아르바이트로 모은 입학금을 송금했다. 그렇게 내년도 입학 허가를 이미 받아 둔 상태였다. 반년간 그 어학원을 다니다가 예술 대학에 지원서를 넣을 예정이라고 했다. 그런 수속을 타카오는 고등학교 생활과 중국집에서 아르바이트를 병행하는 가운데 라디오 강좌로 이탈리아어를 공부해 가며 혼자 담담히 처리해 온 것이다.

"그런데 말이야."

나는 두 번째 모레티를 카운터에서 받아 와 앉으며 방금 생각난 의문을 입에 담았다.

"봄에 만들었던 구두는 어떻게 됐니?"

"응?"

이야기가 잠시 끊긴 사이에 타카오의 얼굴이 점점 붉어졌다. 나는 빙글빙글 웃었다.

"있잖아, 짝사랑했던 연상의 그 여인."

"어떻게 되긴 뭘 어떻게 돼."

"아직도 짝사랑 중?"

떫은 얼굴로 입을 다문 채 답을 하지 않는다. 흐으음.

"아직 좋아하는구나. 흐음. 헤에."

"……."

녀석은 콜라병을 입에 댔지만 이미 다 마시고 난 뒤였다.

"유학 얘기는 했어?"

"……아직."

"흐음. 뭐, 이것도 저것도 다 가질 수는 없으니까."

나는 상담실에서 타카오가 했던 말을 곱씹으며 말했다. 연상의 상대도, 구두장이가 되겠다는 꿈도 한꺼번에 거머쥘 만큼 간단한 문제가 아니다. 아들은 이번에야말로 그녀가 신고 걸을 수 있는 구두를 만들겠노라 작심한 눈치였다.

비가 그치고 가게에서 나오자 거리 전체가 은은한 레몬색 빛에 휩싸여 있었다. 서쪽 하늘에서는 잿빛 구름 틈으로 뻗어 나오는 무수히 많은 빛줄기가 보였다.

'아, 그래.'

불이 반짝였다.

아, 그래. 나도 그랬다. 나도 똑같았다. 딱 이맘때, 이런 날이었다. 나도 혼자 결심했고 여기까지 혼자 여행을 해 온 것이다.

스무 살의 가을 끝 무렵이었다. 혼자 산부인과에 가서 임신 사실을 전해 들었고 비틀거리며 역까지 걸었다. 차가운 비가 내리는 날이라 나는 우산을 쓰고 있었다. 아스팔트 위에 켜켜이 쌓인 은행잎이 빗물에 젖어 땅 위를 걷는 느낌을 내게서 앗아 갔다. 그렇게 한동안 걷다가 정신을 차리고 보니 비가 그친 뒤였다. 나는 언덕길에 서서 밝은 방향에 펼쳐진 하늘을 보았다. 멀리서 복합 빌딩 옥상이 석양을 받아 빛을 발하는 모습이 보였다. 까마귀 몇 마리가 반짝이는 안테나의 주변을 배회했다.

아이를 낳자.

설령 누구도 찬성하지 않는다 해도 혼자서라도 아이를 낳자. 멀리 보이는 빛을 응시하며 그렇게 결심했다. 그저 그렇게 결심했을 뿐이다. 위험 부담을 피한다거나, 여지를 남겨 둔다거나 그런 생각은 모두 사라지고 없었다. 그리고 그날로부터 지금에 이르기까지 내 여행은 계속 이어져 오고 있다. 비행기도, 배도 타지 않았지만 시내버스 좌석에 앉아, 병원 대합실에서, 대학 식당에서, 국산 미니밴의 운전석에서, 아무도 없는 고가 밑에서 내 여행은 이어져 왔다. 나도 그렇게 제법 먼 곳까지 온 것이다.

"엄마?"

타카오가 멍하니 하늘을 보고 있는 나를 불렀다.

나는 아들을 한번 바라보고 걷기 시작했다. 그날 본 빛이 지금까지 지워지지 않고 있다.

삐, 삐, 삐. 전기밥솥에서 전자음이 들렸다.

"아, 밥 다 됐다."

쇼우타가 기운 없이 말했다.

말 안 해도 안다는 뜻을 담아 나는 건성으로 으음, 하고 대꾸했다. 리카라는 이름을 가진 젊은 여자가 어색하게 웃었다. 텔레비전에서는 어느 공원에서 벌어지는 꽃놀이 풍경이 중계되고 있었다. 태평하면서도 요란한 잡음이 조용한 우리 집 주방에 공허하게 울려 퍼졌다.

"리카, 차 더 마실래?"

분위기를 수습해야겠다 싶었는지 쇼우타가 다시 말을 꺼냈다.

"아, 아니. 그만 마실래. 고마워, 쇼우짱."

그녀가 대답했다. 흐으음, 쇼우짱이라고 부르는군.

"어머님, 차 드릴까요?"

"고맙지만 나도 됐어."

여성스러운 프릴 블라우스를 입은 그녀에게 나는 싱긋 웃어 보였다. 색은 다르지만 그녀의 옷차림은 나와 상당 부분 유사했다. "그리고 말인데." 올리브그린색 블라우스를 향해 나는 부드럽게 말했다.

"나는 아직 어머님이 아니거든."

그녀의 미소가 순식간에 굳었고 쇼우타는 나를 노려보았다. 리카는 "그러고 보니 그러네요, 레이미 씨"라며 금방 밝은 음성으로 대꾸했다. 쇼우타는 손으로 얼굴을 덮듯이 안경을 밀어 올리고는 손가락으로 눈가를 꾹꾹 눌렀다.

삐로링. 식탁 위에 올려놓은 내 휴대전화가 목가적인 소리를 내자 세 사람 모두 기대에 찬 시선을 보냈다.

"타카오인가? 뭐래?"

나는 메시지를 확인했다.

"이제 출발하니까 집에 도착하려면 한 시간쯤 걸릴 거래."

다들 소리 없이 깊은 한숨을 쉬었다.

타카오를 위한 파티에 정작 주인공이 늦어지고 있었다. 이탈리아 대사관으로 학생 비자를 발급받으러 갔는데 3월의 마지막 주말이라 예상보다 상당히 혼잡하다고 했다.

어제는 타카오의 졸업식 날이었다. 이탈리아로 출국하는 것은 다음 달. 그래서 가족끼리 모여 식사라도 한번 하자는 말이 나왔고, 어째서인지 타카오와 사이가 좋다는 쇼우타의 애인인 리카까지 넷이서 한자리에 모이게 된 것이다. 나와 리카는 오늘이 첫 대면이었다. 나와 쇼우타는 만나면 다투느라 바빴는데 그런 아들의 애인이 반가울 턱이 없었다. 그래도 타카오가 있으면 그럭저럭 분위기가 나쁘지는 않을 것이라고 저마다 머리를 굴리고 모인 자리였다. 그런데 하필 당사자 및 완충재 역할을 할 타카오가 아직 도착하지 않고 있었다.

"먼저 시작해도 좋은데 과음만 하지 말래."

나는 메시지의 내용을 말해 주면서 한 가지 깨달음을 얻었다. 그래, 취해 버리면 되겠군.

"그럼 타카오도 그렇게 말하니까."

쇼우타도 같은 생각을 했는지 나를 보며 안도한 표정으로 말했다.

"슬슬 시작하지, 뭐."

쇼우타의 의견에 동의했다. 우리는 부지런히 냉장고에서 캔맥주를 꺼내 식탁 위에 가지런히 놓았다. 조금씩이요, 하는 말을 반복하며 리카도 가져온 요리를 용기에 담아 전자레인지에 넣었다. 건배. 세 사람이 캔을 부딪쳤다.

"타카오, 오지 마. 오면 안 돼!"

드디어 집에 도착한 차남에게 쇼우타가 주방 문을 열고 비통하게 소리쳤다.

"뭐야, 살인 현장에서 튀어나올 법한 대사인데."

"맞아, 쇼우짱. 실례야. 꺄, 타카오, 오랜만이야!"

"오랜만에 보네요, 리카 누나."

타카오는 리카 '누나'에게 반갑게 웃어 주고 나서 나와 쇼우타를 번갈아 보고는 인상을 찌푸렸다.

"내가 못살아. 과음하지 말라고 했더니."

과음은 안 했어. 리카가 선물로 가져온 감자 소주를 마시며 나는 항의했다. 말투가 확실히 괴상해지긴 했다.

"그리고 리카, 쇼우타의 첫사랑 얘기 말인데. 재는 초등학교 5학년 때 이미 연애 편지를 썼거든."

"네, 네."

리카는 눈을 빛냈고 쇼우타는 부루퉁한 얼굴로 연거푸 소주를 들이켰다. 타카오는 냉장고에서 콜라를 꺼내 들고 합류했다.

"나한테 연애 편지를 먼저 보여 주더라고. 틀린 데가 없는지 확인해 달라면서."

"엄마, 그만해!"

"내용이 아직도 기억나. 첫 번째 줄에 '결혼해 주세요'라고 쓰여 있어서 머리를 부여잡았거든."

쇼우타는 "끄악!" 하고 비명을 질렀고 리카는 "꺄아!" 하고 환호성을 질렀다. 옆에서 타카오가 살인 현장이 아니라 학살 현장이라고 중얼거리는 소리가 들렸다. 그런데요, 어머님. 대뜸 심각한 표정으로, 그리고 여전히 혀가 꼬인 말투로 리카가 물었다.

"초등학생 때 이미 프러포즈 경험이 있는 쇼우짱이 지금은 왜 거기에 관해서는 일절 말이 없는 걸까요?"

술 사 올게. 쇼우타는 조그맣게 그런 말을 남기고 밖으로 나갔다. 도망쳤어. 도망쳤어, 하며 나와 리카는 같이 웃음을 터뜨렸다. 쇼우타의 치부를 들추고 나니 한결 후련해졌다.

"이 스티커는 쇼우짱이랑 타카오가 붙인 거죠?"

타카오와 나란히 주방에 서 있던 리카가 기둥 위 스티커 자국을 보며 물었다. 정성껏 붙여 놓은, 지금은 색이 바랜 스티커 자국이 확실히 눈에 띄기는 했다. 대부분 떨어졌지만 하트나 과일 모양 스티커가 아직도 군데군데 남아 있었다. 내 앞치마를 두른 그녀의 뒷모습을 보며 딸이 있으면 이런 느낌이겠구나 하는 상상을 해 보았다.

"그렇지. 타카오, 너 기억하니?"

"대충." 타카오는 등을 돌린 채 손끝으로 무엇인가를 썰며 대답했다. "형에게서 물려받았지."

"물려받았다고?"

"엄마가 퇴근해서 저녁을 차려 주면 오늘 하루도 수고했다고 상으로 스티커를 붙여 주는 역할."

"어머나, 귀여워라!"

"쇼우타는 분명히 다 잊었겠지만." 나는 웃으며 다시 말을 더했다. "기억력이 형편없거든."

리카가 조개와 제철 채소를 넣은 냄비를 식탁 위에 올려놓았다.

"그래도 난 어제 일처럼 생생하게 기억해. 쇼우타의 변성기 전 목소리도."

달칵, 철문 열리는 소리가 들리더니 쇼우타가 가게에서 사 온 물건을 양손에 잔뜩 들고 나타났다. 식재료와 맥주를 냉장고에 넣으며 리카와 두런두런 얘기를 나누었다. 그새 부활했나 싶어 나는 혀를 찼다.

"아 참, 손님이 한 분 더 올 거야."

쇼우타가 히죽거리며 내게 말했다. 정말 오신대? 타카오는 의외라는 얼굴로 물었다. 응, 전화해서 오시라니까 폐가 되지 않는다면 오고 싶대. 쇼우타가 답해 주었다. 어쩐지 무진장 긴장이 되었다.

"손님? 누군데?"

나와 리카가 동시에 물었다. 손님?

"누구일 것 같아?"

쇼우타가 짐짓 거들먹거렸다. 타카오는 씁쓸하게 웃었다. 짐작이 가지 않았다.

"짜잔, 키요미즈 씨입니다!"

어떠냐, 하는 기세등등한 얼굴로 쇼우타가 외쳤다. 음? 키요미즈? 누구? ……아악!

"어머나, 키요미즈? 아니, 어떻게? 잠깐, 연락처는 어떻게 알고?"

"엄마가 가출했을 때 알아 뒀지."

"우리 헤어졌어!"

"걸핏하면 하는 얘기니까 알고 있어. 미련이 줄줄 흐른다는 것도."

타카오가 리카에게 상황 설명을 해 주었다. 열두 살 연하 디자이너라는 말에 리카는 "세상에, 열두 살?" 하고 화들짝 놀랐다.

"잠깐, 거기! 멋대로 말하지 마!"

"핏대 올리지 마. 덕분에 술이 확 깼잖아?"

쇼우타는 무척 재미있는 모양이었다.

술이 확 깼다. 쇼우타에게 당했다. 일단 화장부터 고치자.

"어머님, 어디 가세요?"

주방을 나서려는데 리카가 나를 불러 세웠다.

내가 허둥대며 "화장 좀 고치러"라고 말하자 쇼우타는 또 웃었다.

"그렇게 바로 오지는 않아. 우선 진정하고 앉읍시다. 타카오를 위한 자리잖아. 건배부터 해야지."

"이제 와서, 뭘."

타카오가 심드렁하게 끼어들었다.

"한잔할 구실로 나를 핑계 삼은 게 아닐까 싶은데?"

리카는 기분 좋게 웃으며 "식탁을 다시 차려야겠네요."라며 여러 종류의 술을 올려놓았다. 타카오는? 나는 진저에일이요. 리카와 타카오의 대화를 들으며 네 사람은 식탁에 둘러앉았다. 나는 소주를 따른 잔을 들었고 쇼우타는 캔 맥주, 리카는 화이트 와인을 들었다. 축하해! 제각각 다른 음료를 들고 건배했다. 나는 불쑥 안테나가 빛을 반사하던 그때의 광경을 떠올렸다. 그 빛은 세월이 지나도 바래지 않는다. 언제까지나, 한순간의 빛이 길을 밝혀 준다.

"고맙습니다. 잘 다녀올게요."

의지에 찬 목소리로 아들은 말했다.

바위에 물결치는 폭포가에서 고사리순이 돋는 봄이 왔구나

(『만요슈』 8·1418)

해석 : 바위 위에서 물결치는 폭포 근처에 고사리 새싹이 돋는 봄이 되었구나.

상황 : 시키노 황자(덴지 천황의 일곱 번째 왕자 - 옮긴이 주)가 부른 환희가(歡喜歌). 고사리 새싹으로 봄이 왔음을 노래하고 있다.

에필로그

더 멀리 걸을 수 있게 되면 - 아키즈키 타카오와 유키노 유카리

The Garden of Words

따져 보니 도쿄에 가는 것은 4년하고도 반년 만이다.

그 일 이후로는 한 번도 가지 않았다는 것을 요산선의 창가에 앉아 아침 바다를 보며 유키노는 처음 깨달았다.

바다 위에는 묵직한 뭉게구름이 낮게 깔려 있었다. 마치 거대한 물고기가 엎드려 있는 듯 보여서 그 거대한 스케일에 가슴이 두근거렸다. 유키노는 지상과 마주 보고 있는 물고기들의 배 부분에서 잿빛으로 미세하게 그러데이션이 된 바다를 눈으로 짚어 갔다. 바다와 맞닿아 있는 구름의 색깔은 바다 위에 점점이 떠 있는 작은 섬들과 잘 구분이 가지 않았다. 닫힌 하늘 아래에 펼쳐진 아침 바다는 광활한 사막처럼 보였다. 죽은 듯이 멈추어 있어서 도무지 바닷물로는 보이지 않았다. 그 사막을 건너는 자신을 상상하다가, 이렇게 넓다니! 하고 다시 한번 설렌다. 바다는 참으로, 하루하루가 다르다.

풍경이 사람의 마음을 만드는지도 모른다. 별안간 그런 생각이 들었다.

그 생각에 4년 반 전에 보았던 장면이 떠올랐다. 그해 9월에 도쿄에서 고향으로 돌아가던 날, 유키노는 마츠야마 공항에서 고향인 이마바리로 향하는 열차 안에 앉아 바깥 풍경을 바라보았다. 날이 저물어 가는 시간대라 어두워질수록 주택가의 가로등 불빛이 늘어났다. 주방마다 저녁 준비에 여념이 없는 이들의 모습이 보이기도 했다. 그 따사로운 노란빛들의 간격이 꽤나 넓다는 사실에 유키노는 조금 놀랐다. 집과 집 사이, 타인과의 물리적인 거리가 도쿄에 비해 상당히 멀었다. 이것이 쓸쓸함의 정체구나, 하고 유키노는 깨달았다. 날이 저물면 그 사실은 더욱 명확해진다. 가슴이 서늘해진다. 그래서 여기에서는 다들 자연스레 사람을 찾아다니게 된다. 유키노는 소중한 사실을 깨달은 기분으로 그런 결론을 내렸다.

고향으로 돌아가서 한 달이 지난 무렵, 유키노는 시내 사립 고등학교에서 임시 교사 자리를 얻었다. 그곳에서 2년 반 정도 근무했다. 근무하면서 현에서 실시하는 교원 채용 시험에 응시했다. 지금은 공립 고등학교 고전 교사로 작은 섬마을에 있는 고등학교에서 교편을 잡고 있다. 조금씩 늙어 가는 부모님과 본가에서 같이 기거하며 국산 차를 운전해 매일 아침 높이 매달린 거대한 다리를 건너 출근하는 생활. 초반에는 해변 도로를 달리며 유유히 바다 위를 날아다니는 솔개를 볼 때마다 묘한 기분에 사로잡히곤 했다. 하지만 지금은 도쿄에서 근무했던 나날이 더 멀고 이상하게 느껴졌다.

덜컹덜컹 금속음을 내는 차체를 붙들며 유키노는 고개를 들었다. 급행열차가 세토 대교를 달리고 있었다. 흘러가는 선로 건너편에 웅크리고 있는 구름이 아침 햇살을 품에 안고서 밝게 빛나고 있었다. 그 구름 아래에 있는 바다도 굵은 빛줄기가 되어 빛을 뿜어냈다.

아, 두근거린다.

유키노는 생각했다. 나는 설레고 있어. 그곳에 너무 빨리 도착할까 두려워 일부러 열차를 탔으면서. 잘못했나. 이 긴장감을 앞으로 네 시간이나 더 견뎌야 하다니. 그곳에 도착할 때까지 계속 이 상태면 몸이 감당할 수 있을까.

그 빛의 정원에 도착할 때까지.

/////

되도록 저렴한 도쿄행 비행기 편을 찾았더니 핀란드 경유였다.

오사카 편이 기체 결함으로 취소되는 바람에 헬싱키 반타

공항 로비에는 일본인이 꽤 눈에 띄었다. 빈번하게 들리는 일본어가 아키즈키 타카오가 느끼는 긴장감에 박차를 가했다. 타카오가 2년 동안 생활했던 피렌체 올트라르노 부근에서는 일본인의 모습을 찾아보기 힘들었다. 초반의 두 달 정도는 그래서 조금 외로웠지만 그럴수록 마음은 편해졌다. 자신은 아직 아무것도 아니고 어디에도 소속되어 있지 않으며 그저 중간 지점에 있을 뿐이라는 사실을 온전히 실감할 수 있었다.

도쿄에서는 미숙한 자신이 그토록 답답하더니 피렌체에서는 그 사실이 그리 싫지 않았다. 미숙한 것이 당연하다는 사실을 장인 몇 명의 실력을 눈으로 보고서 눈물을 머금고 받아들였다.

그래도 그들이 걸어가는 길 위에 자신이 있다는 것을 지금은 타카오도 알고 있었다.

나리타행 비행기를 타려면 아직 세 시간이나 남았다.

타카오는 공항의 작은 카페에 들어가 스트롱보 맥주를 주문했다. 술이라도 마시면서 긴장을 풀 생각이었다. 하프 파인트로 줄 줄 알았는데 웨이터는 원 파인트 잔에 70퍼센트나 채워주었다. 아무렇게나 따라 준 모양이었다. 아무튼 많으면 좋지. 마시고 취해서 푹 자 버리자. 도쿄에 도착하려면 아직 하루의 절반은 더 있어야 하고 그동안 내처 이렇게 긴장하고 있으면 몸이 배겨 나지 못할 것이다.

고등학교를 졸업할 때까지 2년 동안 '그 사람'과는 종종 편지를 주고받았다. 연락처는 지나치게 다가가려 하는 느낌을 줄 것 같아서 묻지 못했다. 처음에 편지를 준 것은 그 사람이었다. 사립 고등학교에서 일하고 있다는 내용이었다. '또 연락할게.'라는 마지막 문장에 작은 구두 일러스트가 그려져 있었다. 그 사람이 다시 선생님이 되었다는 사실이 반가웠고 구두장이가 되겠다는 꿈을 응원해 주는 것 같아서 타카오는 진심으로 기뻤다. 편지로 이탈리아 유학 얘기를 보고하며 용기를 내어 연락처를 남겼다. 다음은 피렌체에서 이메일로 연락을 받았다. 두 달에 한 번꼴로 타카오는 그 사람과 메일을 주고받았다. 내용은 간단한 근황이 대부분이었다. 둘 다 개인적인 일—이를테면 연애 얘기—에 대해서는 언급을 피했다. 사실 타카오는 공부하면서 먹고사느라 바빠서 따로 알려 줄 만한 개인적인 일이 없었다.

두 번째로 페로니 맥주를 원 파인트로 주문했더니 80퍼센트를 채운 잔이 나왔다. 타카오는 피식 웃으며 잔에 입을 댔다. 차츰 몸이 풀리는 것 같았다. 일본을 나올 때 형이 준 디젤 시계의 바늘을 일곱 시간 앞당겼다. 그래서 나는 그 사람에게 연인이 있는지, 결혼을 했는지 전혀 모르지. 맥주를 마시고 시계를 가만히 내려다보며 타카오는 생각했다. 독신이라 해도 프러포즈쯤은 몇 번 받았을 거라는 생각도 들었다. 그가 스무 살이 되었으니 그 사람은 서른두 살이다.

그래도 좋다. 그녀가 혼자이든 아니든 상관없다. 어차피 시간을 되돌릴 수는 없으니까. 그보다 그때 그녀에게 했던 약속을 이번에야말로 지키게 되었다는 사실이 중요하다. 그때 한 말을 그녀가 약속으로 인지했는지는 모르겠다. 기억하고 있는지조차 그는 모른다. 하지만 적어도 그에게 그것은 약속이었다.

그 빛의 정자에서 그는 유키노의 발을 만졌다.

벌써 5년 전에, 그녀의 구두를 만들기 위해.

/////

구두를 만들 거예요.

빛나던 비에 휩싸였던 그 정자에서 타카오는 그렇게 말했다.

누구한테 줄지는 아직 안 정했지만 여자 구두예요. 그렇게 말하며 그녀의 발을 종이에 옮겼다.

그가 그 말을 기억하고 있을지는 미지수지만 그녀에게 그것은 약속이었다. 그래서 그가 언젠가 정말로 구두장이가 되면 구두를 주문할 작정이었다. 타카오라면 그때 두 사람의 마음의 형태를 그대로 갖춘 구두를 반드시 만들어 줄 것이라는 믿음이 유키노에게는 있었다.

잠시 후에,

[나고야, 나고야에 도착합니다.]

운전사의 나른한 음성이 스피커에서 나왔다. 아, 곧 동일본이야! 캔 맥주를 세 개나 비웠는데도 긴장은 더해 가기만 했다. 신칸센 창문 밖으로 시야의 끝까지 늘어선 철탑이 원근법의 견본처럼 매끄럽게 뒤로 흘러갔다. 5월의 하늘은 잿빛으로 물들어 있었다. 차내 매점 아가씨가 다가왔다. 맥주를 하나 더 살까, 유키노는 망설였다.

/////

나리타 익스프레스를 타고 신주쿠역에 도착했을 때에는 가랑비가 내리고 있었다.

도쿄를 지배하는 5월의 습한 공기가 그리워 플랫폼에 서서 마음껏 숨을 들이마셨다. 고등학교 시절에 만원 열차에서 뛰어내렸던 아침에도 이렇게 숨을 들이마셨다는 것을 타카오는 기억해 냈다.

피렌체에서 2년을 악착같이 살다 보니 이탈리아어는 어느 정도 익숙해졌고 아직 학생이지만 구두 공방에서 어시스턴트로 일도 하게 되었다. 타카오는 일본을 방문하기로 했을 때 유키노에게 자신의 방문 사실을 알렸고 그녀도 같은 시기에 상경할 일이 있다는 답신을 받았다.

그래서 그 전에 '그' 구두를 완성하는 것이 지난 3개월간 타카오의 목표였다.

타카오는 개찰구에서 나와 코인 로커에 캐리어를 보관했다. 백 팩만 등에 지고 매점에 들러 비닐우산을 샀다. 점원의 대응이 너무나 정중해서 놀랐다. 지갑에서 꺼낸 일본 화폐의 디자인이 기묘해 보였다.

/////

소부선을 타고 센다가야역에 도착했다.

캐리어를 코인 로커에 보관한 후 노을빛 접이 우산을 펴고 역을 나섰다.

우산이 스피커가 되어 빗소리를 들려 주었다. 빗발이 굵어지고 있다는 것을 유키노는 그 소리를 듣고서 알았다.

아아, 너무 많이 마셨어. 술기운이 가시기를 바라면서 요즘도 날마다 찾아오는 손님처럼 스스럼없이 역 근처에 있는 카페에 들렀다. "마시고 가시나요?"

아니요, 가지고 갈 거예요. 점원의 물음에 그렇게 대꾸하고 한마디 덧붙였다. 두 잔이요.

/////

일본 정원의 나무다리를 건너자 빗소리가 다시 조금 변했다. 빗방울이 수면을 두드리는 소리보다 잎을 흔드는 소리가 더 크게 들렸다.

직접 만든 윙팁 부츠(앞코에 W자 모양 장식이 있는 부츠 - 옮긴이 주)가 사박사박 흙을 밟는 소리에 동박새가 지저귀는 맑은 소리가 섞였다. 흑송 너머로 수면이 보이고 그 위에 진달래의 분홍빛, 다행송의 나무껍질이 발하는 붉은빛, 단풍나무 잎의 초록빛이 비쳤다.

타카오가 등에 진 백 팩 안에는 그 사람을 위해 만든 구두가 있다. 5센티미터 굽의 아담한 펌프스. 앞코는 연분홍이고 몸체는 흰색에 가까운 누드색이며 굽은 살짝 바랜 듯 보이는 레몬색이다. 발목에 묶는 긴 끈과 그 끝에 애플 그린색 나뭇잎 모양의 가죽이 달려 있다. 오래 걸어도 거뜬할 것이다.

큰부리까마귀가 어디선가 목청껏 울었고 하늘 저편에서 희미하게 천둥소리가 들렸다.

"우렛소리."

문득 그런 말이 타카오의 입술에 떠올랐다.

예감이 온몸에 차오른다.

젖은 단풍잎 사이로 정자가 보이기 시작했다. 그곳에 누군가가 앉아 있었다.

비 냄새를 들이마셔 마음을 가라앉히며 타카오는 정자로 다가갔다. 무리를 이루는 이파리를 지나자 정자가 온전히 시야에 잡혔다.

담녹색 치마를 입은 여자다.

타카오는 걸음을 멈추었다. 커피를 입가에 댄 채 찰랑거리는 머리카락을 어깨 아래로 가지런히 늘어뜨린 그녀가 그를 돌아보았다.

눈물을 흘릴 것처럼 긴장한 유키노의 표정이 잔잔한 미소로 바뀌었다. 그 모습이 꼭 비가 그치는 것 같다고 생각하며 타카오는 그 모습을 바라보았다.

작가 후기

The Garden of
Words

언제나 소설을 외사랑해 왔다.

소설만이 아니다. 만화에도, 영화에도, 애니메이션에도, 현실의 풍경에도 외사랑을 품어 온 것 같다. 요컨대 난 상대를 좋아하지만 상대는 내게 그다지 관심이 없는 상태. 나이를 먹을 만큼 먹은 어른이 별소리를 다 한다고 할지는 모르지만, 도무지 그런 생각을 떨칠 수가 없었다.

내 직업은 애니메이션 감독이니 적어도 애니메이션을 상대로는 널 이만큼 좋아해, 하고 고백다운 고백을 할 기회가 있었다. 그러나 소설은 그렇지가 않았다. 하루하루 비는 시간, 예를 들어 열차 안에서나 렌더링을 기다리는 시간(디지털 애니메이션은 컴퓨터가 영상을 계산하므로 기다리는 시간이 꽤 발생합니다)에 책장을 들추며 소설은 참 재미있어, 하며 감동하는 일이 드물지 않았다.

잡지 「다빈치」에 소설 『언어의 정원』 연재를 시작했을 때에는 그래서 무척 행복했다. 글을 쓰는 것이 즐거웠다. 애니메이션에서는 불가능한 것, 복잡한 것을 실컷 해 보리라 마음먹었다. 예를 들어 '그녀는 미아가 된 듯한 미소를 띠었다' 같은 문장이 그렇다. 그럴 때마다 어떠냐! 하고 나는 (애니메이션 감독인 자신을 향해) 외쳤다. 어떠냐, 이건 영상으로는 표현하기 어렵겠지. 배우라면 적절하게 '미아가 된 듯한' 표정을 만들어 낼 수 있겠지만, 누가 보아도 '미아가 된 듯한' 얼굴을 애니메이터가 과연 표현해 낼 수 있을까. 아마 무리일 것이다. 불안해 보이는 표정이면 몰라도 '미아가 된 듯한'이라는 간결하면서도 비유적인 표현을 영상으로 만들어내기란 매우 어려운 일이다. '웅성거림이 이어폰 밖으로 새어 나오는 소리처럼'이라고 썼을 때에도 너(영상)는 어려울걸, 하며 혼자 히죽거렸다. 관객은 교실의 배경음을 들으며 이어폰에서 새어 나오는 소리를 연상하지 않는다. 말 그대로 그 자체가 소설의 쾌락이라는 사실을 글을 쓰며 실감했다. 돌이켜 보니 혼자 꽤나 흥분했던 것 같지만 아무튼 그렇게 행복한 시간이었다.

이야기의 순서가 좀 바뀐 듯한데, 『언어의 정원』은 내가 감독하고 2013년에 개봉한 애니메이션 「언어의 정원」의 소설판이다. 자신이 감독한 작품을 소설로 쓴 셈이다. 다만 원작인 영화는 타카오와 유키노 두 사람의 시선이 주가 되는 46분 분량의 장편이다. 소설에서는 화자가 늘어 영화로 만들면 필시 두 시간으로는 어림없을 내용이라 구조를 가다듬어야 했다. 원작 영화를 본 분도, 그렇지 않은 분도 무리 없이 즐길 만한 책이 되도록 노력했다.

자, 이렇게 흥분 속에서 덤벼든 집필 작업이었는데 당연하게도 즐거움은 지속되지 않았다. 아무래도 영상이 더 훌륭해, 또는 더 적절한 표현이 있을 텐데, 그런 생각이 내내 들었다.

예를 들어 '정서' 같은 것. 거리의 야경을 그림으로 표현한다고 치자. 그때 안타까움을 품은 음악을 덧씌운다. 어떤 타이밍에서든 상관없이 그림 속 창 하나에 빛을 하나 담거나 훅 꺼 버린다. 그것만으로도 영상으로는 정서라고밖에 표현할 길이 없는 감정을 관객에게 전달하는 것이 가능하다. 정서라 함은 쉽게 말해 '인간의 행위가 자아내는 감정'이므로 영상이라면 창문 밖으로 비치는 빛 하나로 그것을 환기해내는 것이 가능하다. 그와 달리 소설에서는 그런 것을 어떻게 표현해내야 하나, 하고 머리를 쥐어뜯기 십상이었다.

이야기가 길어지므로 자세히 쓰기는 뭐하지만 그 밖에도 은유의 종류는 영상 쪽이 표현하기가 용이하고 이점도 많다. 애니메이션에서는 한 장면으로 표현이 가능한데 원고지는 몇 장을 할애해도 부족한 느낌이 들 때가 간혹 있었다.

더욱이 최종적으로는 기술적인 부분과 상관없이 무엇을 써야 하는가 하는, 지극히 당연한 사안에 대해 끊임없이 고민했다. 탈고할 즈음에는 '아아, 소설이란, 소설가들은 대단해. 어쩐지 전혀 도달하지 못한 것 같아' 하며 무척 실망했다.

책을 한 권 쓰고 얻은 것은 결국 소설과 애니메이션을 상대로 한 외사랑이 더욱 깊어졌다는 점이다. 하지만 처음부터 이루어지지 않을 사랑이라는 것은 알고 있었다. 타카오의 유키노에 대한 마음도 그와 비슷하지는 않을지. 그러고 보니 책에 등장하는 인물들 모두 크고 작게 외사랑을 하고 있다. 내가 쓰고 싶었던 것은 사람들의 그런 마음이었다고 다시 한번 생각해 본다. 독자적으로 누군가를, 무엇인가를 희구하는 마음이 이 세상을 만들어 가는 셈이다. 이 책에서 그리고 싶었던 것은 그런 것이다.

'사랑(愛)', 그 이전의 '사랑(孤悲)' 이야기.

이것이 이 작품의 영화판 광고 문구인데 1,300년도 더 된 옛날 만요 시대의 '사랑'이라는 표기에 고개를 끄덕이는 사람은 아마 현대에도 얼마든지 있을 것이라고 생각한다.

이 작품을 집필하면서 많은 이들로부터 이야기를 들었다. 작품에 담을 『만요슈』의 시를 선별해 준 쿠라스미 카오루 선생님을 필두로 구두를 만드는 분, 고등학교 선생님, 대학의 교수님, 현역 고등학생, 브랜드 제품의 영업 사원 등등. 여러분의 이야기가 작품에 무게를 주었습니다. 깊이 감사드립니다.

또 깊은 애정과 의견으로 영상부터 소설까지 꾸준히 작품을 지지해 준 담당 오치아이 치하루 씨에게도 각별한 감사를 전하고 싶습니다.

집필 중에 영화 「언어의 정원」이 개봉함에 따라 원고의 대부분을 출장지에서 썼다. 내용과 그다지 상관은 없지만 되돌아보면 꽤 여러 곳에서 쓴 셈이라 재미로 써 보겠다. 미국, 중국, 한국, 스리랑카, 대만, 러시아, 스코틀랜드, 프랑스, 베트남. 대부분이 영화제나 애니메이션 이벤트 참가 형식이었고 다른 작업을 위한 로케이션 헌팅 업무로 간 곳도 있었다. 각지에서 묵었던 호텔이나 오고 가는 비행기에서 집필을 위한 귀중한 시간을 보냈다. 그리고 에필로그는 실제로 세토 내해를 건너는 열차 안에서 썼다. 그때 바라보던 창밖의 풍경이 문장에 색채를 더해 주었을 것이다.

책을 들어 주고 읽어 준 분들에게 진심으로 감사드립니다.

2014년 2월

신카이 마코토

해설

The Garden of
Words

칸다 노리코(칼럼니스트)

소설이라는 것은 읽는 이의 동경심을 이미 알고 있으면서도 좀처럼 전부를 다 보여 주지 않는 심술궂은 연상의 연인 같다. 아무도 생각한 적 없는 근사한 이야기를 떠올렸다고 생각해도 실은 이미 누군가에 의해 그려진 적이 있다는 것은 자주 있는 일이다. 이 세상에는 '큰 이야기'라는 것이 존재해서, 우리가 생각한 일이나 지금 살면서 체험하는 일조차도 그 안에 포함되어 있는 것 같은 기분이 들곤 한다. 하지만 절망할 필요는 없다. 큰 이야기의 일부를 바탕으로 하여 새로운 이야기를 쓴다는 것도 소설의 훌륭한 수법 중 하나. 작가 카나이 미에코 씨는 이미 다 깔린 바탕 위에 낙서를 하는 데 푹 빠진 것처럼 소설을 쓴다는 말을 했는데, 바탕의 빈틈을 어떻게 매력적으로 메워 갈까 하는 것이 소설에서 하는 시도인지도 모른다고 생각한다.

애니메이션 감독 신카이 마코토에 의한 소설, 『언어의 정원』은 그가 직접 제작, 감독한 애니메이션 작품을 토대로 하여 쓰인 작품이다. 구두장이를 꿈꾸는 고교생 타카오와 의문의 여성 유키노가 비 내리는 공원에서 만나면서 펼쳐지는 기본적인 스토리 라인은 그대로지만, 구체적으로 어떻게 바탕의 빈틈을 메웠는가는 작가 본인의 '후기'에 자세히 나온다. 각 등장인물의 시점에서 이야기가 서술됨으로써 독자는 타카오와 유키노의 과거와 마음의 움직임을 아는 것뿐만 아니라 애니메이션에서는 잠깐만 등장했던, 얼핏 보기엔 여유 있는 어른으로 보였던 형 쇼우타의 고민과 갈등을 알게 되고, 트레이닝복 차림에 강압적인 이토 선생과 유키노의 숨겨진 관계를 알게 되고, 화려하고 제멋대로인 것으로만 보였던 아이자와 쇼우코의 놀랄 만한 과거를 알게 되고, 젊어 보이려고 애쓰며 다소 아이 같은 타카오 어머니의 의외의 직업과 편력을 알게 된다. 각각의 바탕이 서술됨에 따라 인물과 스토리가 입체적으로 부상되는 것이다.

단, 그 묘사는 상세하지만 절묘하게 억제되어 있다. 소설은 지나치게 말이 많아지면 '설명'이 되어 버리고 독자의 상상을 제한해 버린다(특히 본 작품처럼 작가의 머릿속에 명확한 그림이 있으면 지나치게 가 버리는 경우가 많다). 그러나 말수 적은 주인공들처럼 소설은 많은 것을 이야기하지 않고 묘사함으로써 독자의 상상력을 자극한다.

예를 들면 주인공 타카오의 구두에 대한 관심의 계기는 어머니와의 관계에서 시작되었음을 넌지시 암시한다. 어머니의 많은 구두는 계속 여성으로 있고 싶다는 어머니의 무장 같은 것이며 결국 자신을 지키기 위한 수단이다. 그래서 유키노에게 선물하려고 했던 펌프스의 색채는 그녀를 지키는 것처럼 부드러운 색조이며, 또한 둘이서 보낸 시간의 상징이 되고 있는데, 그 뉘앙스를 느껴 주길 바란다.

그려진 것은 인물의 바탕뿐만이 아니다. 무대인 도쿄의 거리와 일본 정원도 마치 이 이야기의 등장인물 중 하나인 양 섬세하게 묘사되었다. 수런거리는 나무와 풀, 빛이 넘치는 정원 장면의 아름다움은 필설로 다할 수 없다.

바탕의 빈틈을 메우는 것처럼 등장인물을 입체적으로 그려낸 소설을 다 읽은 후에, 원래의 바탕이었던 그림=애니메이션 작품을 본다고 해도 그것이 얄팍하게 느껴지지는 않을 것이다. 오히려 46분이라는, 애니메이션치고는 다소 짧은「언어의 정원」이라는 작품이 이야기에서 떠오른 투명하고 아름다운 부분을 얼마나 섬세하게 퍼내서 만들어진 것인지를 실감할 수 있을 것임이 틀림없다.

이 소설에는 또 하나의 바탕이 되어 있는 것이 있다. 『만요슈』다. 다들 아는 이 일본 최고(最古)의 가집(歌集)은 이야기 전체를 통하여 섬세한 의미를 둘러치는 역할을 담당한다.

먼저 각 장의 마무리로 『만요슈』의 노래 하나가 첨부되어 이야기의 흐름과 등장인물의 마음의 움직임을 상징하고 있다. 각각의 노래를 읽어 나가노라면 만요 시대 노래의 특징을 실감하게 된다. 그야말로 소박하고 솔직하게 그때의 상황이나 심정을 노래하는 것이다. 그 시대의 독특한 고어를 사용하긴 했지만, 기본적으로는 그대로 읽어 내려가다 보면 의미를 파악하는 것은 그리 어렵지 않다. 은유법과 도치법, 명언 활용 등의 기교로 치장한 후세의 노래와는 달리, 위에서부터 아래까지 똑바로 힘차게 흘러가는 말의 연속이 각 장의 마지막에 나오면서 이야기를 다음으로 움직여 가는 '추진력'이 된다.

또한 타카오와 유키노가 처음 만나는 장면에서 유키노가 마치 하늘을 향해 중얼거리는 것처럼 읊은 노래 '우렛소리 희미하고 구름이 끼고 비라도 내리면 그대 붙잡으련만'은 소몬카라 불리는 사랑 노래다. 소몬(相聞)이란, 한자 뜻 그대로 상대방의 상황을 묻는다는 의미지만, 남녀의 연애 수단으로서 한쪽이 보낸 노래에 다른 쪽이 응답하는 응대 형태가 『만요슈』에도 많이 담겨 있다. 그것은 유키노의 직업과 연결되는 힌트이기도 한데, 이 노래에 대한 '응답'이 어떠한 형태를 이루는지, 바로 그것이 자신을 그저 열다섯 살의 어린애라고 생각하는 소년의, 수수께끼에 싸인 성인 여성에 대한 마음의 행방을 가리킨다. 고대부터 반복되어 온 소몬의 '인력(引力)'에 주목하고 싶은 부분이다.

'자줏빛 찬란한 자초 밭 황실 땅을 오고 가시네 파수꾼이 보지는 않으려나 그대 소매 흔드는 모습을' 이 노래를 지은 누카타노 오키미의 여성으로서의 삶의 방식도 이야기 속에 짙은 색채로 반영되어 있다. 누카타노 오키미는 왕족의 딸로 태어나 오아마 황자(훗날의 덴무 천황)의 아내가 되는데, 오아마 황자의 형인 나카노오에 황자(훗날의 덴지 천황)로부터도 총애를 받았으며 그 두 사람이 맞닥뜨렸을 때 읊은 것이 이 노래라고 알려진다. 세세한 학설에 근거한 반론도 있지만, 왕족으로 게다가 역사에 이름을 남긴 천황 두 사람을 상대로 한 삼각관계를 이렇게 당당하고 평온하게 표현한 누카타노 오키미의 인간적 매력은 후세 사람들을 매료했고, 본문 중에 등장하는 이노우에 야스시의 『누카타노 오키미』를 비롯하여 많은 픽션이 만들어졌다. 유키노의 사춘기에 커다란 영향을 끼친 히나코 선생이 말하는 "사람에게는 누구나 조금씩 이상한 면이 있으니까."라는 말은, 『만요슈』에서 볼 수 있는 이러한 연애의 존재 방식에서 온 것인지도 모른다. 또한 '자줏빛 찬란한'이라는 노랫말은 유키노가 비 오는 날에 쓰는 우산의 이미지로 그대로 연결된다.

『만요슈』를 바탕으로 함으로써 시공을 초월한 풍부한 이미지가 펼쳐지고, '천년이 지나도 사람은 변하지 않는다'라는 메시지가 부상한다. 천년이 지나도 변하지 않는 것이니 10년 정도로는 변할 리가 없고, 유키노는 자신이 히나코 선생을 사모했고 상실했던 경험을 아이자와 쇼우코에게 호감을 받다가 내몰리는 경험으로 되풀이하게 되고, 아키즈키 레이미는 30년 전의 자신과 같은 결의를 아들 타카오에게서 발견하고는 퍼뜩 놀라는 것이다. 그것은 씁쓸하고 어리석은 일인지도 모르지만, 어찌할 수도 없이 안타깝고 사랑스러운, 인간의 살아가는 모습이며, 분명 천년 후 지금보다 더욱 문명이 발달한 사회에서도 사람은 같은 일을 되풀이할 것이라고 생각된다.

작가로서의 신카이 마코토가 가진, 타의 추종을 불허하는 근사한 문장 묘사법에 관해서도 언급해 두고자 한다. 그것은 한마디로 표현하자면 '부유감'이라고 부를 만한 것이다. 그가 그려내는 시점은 때때로 둥실 떠올라 부감적(俯瞰的)인 시선이 되고, 바로 그 순간에 덧없고 아름다운 어긋남이 생겨나며 문장을 매력적으로 빛나게 하는 것이다.

예를 들면 높은 빌딩 위에서 내려다보는 거리. 꿈속에서 새가 되어 미끄러지듯이 날면서 바라보는 빌딩 숲. 혹은 물속 밑바닥에 있는 것 같은 감각으로 바라보는 풍경. 부유감은 공간적인 것뿐만이 아니라 시간적인 축에 있어서도 발휘된다. 소녀의 시점으로 그려진 이야기를 어느 순간 갑자기 현재의 자신이 다시 바라보는 묘사. 그것은 애니메이션 영상을 제작할 때에 길러진 시점인지도 모르겠으나 그것을 언어로 표현하게 되면 상당히 신선한 인상을 풍긴다.

특필할 점은 제9화의 내레이션. 유키노와 타카오 두 사람의 시점이 평행하면서 진행되는 이 파트는 단순히 화자가 바뀌는 것뿐만이 아니라 상당히 실험적인 시도가 이루어졌다. 두 사람의 대화 사이에 1인칭의 마음속 문장과 3인칭의 다른 문장이 경계도 없이 뒤섞여 엄청난 스피드로 두 사람의 시점이 뒤바뀌고, 더욱이 문장의 행이 바뀌는 사이 간격도 변화하면서 '말로 표현할 수 없는' 맞부딪치는 감정을 표현하고 있다. 빛의 난반사를 보고 있는 것 같은, 아찔한 감각에 어지러워진다.

말하자면 스토리 라인과 배경과 고전 문학이라는 바탕에 한 장 더 투명한 바탕을 겹쳐 깐 것처럼. 그 투명한 바탕은 말과 배경을 잘 연결시키고 시점을 부유시켜 빛을 난반사시킨다.

몇 장이나 되는 바탕을 겹쳐 놓고 휘리릭 넘기는 것처럼 이야기가 움직이기 시작하는 것이다.

언어의 정원

The Garden of Words

2020년 5월 25일 1판 1쇄 발행 | 2022년 1월 25일 1판 5쇄 발행

지은이 신카이 마코토 | **옮긴이** 김효은 | **발행인** 정욱 | **편집인** 황민호
콘텐츠4사업본부장 박정훈 | **편집기획** 김순란 강경양 | **디자인** 어나더페이퍼
마케팅 조안나 이유진 이수정 | **국제판권** 이주은 김준혜 | **제작** 심상운 최택순
발행처 대원씨아이(주) | **주소** 서울특별시 용산구 한강로 3가 40-456
전화 (02)2071-2018 | **팩스** (02)749-2105 | **등록** 제3-563호 | **등록일자** 1992년 5월 11일

www.dwci.co.kr

ISBN 979-11-362-3441-4 (03830)

* 이 책은 대원씨아이(주)와 저작권자의 계약에 의해 출판된 것이므로, 무단 전재 및 유포, 공유, 복제를 금합니다.
* 이 책 내용의 전부 또는 일부를 이용하려면 반드시 저작권자와 대원씨아이(주)의 서면동의를 받아야 합니다.
* 잘못 만들어진 책은 판매처에서 교환해 드립니다.